혹시 시간 되니

혹시 시간 되니

초판 1쇄 인쇄_ 2019년 02월 15일 | 초판 1쇄 발행_ 2019년 02월 20일
지은이_햇솜 | 엮은이_장석환 | 펴낸이_진성옥·오광수 | 펴내곳_꿈과희망
디자인·편집_김창숙·윤영화 | 마케팅_김진용
주소_서울시 용산구 백범로 90길 74, 103동 오피스텔 1005호(문배동 대우 이안)
전화_02)2681-2832 | 팩스_02)943-0935 | 출판등록_제2016-000036호
E-mail_jinsungok@empal.com
ISBN_979-11-6186-045-9 43810

햇솜 지음
장석황 엮음

혹시 시간 되니

꿈과희망

국어 교사를 하면서 늘 따라다니는 고민이 있다. '교과서에 실린 문학작품을 어떻게 가르칠 것인가?'이다. 도달해야 할 목표점과 성취 기준이 제시되어 있지만, 기준에 도달하는 길은 교사 나름대로 고민해야 할 부분이다. 시는 화자의 상황을 확인해 보고, 화자가 대상에 어떤 태도를 보였는지, 화자는 결국 그 속에서 정서를 어떻게 드러냈는가를 살펴보는 방법으로 가르쳐 왔다. 소설은 구성의 3요소인 인물 중심으로 읽어갔으며, 그 속에서 사건의 발단과 갈등을 살펴보았다. 특정 배경이 어떤 역할을 하는지도 눈여겨보았다. 특히 서사를 이끌어 가는 서술자의 태도에도 관심을 가져 보려고 했다. 하지만 돌아보면 문학작품을 감상하고 이해하는 능력을 키우기보다는 문학 참고서를 보며 지식을 주입만 계속해 온 것은 아닌가? 자괴감이 들 때도 있다. 정작 학생들에게 창작의 기쁨을 맛보게 하지는 못했다. 이제 새천년둥이였던 우리 학생들이 순수 창작품 '혹시 시간 되니'를 출판하게 되어 무척 기쁘다.

이 책의 주 독자층은 중등학교 학생이거나 교사일 것이다. 활자들이 우리에게 무엇을 주는지, 그 장르가 가지고 있는 맛을 어떻게 살렸는지에 대한 평가는 오롯이 독자의 몫이라 믿는다. 우리 아이들이 가치 있다고 생각한 경험을 언어적 상상력으로 구체화한 글을 감상함으로써 아이들의 상상력을 간접적으로 체험하고 소통하는 것은 우리 지성인들이 해야 할 일이 아닐까 생각해 본다.

2018. 12. 31.

장석황

차례

소설

이 순간을

기억해

최은서

1. 시작

한결은 대한민국 서울 소장여동의 시옥고등학교 옥상에 서 있었다. 항상 굳게 잠겨 있던 옥상 문의 문고리가 어찌된 일인지 초록색 바닥에 나뒹굴고 있었다. 보드라운 5월의 햇살이 그의 교복에 내려앉았다. 하복을 입기에는 이른 날씨였지만, 그는 재킷도 걸치지 않은 얇은 하복 차림이었다. 한결은 4층 높이의 옥상에서 서울을 내려다보며 기가 찬다는 듯 헛웃음을 지었다. 우습게도 9년 만에 한국으로 돌아온 그를 반겨주는 것은 평화로운 날씨였다.

열린 옥상 문으로 정장을 빼입은 한 남자가 구두소리를 내며 한결의 곁으로 다가왔다. 남자는 갑자기 들어온 빛에 눈도 제대로 뜨지 못하면서 용케 뒷주머니에서 담배를 꺼내 입에 물고 지포 라이터로 불을 붙였다. 한결의 친형과도 같은 지헌이었다. 지헌은 이내 담배연기를 뻑뻑 뿜어대며 한결에게 '한국 영향력 확장 및 견제 프로젝트'라고 적힌 황색 서류 봉투를 건네주었다. 한결은 서류봉투를 뜯으며 말했다.

"형은 뭐 하러 왔어?"

"난 네 친형 역할. 우린 부모님이 교통사고로 다 돌아가시고 내가 너를 돌보며 살고 있는 거야."

한결은 지헌의 말에 고개를 절레절레 저으며 서류 봉투에서 한 여자애의 사진을 꺼냈다.

"얘가 걔야?"

한결이 말했다.

"응. 중국 삼합회 광자두 소속, 이름 영원, 나이 19살, 너랑 동갑."

지헌이 무심하게 내뱉는 단어들은 결코 무심하게 지나칠 수 있는 것이 아니었지만, 사진 속 영원이라는 여자애의 모습은 단발머리에 깡마른 몸을 가진 지극히 평범한 모습이었다.

"왜 하필 학교야?"

한결이 미간을 잔뜩 찌푸리며 물었다.

"우리도 원래 학교로 올 계획은 없었는데 영원이라는 애가 갑자기 여기 입학을 했더라고. 그래서 우리도 여기로 온 거야. 어차피 한국으로 영향력 확장하려는 계획 예전부터 있었고, 삼합회 견제도 할 겸. 너는 다음 해 2019년 3월까지 이 여자애 감시하고 수상한 행동 하는 건 없는지, 그리고 한국에 대해 알게 되는 거 죄다 달에 한 번씩 보고."

"그럼 왜 하필 우린데."

한결은 벌써 싫증이 나는지 짜증이 가득한 목소리로 말했다. 지헌도 제 성질 남 못 주고 아직 반도 타지 않은 담배를 바닥에 짓밟아 꺼버리고 짜증을 눌러 담은 목소리로 대답했다.

"그럼 한국어로 프리토킹 가능한 17세에서 19세 사이의 조직원이 너 말고 또 누가 있냐. 나도 한국은 진절머리나는데 너 생각해서 여기 왔잖냐."

한결은 머리를 마구 흩트리며 한숨을 내쉬었다. 어느새 새 담배를 입에 문 지헌이 서울의 하늘을 향해 연기를 내뿜었다.

"야, 어릴 땐 몰랐는데 도시치곤 하늘이 높다."

지헌의 말에 한결도 하늘을 올려다보았다. 대한민국 서울, 시옥고의 옥상에 서 있는 두 사람은 일본 임협, 즉 야쿠자 조직인 이나가와카이의 조직원이었다.

2. 첫 만남.

두 사람은 교무실을 찾아 헤매고 있었다. 한결은 지헌이 일본에서 사전 조사랍시고 보여 주었던 '학교'라는 드라마를 떠올렸다. 똑같은 옷을 입고 복도에서 북적거리는 아이들, 개미집처럼 이어져 있는 교실들, 교실 앞에 붙어 있는 팻말, 교실 창을 통해 보이는 칠판과 책걸상까지, 드라마와 다를 것 없는 풍경이었다. 그러나 한결의 이마에는 식은땀이 맺혀있었다. 이렇게나 많은 낯선 사람들 속에 있는데, 이 사람들이 자신에게 총이나 칼 같은 흉기를 들이밀지 않는 이 상황이 오히려 그를 긴장시켰다. 한결은 아까 일본에서 힘들게 들여온 총을 뺏어간 지헌을 원망했다. 이는 지헌 또한 마찬가지인지 지헌은 총을 숨겨둔 가방을 꽉 쥐는 바람에 손이 하얗게 질려 있었다.

4층부터 내려가며 교무실을 찾던 한결과 지헌은 1층에 다다라서야 교무실을 찾을 수 있었다.

"열어야 하나?"

지헌이 떨리는 숨을 내쉬며 말했다.

"꼭 들어가야 해?"

한결 또한 떨리는 목소리로 말했다. 그러자 지헌은 작전현장에서 상대편의 눈을 피해 숨어 있는 것마냥 소곤소곤 말하기 시작했다.

"보스가 학교에 오면 제일 먼저 교무실에서 담임을 찾으라고 했다고. 그 사람이 어떻게 해야 하는지 다 가르쳐 준다고 했는데…."

"담임이란 애도 우리 조직이야?"

한결도 따라서 목소리를 낮추기 시작했다.

"아니, 그건 아니래."

"뭐라는 거야. 아, 몰라, 일단 열어."

두 사람의 눈빛이 현장에서처럼 비장해졌다. 지헌이 문고리에 손을 올리고 말했다.

"셋에 연다. 하나, 둘, 셋!"

교무실의 미닫이문이 부서질 듯 큰 소리를 내며 열렸다. 교무실 안에서 바쁘게 일하고 있던 선생님들과 학생들의 시선이 모두 문으로 집중되었다. 두 사람은 위협하듯 눈을 치켜뜨고 교무실 안으로 발을 들여놓았다. 한결이 소리치듯 말했다.

"담임이 누구입니까?"

그때, 80년대 미스코리아들이나 했을 법한 사자 머리와 메이크업을 한 중년의 여자 선생님이 두 사람에게로 다가왔다.

"오늘 전학 오기로 한 한결 학생 맞습니까? 그런데 넌 전학 첫날부터 머리가 이게 뭐야? 이놈 이거 얌전한 놈은 아니구면."

그 선생님은 한결의 곱슬머리를 가리키며 말했다. 한결은 만만치 않은 상대를 만났다고 생각했다.

"제 머리는 원래 곱슬머리입니다만."

한결의 말에 선생님은 그 머리를 만지며 유심히 살펴보더니 곧 고개를 살짝 끄덕였다.

"반으로 가자. 학부모님은 이제 가 보셔도 됩니다."

선생님은 한결의 어깨를 툭 치며 앞서 앞으로 나갔다. 한결이 담임 선생님의 뒷모습을 매섭게 노려보자 지헌이 귀에 속삭였다.

"저 사람이 담임인가 봐. 아까 내가 한 말 들었지? 무조건 저 사람이 하라는 대로 해. 영원이라는 여자에 잘 지켜보고. 힘내라."

한결은 지헌의 말을 되새기며 선생님을 뒤따라갔다. 선생님은 3-5라고 적힌 교실의 문을 열고 들어갔다.

"자, 자 조용."

담임은 교탁을 치며 말했다.

"오늘 우리 반에 전학생 온다는 소식 다들 들었지?"

담임 선생님의 말에 교실이 다시 시끌벅적해졌다. 담임은 문 앞에 서 있는 한결에게 들어오라고 손짓했다. 아까처럼 긴장되는 마음을 붙잡고 한 발 한 발 앞으로 걸어 나갔다. 교실 여기저기서 환호소리가 쏟아졌다. 한껏 당황한 한결의 얼굴이 벌겋게 물들어갔다.

"조용!"

순식간에 교실에 정적이 찾아왔다. 한결은 저 사자 머리 선생님의 말 한 마디에 30명 가까이 되는 아이들이 꼼짝하지 못하는 모습을 보고, 이 선생님이 교실의 보스라고 결론 내렸다.

"자기소개 해라."

선생님이 한결에게 말했다.

"자기… 소개? 그게 뭡니까?"

한결의 말에 반 아이들부터 선생님까지 모두 웃음이 터졌다.

"야, 전학생, 긴장했냐?"

맨 뒷자리에 자리에 앉아 있던 한 남자아이가 숨넘어가게 웃으며 말했다. 그 순간, 한결은 몸의 피가 차갑게 식는 것이 느껴졌다. 그 남자애의 옆 자리에 앉은 단발머리의 여자. 사진에서 보던 영원이었다.

"네가 누구냐고, 이놈아."

선생님의 말에 조금 정신을 차린 그는 대충 이름만 내뱉었다.

"짓궂게 굴지 마라. 넌 저기 빈 책상에 앉으면 된다. 반장, 전학생 잘 챙겨라."

선생님은 자기 할 말만 내뱉곤 교실을 나갔다. 한결은 영원의 바로 옆 문단 맨 뒷자리에 혼자 앉았다. 고개를 오른쪽으로 돌리면 바로 영원이 보이는 자리였다. 그가 앉자마자 바로 짧은 멜로디가 울렸다. 수업시간과 쉬는 시간을 알리는 신호라는 것쯤은 드라마를 통해 알고 있었다. 문제는, 반에 있던 아이들 모두 꿀을 본 벌떼처럼 한결에게로 모여들었다는 것이다.

"우리 반에 벌써 전학생만 2명이네. 어디서 왔어? 전에 어느 학교 다녔어? 너 되게 잘생겼다. 근데 지금도 전학 받아주나?"

"오 이 새끼 팔 단단한 거 봐, 운동 좀 하냐? 전학 왔으면 반에 한턱 쏴야지. 치킨 콜?"

무차별로 쏟아지는 관심과 질문에 한결은 산소가 부족해지는 것만 같은 기분이 들었다.

"야, 어디가!"

한결은 무작정 자리에서 일어나 교실 밖으로 도망쳐 나왔다. 한결은 계단 난관에 기대어 앉아 머리를 쥐어뜯으며 깊은 한숨을 내쉬었다. 한 시간도 안 되는 사이에 폭풍이 휩쓸고 간 듯했다.

"도대체 뭐냐고 이게."

한결은 눈을 꼭 감고 심호흡을 하며 혼잣말을 이어나갔다.

"한결, 정신 차려, 잊지 마. 난 여기 작전 수행하러 왔어."

한결은 방금 보았던 영원의 얼굴을 떠올렸다. 교실의 다른 평범한 애들마냥 생각 없이 웃고 있었다. 한결은 혀를 끌끌 찼다.

'도대체 그런 여자애가 어떻게 어마어마한 삼합회란 말이야.'

다시 온 학교에 종소리가 울렸다. 한결은 급히 교실로 돌아가는 다른 아이들을 따라 교실로 돌아갔다.

한결은 오히려 수업시간이 훨씬 편했다. 롤스의 원초적 입장, 홉스의 리바이어던… 도무지 알 수 없는 말들뿐이었지만, 반 아이들의 관심은 모두 선생님에게 향해 있거나 꾸벅꾸벅 졸기 바빴다. 수업시간이 학교생활의 3분의 2 이상인 것이 너무나도 다행이었다. 한결은 교탁 앞의 선생님이 아니라 영원을 바라보고 있었다. 영원은 턱을 괴고 무료한 눈으로 칠판을 응시하고 있었다. 도무지 삼합회라곤 할 수 없는 평범한 모습이었다.

점차 외계어를 내뱉는 선생님의 목소리가 멀어지며 나른함이 쏟아졌다.

"야, 일어나 봐."

한결은 자신을 부르는 소리에 잠에서 깨어났다. 한결은 무거운 눈꺼풀을 들어올렸다. 삼삼오오 모여 있는 아이들을 보니, 쉬는 시간인 듯했다. 간간이 책상 위에 엎드려 자는 아이들도 보였다. 한결은 아까처럼 정신없게 떠들려고 자신을 깨웠나 싶어 짜증 섞인 눈으로 자신을 깨운 사람을 쳐다보았다. 한결은 스프링처럼 튕겨 나가듯 자리에서 일어났다. 그를 깨운 사람은 영원이었다. 한결의 눈동자가 갈 곳을 찾지 못하고 흔들렸다. 이런 식으로 첫 대면을 하게 될 줄은 상상도 하지 못했을 뿐더러, 어떻게 영원을 대해야 할지 갈피를 잡을 수 없었다.

"너 수업시간에 나 계속 쳐다봤지."

"어… 그게…."

한결은 영원의 말에 안절부절못했다.

"왜 쳐다봤는데?"

한결은 자신의 볼을 찰싹찰싹 때리며 정신을 차리려고 했다. 머릿속으로 작전이라는 단어만 천만 번쯤 되새긴 후, 자신을 이상하게 바라보고 있는 영원을 마주했다.

"혼자 뭐해?"

"그게, 그, 잠이 안 깨서."

"아무튼, 또 그렇게 뚫어지라 쳐다보지 마라. 신경쓰이니까."

3. 영원의 이야기.

영원의 인생은 암담하기 그지없었다.

"영원, 타라 클럽 소탕 작전은 마무리되었나?"

"네, 건물설계가 습격하기에 좋더라고요. 여기 보세요."

영원은 삼합회 광자두 지부의 빛도 한 점 들어오지 않는 본부의 작전실에서 사람을 다치게 하고, 죽이기 위한 작전을 짜는 일을 하고 있었다. 그녀는 6살 때 보육원에 '고등학생을 위한 사회학'을 읽다가 광자두 보스의 눈에 띄어 곧바로 그 해에 이 일을 시작하였고, 지금까지 몇 명의 사람을 죽이기 위해 머리를 굴렸는지 세는 것은 15살에 포기하였다. 그리고 끔찍한 죄책감을, 역겨운 자괴감을 견디다 못해 아예 감정들과 생각들을 하나하나 차단하기 시작한 것은 16살 때였다. 이것을 결심하게 된 계기는 자신이 짠 작전으로 우리 팀은 손 하나 까딱 안 하고 상대 팀 20명이 전멸했다는 소식을 듣고, 영원은 방 천장 전등에 줄을 매달아 그 줄로 자신을 목을 감싸고 있었다. 때마침 작전을 마치고 돌아온 가원이 그런 영원의 모습을 보고 울며불며 매달렸다. 가원은 영원이 없으면 자신도 죽어버릴 거라며 울었다. 삼류 드라마에나 나올 것 같은 대사지만, 영원은 만약 가원이 제 앞에서 죽어버린다면 자신은 어떻게 될지 생각해 보았다. 그리고 결심했다. 어떻게든 살아야겠다고. 영원은 살기 위해 자신의 정신을 죽여 버렸다.

163의 뛰어난 아이큐를 가지고 있던 덕분에 그전에도 엄청난 실력을 갖추고 있었지만, 점차 표정도, 감정도 없어져 기계처럼 일 한 덕분에 실적은 하늘 높은 줄 모르고 올라갔고, 작전실의 모든 일을 도맡아 하게 된 것은 17살 때였다.

18살의 영원은, 그날도 새벽 1시나 되어서 끝난 일에 지친 몸을 이끌고 본부 숙소로 올라갔었다. 같은 보육원에서 지내다 같이 중국으로 왔던 가원은 그날 작선이나 특별한 훈련 스케줄이 없었기에 그저 방에서 뒹굴고 있었었다. 가원의 휴대폰에서 한국어가 들려서 영원은 호기심에 가원이 보고 있는 것을 함께 보기 시작했다.

"한국 드라마야."

"드라마? 작전실 신입도 드라마, 드라마 노래를 부르던데 그게 그렇게 재미있어? 순 말도 안 되는 이야기 뿐이더만."

가원이 영원에게 보여준 드라마에는 예쁜 교복을 입은 고등학생들이 꺄르르 웃으며 짝사랑하는 같은 반 남자 이야기를 하고 있었고, 학교 앞 분식집에서 떡볶이를 사 먹고 있었고, 성적 때문에 눈물 흘리고 있었다. 가원이 함께 드라마를 보고 있는 영원에게 이런 말을 했었다.

"우리가 한국에서 자랐다면 지금쯤 이런 생활을 하고 있었을 거야. 보육원 출신이라고 무시했으려나? 그래도 지금보단 훨씬 평범했겠지."

영원은 생각했다.

학교, 한국.

영원은 생각했다. 한국에서 자랐다면 교복도 입어 볼 수 있었을 것이고, 소리 내어 웃어볼 수도 있었을 것이고, 화가 나서가 아니라 첫사랑에 설레어서 얼굴을 붉혀볼 수도 있었을 것이고, 본부 구내식당이 아니라 분식집도 가볼 수 있었을 것이고, 동료의 죽음 때문이 아니라 성적 때문에 눈물 흘려볼 수도 있었을 것이다. 6살 그때 그 책만 읽고 있지 않았다면, 내가 조금만 덜 똑똑했다면, 거기 앉아 있지만 않았다면, 낯선 사람을 조금만 더 경계했더라면… 영원은 울컥 가슴이 아려왔다. 16살 이후로 처음 느껴보는 마음 깊숙한 곳에서부터 올라오는 통증에 어찌할 줄을 모르고 눈물만 뚝뚝 흘렸더랬다.

갓 19살이 된 어느 날, 광자두 본부에 간부 전체 회의가 열렸다.

"한국 현장조사에 갈 사람이 필요하다. 한국 조직폭력은 90년대 정부의 소탕작전 이후로 힘을 잃었어. 우린 힘을 잃은 조직폭력배에게 개입해 한국까지 영향력을 확장할 계획이다."

한국, 현장조사. 영원의 귀에 두 단어가 날아와 박혔다. 심장도 함께 고동치기 시작했다.

"제가 가겠습니다."

영원은 앞뒤 잴 것 없이 보스의 말이 끝나자마자 자리에서 벌떡 일어났다. 의자가 뒤로 넘어지면서 시끄러운 소리를 냈다.

"너? 너는 여기서 해야 할 일이 많아. 또 1년은 한국에 있어야 해."

"여기서 한국어가 가능한 사람은 저뿐입니다. 큰 작전이 아니라면 내 부하들로 충분하겠지만, 내가 필요하면 자료를 보내주십시오. 작전설계는 한국에서도 충분히 할 수 있습니다."

영원은 그 어느 때보다도 간절했다.

다수결에 따라 영원의 한국행이 결정되었고 혹시 모를 상황을 대비하여 동행한 가원과 함께 2018년 3월 14일, 영원은 13년 만에 한국 땅을 밟았다. 한국에 무지했던 보스는 그녀의 나이에 따라 한국에서 아무것도 할 수 없는 고등학교에 입학시켰다.(물론 영원의 완곡한 설득 때문이기도 하였다.)

아직은 어색한 학교의 에너지와 지루하고 별 볼 일 없는 하루하루가 영원은 너무나도 행복했다. 평범한 아이들처럼 떠들고 웃진 못하더라도, 그 아이들을 맘 편히 지켜볼 수 있다는 것과 같은 자리에 있다는 것 자체가 커다란 행복이었다. 간간이 제게 말을 걸어오는 아이들이 있을 때마다, 새로 생긴 친구와 급식을 먹으러 갈 때마다 영원은 볼을 핑크빛으로 물들였다. 집에 가는 길에도 현장에 나간 한 몸과도 같은 친구인 가원이 혹 다치진 않았는지, 돌아오지 못한 건 아닌지 걱정할 필요조차 없었다. 중국의 작전실에 갇혀 죽어가는 기계처럼 일하던 영원의 얼굴은 어느새 지워져 있었고, 가원의 몸에 그칠 일 없던 상처도 점점 아물어 갔다. 여느 10대 아이들마냥 생기가 감돌았다. 영원은 정말이지 너무나 행복했다.

어느 정도 학교생활에 적응된 5월, 다시 반에 전학생이 왔다. 영원이 처음 학교에 왔을 때와 꼭 똑같은 반응이라 반 아이들이 무척이나 귀여워 보였다. 안절부절못하는 전학생의 모습을 보니 묘한 동질감이 들었다.

3월에 입학을 하고 2달이나 흘렀어도 수업시간은 당최 적응되지 않았다. 영원이 죄다 10살도 전에 배웠던 것들이었기 때문이다. 그러나 영원은 수업시간의 가라앉은 교실의 분위기조차 소중했기에 수업시간을 만끽하고 있었다. 사실, 아까부터 영원은 한결이라는 전학생이 신경쓰였다. 자기소개할 때 눈이 마주쳤을 때 차갑게 식던 그의 눈빛이 예사롭지 않았다. 기지의 조직원들이 떠올라 등허리에 소름이 돋기도 했었다. 그리고 지금은 아예 대놓고 뚫어지게 쳐다보고 있었다. 한국에 와서 보지 못한, 꼭 조직원들의 눈빛처럼 날카로우면서도 기선에 우위를 선점하고 자신을 엄밀히 관찰하는 듯한 건조한 눈빛이었다. 한결의 눈이 점차 감기고 잠에 빠지자 영원은 그제야 한 차례 숨을 돌렸다.

'그럴 리가 없어, 말이 안 돼'

영원은 종이 치자 애써 생각을 돌리며 한결에게 다가갔다.

"너 수업시간에 나 계속 쳐다봤지."

"어… 그게…."

영원이 막상 말을 걸자 한결은 다른 아이들보다 더 어리숙하게 행동했다. 영원은 도무지 갈피를 잡을 수가 없었다. 조금 전까지만 해도 등골에 소름을 돋게 하였던 그 눈빛은 뭐고, 지금 이 모습은 또 뭘까.

4. 비밀과 경고

한결은 영원이 한 경고에, 차마 뚫어져라 쳐다보진 못하고 영원의 정신이 자신의 눈길을 신경쓰지 못할 만큼 딴 곳에 정신이 팔려 있을 때 몰래 훔쳐보곤 했다.

"야, 너 영원 쟤 좋아하지."

그러나 그것조차 쉬운 것이 아니었다. 좁은 공간에 온종일 모여 사는 아이들의 눈을 피하기란 불가능한 일이었다. 전학을 오고 나서 벌써 23일째 항상 영원을 쫓는 그의 눈을 반 아이들이 알아채지 못할 리가 없었다. 쉬는 시간, 엎드려 자는 영원을 사물함에 기대어 서서 바라보고 있었는데 이름도 모르는 반에서 제일 시끄러운 남자애가 의미심장한 미소로 다가왔다.

"야, 쳐다보기만 하지 말고 멋있게 말 거는 거야. 나 봐봐, 목소리는 낮게 깔고, 부드러운 미소, 올려다봤을 때 제일 잘생겨 보이는 35도 각도. 그리고 딱 말해! '매점 같이 갈래?' 자, 가라. 대한민국의 미래!"

한결이 듣는 둥 마는 둥 해도 혼자 신나서 떠들던 남자애가 갑자기 영원이 앉아 있는 자리로 한결의 등을 밀었다. 그러나 9년 동안 사람이 죽고 사는 싸움판의 현장에서 구른 한결이 순순히 밀려날 리는 없었고, 한결은 자동적으로 그 남자애에게서 몇 발짝 뒤로 떨어져 조준거리를 두고 뒷주머니에서 총을 꺼내려 했지만, 지금 그런 것이 있을 리는 없었다.

"야, 뭘 그렇게 무섭게 쳐다보고 그러냐. 미안해."

한결은 만져지지 않는 총에 이곳이 학교라는 것을 상기했다.

그 사이, 처음부터 잠을 자고 있지 않았던 영원은 한결이 뒷주머니에 손을 가져다 댄 모양을 유심히 살펴보고 있었다. 주먹을 쥔 상태에서 검지와 엄지를 편 다음 검지를 살짝 말아 방아쇠를 잡고, 엄지를 위에서 아래로 당겨 해머를 코킹하는 모습까지 영락없이 총 중에서도 리볼버를 쥐는 손이었다. 게다가 욱하면 무작정 손부터 나가는 또래 남자아이들과는 달리, 몇 발자국 떨어져 조준거리를 확보하는 행위. 영원은 한결이 절대 보통 아이가 아니라는 것을 확신했다.

영원은 바로 몰래 한결의 사진을 찍어 학교 뒤뜰 구석에서 가원에게 전화했다.

"어, 난데. 수상한 애가 있어서. 사진 보낼게. 본부에 연락해서 신원 파악 좀 요청해 줘."

"뭐?"

영원은 점차 굳어지는 가원의 얼굴이 눈앞에 보이는 듯했다. 전화기 너머의 가원은 애써 웃으며 말을 이어나갔다.

"설마, 여기 한국인데…."

영원은 손으로 이마를 짚으며 한숨을 쉬며 말했다.

"미안해, 언니."

두 사람 사이에 정적이 감돌았다. 3달 동안의 꿈 같았던 일상들은 말 그대로 꿈이었음을 확인사살 당하고 있었다.

"영원아, 알겠어. 사진 보내줘. 바로 본부에 연락할게. 근데 아마 별일 아닐 거야."

"그래, 언니."

"그래도 영원아, 혹시나 해서 하는 말인데 조심해."

영원은 체육복을 갈아입으며 항상 작전을 짜던 대로 적이 알아챌 수 없을 만큼 가까이에 숨어 있자고 생각했다. 영원은 일단 한결을 가까이 두기로 했다.

"자, 둘씩 짝지어서 캐치볼."

배 나온 체육 선생님 아이들에게 간단한 지시만 내린 뒤 운동장 벤치에 드러누웠다. 영원은 재빨리 공과 야구장갑 2개를 챙겨 한결에게 다가갔다.

"야, 너 나랑 같이해."

"우워워, 영원 적극적인데."

영원의 말에 아이들은 유난을 떨어댔고 한결의 눈동자는 정처 없이 흔들렸다. 영원은 무작정 한결을 끌고 가서 자리에 세웠다.

"똑바로 안 하는 놈들 벌점 준다! 반장, 체크해라."

체육 선생님은 벤치에 누워서 호루라기만 시끄럽게 불어대며 아이들을 재촉했다. 영원은 멍하니 서 있는 한결을 향해 야구공을 힘껏 던졌다. 그러나 야구공은 한결의 반에도 미치지 못한 거리에서 땅에 처박혔다. 영원은 평생 머리 쓰는 일만 해 왔기에 운동에는 젬병이었다. 건너편에서 한결이 어깨를 들썩이며 웃음을 참고 있는 모습이 보였다.

"니가 던져!"

괜히 자존심이 상한 영원은 한결을 향해 빽 소리를 질렀다. 한결은 계속 어깨를 들썩이며 공을 주워가서 영원에게 공을 던졌다.

"앗!"

영원과는 달리 평생 몸만 쓰던 한결의 공은 영원에게 강속구로 날아갔고 그걸 잡으려던 영원은 그만 팔뚝에 공을 맞고 말았다.

"야, 너 괜찮냐?"

영원이 팔뚝을 붙잡고 일어나지 못하자 한결이 다가와 말했다.

"그걸 그렇게 세게 던지면 어떡해."

"난 별로 세게 안 던졌는데…."

영원은 한결을 힘껏 째려보았다.

"보건실 갈래."

영원은 욱신거리는 팔을 보러 보건실에 가기 위해 자리에서 일어났다.

"야, 보건실 혼자 보내지 마라."

줄곧 누워서 일어나지 않던 체육 선생님이 어느새 일어나 앉아서 말했다. 결국, 영원과 한결은 함께 보건실로 향했다.

영원의 팔에는 시퍼런 멍이 들어 있었다. 보건실 선생님도 깜짝 놀라며 빨리 병원에 가 보기를 권했다.

"많이 아프냐? 미안."

한결은 그제야 영원에게 심심한 사과를 건넸다. 연고를 바르고 파스를 붙인 뒤, 두 사람은 보건실에서 나와 운동장으로 향했다. 수업 중인 복도에는 두 사람의 발소리만 울렸다. 둘은 말없이 그저 운동장으로 나왔다. 영원은 그늘이 있는 운동장 벤치에 앉았다. 한결도 영원의 옆자리에 앉더니 말했다.

"그, 저기. 드라마에 보니까 누구 다치게 하고 그러면 막 부모님 부르고 위원회인가 뭔가 그거 열리고 그러던데, 내가 그런 거에 연관되면 좀 골치 아파지거든. 그래서 말인데 네가 말 좀 잘해 줘라. 사고라고."

영원은 말문이 막혔다. 학교에 고작 3달 다닌 영원이 그런 것을 자세히 알 리도 없거니와 무엇보다 평범하게 학교에 다녔던 학생이라면 드라마에서 봤느니 어쩌니 하는 저런 말을 할 리도 없었다. 영원은 최대한 자연스럽게 웃으며 말했다.

"뭐야, 너 학교 안 다녀봤냐?"

한결은 머리가 아찔해지는 것을 느꼈다. 저 질문에 대한 대답을 도저히 찾을 수가 없었다. 자신을 뚫어지라 쳐다보던 영원은 한결이 안절부절못하며 옹알이하듯 '어, 저, 그게, 그러니까'만 반복하자 영원이 피식 웃으며 말했다.

"나는 이렇게 행복하게 학교 다니는 거 처음이야. 반 애들은 고3이라 좀 힘들어 하는 것 같긴 한데, 글쎄. 나는 지금이 너무 행복해. 이 순간을 깨뜨리는 사람이 있으면 무슨 수를 써서라도 죽여 버릴 거야, 그 정도로 나는 지금이 좋아."

영원의 섬짓한 눈빛과 한결의 놀란 눈이 얽히었다.

5. 한결의 이야기

한결의 인생은 처절하기 그지없었다.

그의 아버지는 술만 먹었다 하면 어머니와 그를 무차별로 때렸고, 아버지는 항상 술에 취해 있었다. 어린 한결의 작은 몸엔 언제나 멍과 상처들로 가득했고 학교에서도 아무도 그에게 말을 걸어주지 않았다. 시간은 한결이 사는 건지 죽은 건지도 모른 채 숨쉬어도 무심히 흘러 그는 11살이 되었고, 그날 따라 유난히 아버지는 더 술에 취해 그나마 남아 있던 집안 살림을 죄다 때려 부수기 시작했다. 어머니는 주방에서 식칼을 가지고 아버지의 등 뒤를 노리고 있던 한결을 막아서다가 그만 소주병에 머리를 맞았고, 피를 흘리는 그 와중에도 한결을 집 밖으로 내보냈다. 한결의 손엔 여전히 식칼이 들려 있었다.

그리고 한결은 다시는 집으로 돌아가지 않았다. 길바닥을 전전하며 살았다. 그때 15살의 지헌을 만났다. 지헌은 나흘째 굶고 있는 한결을 거둬다가 자신의 아지트로 데려가 유통기한이 한 달이나 지난 식빵을 주었다. 그리고 그 둘은 쭉 함께였다.

한결이 11살일 때의 겨울날, 한결과 지헌은 백발 할머니가 운영하는 동내 구멍가게에서 라면을 훔치고 있었다.

"꼬마야, 도둑질은 나쁜 거야."

한 남자가 알 수 없는 언어로 한결과 지헌을 붙잡았다. 둘은 거의 닷새 동안 수돗물 말고는 먹은 것이 아무것도 없었기에 이 라면을 놓을 수도, 도망칠 힘도 없었다. 한결은 그 남자에게 식칼을 들이밀었다. 집에서 나올 때 들고 있던 그 식칼이었다.

"이거 놔."

그 남자는 겁을 먹기는커녕 웃음을 터트렸다.

"이 꼬마들 눈빛이 아주 좋은데. 마음에 들어."

그 남자는 일본 입협, 그러니까 흔히 말하는 야쿠자의 이나가와카이 조직의 보스였고, 그날 이후로 두 사람은 이나가와카이 조직원이 되어 살인 병기로 키워졌다. 한결은 식칼을 내려놓고 총으로 사람을 죽였다. 죽이고,

죽이고, 또 죽였다.

13살, 6월 21일 한결은 처음으로 사람을 죽였다. 그 뒤로 숫자가 기하급수적으로 늘어나자 한결은 세는 것을 멈추었다. 그러나 첫 번째만은 잊으려 해도 잊히지가 않았다.

그리고 한결이 19살, 지헌이 23살이 된 2018년의 3월, 그는 한국으로 돌아왔다.

한결은 처음 마주한 핏자국 없는 일상에 처음 며칠 동안은 공황상태였다. 아무도 자신을 해치려 들지 않고, 맘 편히 돌아갈 수 있는 집이 있다는 것이 다른 사람의 옷을 입은 것처럼 불편하고 어색했다. 그래서 한결은 영원에게 더 집착했다. 사실, 눈을 치켜뜨고 지켜보려고 하지 않아도 손바닥만한 교실 덕에 고개만 돌리면 영원을 찾을 수 있었다. 삼합회라는 것은 상상도 할 수 없을 정도로 평화롭고 평범하게 살아가는 그녀를. 그리고 문득 이러한 생각이 들었다.

'그렇다면 나도 그래도 되지 않을까. 딱 이 일 년만이라도 평범하게 살아봐도 될 것 같은데'

한결은 점차 긴장을 풀기 시작했다. 그러고 나자 많은 것들이 보였다. 자신과 지헌의 몸에서 점차 옅어지는 상처들과 단조로운 일상과 자신도 모르게 얼굴에 띠는 옅은 미소, 태어나서 가장 편안한 마음, 5교시의 나른한 교실의 공기, 점차 여름의 향기가 짙어지는 그날의 날씨. 한결은 그것들을 사랑하기 시작했다.

그렇게 한국 생활이 23일이 지나, 영원이 한결에게 말을 걸었다. 임협과 삼합회 주제에 캐치볼을 하며 사소한 말다툼을 했고 함께 보건실까지 다녀왔다. 너무 마음을 놓고 있던 탓인지 영원에게 학교를 안 다녀봤느냐는 말까지 들었다.

"나는 이렇게 행복하게 학교 다니는 거 처음이야. 반 애들은 고3이라 좀 힘들어 하는 것 같긴 한데, 글쎄. 나는 지금이 너무 행복해. 이 순간을 깨뜨리는 사람이 있으면 무슨 수를 써서라도 죽여 버릴 거야, 그 정도로 나는 지금이 좋아."

영원이 큰 눈으로 똑바로 한결을 바라보았다. 한결은 저 눈빛을 알고 있었다. 입가엔 미소를 띠고 있지만, 그녀의 눈빛은 현장에서 경고를 보내는 상대의 눈이었다. 그리고 한결은 속으로 영원에게 대답했다. 나 또한 그러하다고.

6. 대면

<u>'한결. 일본 임협 이나가와카이 소속. 19세. 우리와 같은 목적으로 한국에 들어와 있는 것으로 짐작. 영원은 일단 지켜보도록 한다. 한국에 관한 것과 함께 한결의 행보에 대해서도 보고할 것.'</u>

영원과 가원은 자신의 모니터에 중국어로 띄어져 있는 이메일을 읽고 사색이 되었다. 영원의 몸이 미세하게 떨렸다. 영원이 가원에게 말했다.

"언니, 총 가져왔지."

영원의 말에 가원의 표정이 순식간에 굳었다. 가원은 소파 밑에 두었던 자신의 총기를 꺼냈다. 차이니즈 피스톨이었다.

영원은 그 다음 날 새벽에 등교해서 선생님의 책상에서 몰래 '서울 소장 여동 새당아파트 804호'라는 한결의 주소를 확인하고 가원에게 전달했다. 오늘 한결이 하교를 하고 집에 문을 열고 들어가자마자 문이 닫히는 사이를 저격해 처리할 계획이었다. 가원의 재빠른 움직임으로 충분히 친형이라는 지헌이라는 사람도 처리할 수 있을 것이다.

영원은 한결과 함께 그의 집으로 향했다. 영원은 현장에서 구른 한결이 자신이 뒤따라 가는 것 정도는 금방 알아차릴 것이라는 걸 알고 있었기 때문에 친구에게 부탁해 국어 수행평가 조를 바꾸고 그 핑계로 함께 집으로 향했다. 둘은 아무 말 없이 그저 걸어 마침내 한결의 집 앞으로 다다랐다. 미리 아파트의 CCTV를 처리해 둔 가원이 모자를 눌러쓰고 두 사람과 함께 엘리베이터에 올라탔다. 엘리베이터가 8층에 멈추고, 영원은 신발 끈을 묶는 척 뒤로 물러났다. 한결이 804호의 문을 열었다. 가원이 품속에서 소음기를 단 총의 머리만 살짝 내밀었다. 가원이 방아쇠를 당기려던 그 순간, 천천히 닫히던 현관문이 갑자기 재빨리 닫혔다. 현관문을 닫아서 나는 쾅 소리와 동시에 방아쇠는 당겨졌고 총알은 현관문에 박혔다.

영원과 가원이 놀라기도 잠시, 현관문은 금방 열렸다.

"큰일 날 뻔했잖아."

총을 든 지헌이었다.

"우리에 대해서 뭘 알고 있지? 용건이 뭐야."

지헌의 뒤로 한결도 총을 들고 나왔다.

"영원이랑 같이 왔지?"

"영원? 그 삼합회?"

한결의 말에 지헌이 놀란 듯 되물었다.

"그래, 삼합회 영원."

한결은 영원에게 다가가 몸을 옆집과 반대로 돌려 총을 가리고 영원의 얼굴에 겨누었다. 가원이 CCTV는 완벽하게 처리했지만 혹시나 주민이 보게 되면 안 되니까 품속에서 총을 꺼내진 못하고 입술만 짓씹었다.

"우리가 이나가와카이인 거 알게 된 것 같은데 말로 합시다. 총 내려놔."

가원은 하는 수 없이 총을 다시 넣고 두 손을 펴 보였다. 그러자 한결도 총을 내렸고 영원이 파르르 떨리는 숨을 내쉬었다. 지헌까지 모두 총을 내렸다.

"들어오세요."

지헌이 말했다. 네 사람은 한결의 집으로 들어갔다.

테이블 위에 세 개의 총이 나란히 놓여 있었고 네 사람이 그 테이블에 앉아 있었다. 영원이 먼저 입을 열었다.

"어떻게 할까요, 우리."

영원의 말에 아무도 대답하지 못하고 정적만 흘렀다. 정적을 깬 것은 한결이었다.

"형, 한국생활 좋지?"

"좋지, 이래도 되나 싶을 정도로."

지헌이 쓸쓸한 미소를 지은 채 말했다.

"영원 넌 어떻냐? 그쪽은요?"

한결이 이번엔 영원과 가원에게 물었다.

"말했잖아. 이 생활을 방해하는 사람이 있으면 죽여 버릴 수 있을 만큼 좋다고. 지금 그러려고 하기도 했고."

영원이 말했다. 영원의 말이 끝나기 무섭게 한결이 말했다.

"나도 마찬가지야. 방금 죽여 버릴 뻔하기도 했고."

"난 여기 생활 절대 포기 못해."

가원이 말했다.

"나라고 포기할 줄 알아?"

지헌이 총으로 손을 가져다 대며 말했다.

"그럼 이렇게 해요!"

영원이 총을 잡으려는 지헌의 손을 막으며 말했다.

"서로 모른 척만 하면 해결되는 문제잖아. 적당히 모른 척하고 보고할 때 적당히 둘러대고. 우리 그렇게 지내요. 그게 여기 있는 사람 전부 다 한국에 무사히 있을 방법이에요."

7. 관계의 진전

네 사람이 서로 모른 척하고 적당히 본부에 보고하자고 합의를 본 지 2주가 흘렀다. 그간 단조로운 한국에서의 일상으로 돌아온 것 같다가도 한결과 영원 사이에 알 수 없는 긴장감이 감돌았다. 어느새 여름이 짙어져 반 아이들의 대부분이 하복을 입고 있었다. 오늘은 6월 21일, 한결이 처음으로 사람을 죽인 날이다.

한결은 멍하니 학교에 앉아 있었다. 초점 없는 눈으로 허공을 응시했다. 매년 6월 21일인 날에는 술에 진탕 취해 있었다. 6월 21일의 기억은 싹 다 없어지길, 눈을 뜨면 그날이 지나있길 간절히 바라면서 술을 들이켰다. 올해 에도 충분히 그럴 수 있었지만 어젯밤에 본부에서 이번엔 상황이 특수하니 작전을 이어가라는 메일이 왔었다. 보스는 매년 이날마다 연락이 두절되는 것을 안 그래도 못마땅하게 여기고 있었다. 이나가와카이의 조직원 모두 처 음 사람을 죽인 날엔 죄책감에 힘들어하긴 하지만 한결처럼 무너지진 않는 다며 심약한 놈이라도 놀리기도 했다. 영원과 말도 안 되는 합의까지 한 터 라 보스의 명령을 모른 척할 수가 없었기에 한결은 꾸역꾸역 학교에 나왔다.

한결은 머리가 어항에 갇힌 것 같은 느낌이 들었다. 산소가 부족한 듯 숨 이 가빠왔고 주위의 소리가 웅웅거리며 머릿속에서 울렸다. 한결은 견디다 못해 두 귀를 막고 두 눈을 꼭 감고 고개를 푹 숙였다. 눈을 감으니 그날 기 억이 재생되었다. 피가 낭자한 창고와 혼자 살아남은 상대, 그리고 그에게 로 총을 겨누고 있는 한결.

'쏴. 죽여. 빨리 쏘란 말이야! 괜찮아, 처음이라 그래. 그냥 쏘면 돼. 아님 네가 죽어. 쏴!'

그의 옆에서 들려오는 조직원들의 재촉. 한결은 결국 방아쇠를 당기고 그는 악 소리도 내지 못하고 땅에 엎어져 도망가려는 듯 발버둥친다. 그러 나 그 발버둥은 그의 마지막 숨과 함께 멈춘다.

"그만!"

한결은 소리쳤다. 거친 숨이 마구 튀어나왔다.

"너 왜 그래. 어디 아파? 많이 아픈 거야?"

한결의 고함에 반 아이들이 다 몰려와 그의 상태를 살폈다.

"잠깐 비켜봐."

영원이 아이들을 비집고 들어와 한결을 일으켜 부축하며 보건실 침대에 데려다 눕혔다. 한결은 식은땀에 온몸이 젖어서 계속 '안 돼, 그만, 난 정말 살려고, 미안'이라고 중얼거렸다. 영원은 한결을 부축하느라 거칠어진 숨을 고르고 한결의 볼을 툭툭 치며 그를 불렀다. 그러나 한결은 정신이 나가 있었다.

"너 오늘 처음 사람 죽인 날이지. 꼭 우리 가원언니랑 똑같은 말 하네. 꼭 나 같기도 하고."

한결에겐 들리지 않는다는 걸 알지만, 영원은 혼잣말하듯 한결에게 말했다. 영원은 학교에 있는 약으로는 그를 편히 잠재울 수 없을 것 같아 한결의 휴대폰의 주소록에 딱 한 개 저장된 번호인 지헌에게 전화를 걸었다.

지헌은 금방 도착해서 담임 선생님께 허락을 받고 계속 울고 있는 한결을 집으로 데려갔다.

하루 종일 영원의 머리에 그 녀석이 울던 모습이 맴돌았다. 꼭 죄책감과 자멸감을 이기지 못하고 죽음을 선택하려던 16살 때의 자신의 모습과 겹쳐져 더 마음이 쓰이고, 그때 생각에 영원의 마음마저 쓰려 왔다. 저번에 보니, 한결도 자신만큼이나 한국생활에 애정이 있다는 것 같다는 생각까지 닿자 결국 영원은 가원에게 한결의 집에 들렀다 간다는 문자를 남기고 그의 집으로 향했다. 벨을 누르자 지헌이 나왔다.

"무슨 일이야."

지헌이 경계심 가득한 눈으로 영원을 바라보았다.

"그게, 그냥 한결이 괜찮나 해서요. 잠깐 들렀어요. 나쁜 의도 전혀 없어요. 믿어 줘요."

"네가 그걸 왜 신경쓰지?"

지헌이 영원의 말에 의아한 듯 말했다.

"……."

"가라."

영원이 아무 말 못 하고 가방끈만 만지작거리자 지헌이 다시 들어가려고 했다. 영원은 다급히 그를 붙잡고 말했다.

"그 모습이 너무 나 같아서요. 16살 때의 저 같아서요. 그래서. 그냥 갈 수가 없어서….'"

영원의 말에 지헌이 빤히 영원을 쳐다보더니 문을 열어 주었다.

한결은 수면제를 먹고 잠에 빠져 있었다. 영원은 침대 맡에 앉아 한결의 얼굴을 들여다보았다. 알고 보면, 그와 자신은 참 닮은 점이 많았다. 한결의 얼굴 위로 16살 때의 영원의 얼굴이 겹쳐졌다. 영원은 그 얼굴 위로 손을 가져다 대고 볼을 살살 쓸었다. 영원의 눈에 눈물이 맺혔다.

"잠깐 나와 봐야겠는데."

지헌이 방문을 열고 들어와 영원을 불렀다. 영원은 급히 그의 얼굴에서 손을 떼고 지헌을 따라 현관문으로 향했다. 가원의 목소리가 현관문을 마구 두드리며 영원의 이름을 부르고 있었다.

"우리 언니에요. 잠깐만요"

영원은 현관문을 열었다.

"영원아! 너 우리 영원이한테 무슨 짓 했어!"

가원이 무작정 지헌에게로 달려들었다.

"언니, 아니야. 나 괜찮아. 내가 먼저 왔어."

영원이 가원을 막아섰다. 가원이 영원을 끌어안으며 말했다.

"너 문자 그렇게만 하고 전화도 안 받으면 어떡해. 걱정했잖아!"

"미안."

그때 방문이 열리고 한결이 인상을 찡그리며 나왔다.

"형, 뭐가 이렇게 시끄, 영원? 그리고 저번에 봤던."

"이제 갈 거야."

영원은 소파에 두었던 가방을 집어들고 가원을 데리고 집 밖으로 나가려고 했다. 그러나 한결이 그들을 붙잡았다.

"아니야, 같이 저녁 먹고 가. 영원 네가 나 도와줬다며. 그런 사람 그냥 보내는 건 아니지. 괜찮지 형? 형이 빚지고 살지 말라며."

"그건 은혜를 갚고 살라는 말이 아니라 애초에 그런 일을 만들지 말라는 말이었는데. 참 내…."

지헌은 한숨을 쉬고 고개를 저으면서도 치킨집에 전화를 걸었다.

저번엔 총이 놓여 있던 자리에 이번엔 후라이드 반 양념 반 치킨 놓였다. 네 사람은 말없이 조용히 치킨만 먹었다. 오늘은 가원이 조심스레 말을 꺼냈다.

"그, 보고할 날 얼마 안 남았는데, 같이 하죠. 입 맞춰야 할 것 같은데."

지헌이 갑자기 치킨을 먹다 말고 웃음을 터트렸다.

"왜 이래, 형?"

"아니, 웃기지 않냐? 2주 전까지만 해도 서로 총 들이밀고 죽고 죽일 뻔했는데 지금 같이 치킨이나 먹고 있는 이 상황이 안 웃겨?"

지헌의 말에 차례로 웃음을 터트리기 시작했다. 집 안에는 네 사람의 웃음소리로 가득 찼다.

이 순간을 기억한다.

8. 이 순간들을 기억하라

한결과 지헌은 보고서를 작성하기 위해 영원의 집에 모였다.

"으, 더워."

지헌이 이마에 송글송글 맺힌 땀을 훔치며 말했다. 7월에 접어들면서 어느새 완연한 여름이 찾아왔다. 가원은 얼음을 가득 넣은 냉수를 들고 거실

테이블에 앉았다. 각자 노트북을 들고 심각한 표정으로 중국어로, 일본어로 타자를 치고 있었다. 언뜻 보면 과제중인 학생들 같았다.

"그냥 별다른 움직임이 없다고 하면 되는 거지?"

"응, 다 쓰고 보여줘."

첫 번째는 한결, 두 번째는 영원이었다. 가원은 두 사람을 보며 살짝 미소 지었다. 지금만큼은 영락없는 한국의 고등학생 같아 보였다. 가원도 이내 지헌의 옆자리에 자리를 잡고 앉았다.

"조사한 거 위주로 씁시다. 애들 이야기는 한 두 줄만 하고."

가원이 말했다.

"네, 안 그래도 그렇게 쓰고 있습니다."

지헌이 노트북에서 시선을 고정하며 말을 이어갔다.

"근데 뭐 건진 거 있어요? 한국 조폭들 거의 싹 다 신분세탁하고 유흥업소 같은 거 차려서 남은 건 그냥 애들 삥이나 뜯는 조무래기뿐이던데."

"그렇죠? 저도 뭐 별게 없더라고요. 한국 경찰은 중국이나 일본 경찰과는 다른가 봐요. 신분 세탁한 조폭들한테 접촉해서 입단시키고 무기랑 인력 보내서 영향력 과시할 모양이던데, 헛!"

가원은 급하게 입을 틀어막았다. 지헌도 쉬지 않고 움직이던 손가락을 멈추고 놀란 눈으로 가원을 바라보았다. 가원은 지금 조직의 기밀을 누출하여 약하면 퇴출, 심하면 사형까지 받을 수 있는 짓을 한 것이다.

"못 들은 걸로 할게요."

지헌이 말했다.

"… 고마워요."

가원에 말에 지헌이 별거 아니라는 듯 눈을 찡긋거리고는 다시 손을 움직이며 말했다.

"너무 긴장 풀린 거 아니에요? 우리."

가원은 지헌의 말에 잠깐 생각하더니 살짝 웃음을 흘렸다.

"맞아요. 그렇죠. 지금 답 없이 너무 무방비하죠. 조사한답시고 나가서 쇼핑이나 하고. 근데, 우리라니요?"

"나도 가원 씨랑 똑같아요. 지금 삼합회랑 이나가와카이가 같이 보고서나 쓰고 있는 게 말이 됩니까? 이게 다 여기 생활이 너무 평화로운 탓이고, 우리 이전 생활이 너무 불행했던 탓입니다. 그러니까 올해만큼은 좀 행복해도 되지 않을까, 그런 생각이 들어요."

가원은 지헌의 옆모습을 빤히 쳐다보았다. 그리고 말했다.

"나도요."

"뭐? 아이큐가 163이라고? 사람이야?"

한결의 갑자기 크게 말했다.

"그럼 내가 괴물이냐?"

영원은 언제나 그랬듯 퉁명스러운 목소리로 되받아쳤다.

"형, 내가 어떻게 한국어 아냐고 물었더니 어릴 때 한국에 살았대, 어떻게 삼합회에 가게 됐냐고 물었더니 머리가 좋아서 보스가 데려갔대, 어쩐지 조직원이 무슨 몸이 저렇게 호리호리 하나 했더니 작전실에서 머리만 굴렸대. 머리가 얼마나 좋으면 얼마나 좋으냐고 물었더니, 얘 사람이 아니었어."

"그럼 내가 괴물이란 소리냐고!"

지헌이 그런 한결을 보고 킥킥 웃으며 말했다.

"너 한국 오고 말이 너무 많아졌어. 쫌 감당 안 되려고 그래."

가원도 영원을 바라보며 생각했다. 영원이가 저렇게 싫은 티, 좋은 티를 낸 적은 16살 이후로 처음이었다. 불과 몇 달 전까지만 해도 곧 부서질 것 같은 기계 같았던 영원이에게 생기가 불어 넣어지고 온기가 돌아왔다. 가원도 함께 소리 내어 웃었다. 네 사람이 시끌벅적 하게 온 집안을 채웠다.

어찌어찌 보고서 작성이 다 끝나고 보니 점심시간이 훌쩍 지나 있어 저번처럼 치킨을 시켜서 다 같이 먹고 있었다. 티비에서는 철 한참 지난 영화를 틀어주고 있었다. 영화라는 게 있다는 걸 알고만 있었지 직접 본 적이 없던 네 사람은 영화에 빠져들 듯이 집중했다. 영화에서는 여행을 간 친구들이 여름밤의 바다에서 고기를 구워 먹은 뒤 불꽃놀이를 하며 놀고 있었다.

"나 저거 해보고 싶어."

영원이 화면을 바라보며 홀린 듯 말했다.

"같이 해주면 안 돼?"

"그 까짓거, 한 번 해보지 뭐."

가원이 영원에게 말했다.

"나도 해보고 싶어 저런 거."

한결이 부끄러운 듯 얼굴을 붉히며 말했다.

"좋아. 보고서도 같이 썼는데, 못할 거 없지."

지헌이 한결의 어깨에 손을 올리며 말했다.

"여름방학 하자마자 가는 거야."

영원이 말하자 '좋아'라는 대답이 차례로 들려왔다.

학교, 야자가 시작되기 10분 전. 앞으로 2시간이나 학교에 더 있어야 한다는 생각에 한결은 가슴이 답답해졌다. 한결은 한숨만 푹푹 내쉬고 있었다.

"땅 꺼지겠다."

지나가던 영원이 한결에게 말했다.

"아, 몰라."

한결은 책상 위로 엎어졌다. 하지만 그러기도 잠시, 한결은 벌떡 허리를 세웠다.

"아!"

"뭐야, 갑자기."

영원이 한결의 돌발행동에 깜짝 놀라며 말했다.

"우리 야자 째기, 그거 해볼래?"

한결의 말에 혹한 영원은 학교 약도를 들고 와서 동선을 그리며 탈출 작전을 세우기 시작했다.

"여기는 선생님들이 잘 안 온단 말이야. 감독 선생님이 없는 틈을 타서 구석 좁은 계단으로 내려간 다음, 저번에 들었는데 뒤뜰에 애들이 급할 때 쓰는 탈출구가 있대. 거기로 나가면 돼."

한결과 영원은 바로 작전을 실행에 옮겼다. 감독 선생님이 위층으로 올라가자마자 둘은 화장실 옆의 좁은 계단으로 재빠르게 내려갔다.

"너 이노무시키들, 어디 가!"

그때 화장실에서 나오던 선생님이 도망가는 한결과 영원을 발견했다.

"뛰어!"

한결은 영원의 손을 잡고 무작정 뛰어서 뒤뜰의 탈출구로 달렸다. 워낙 빠른 한결 덕분에 선생님은 멀어졌지만, 열심히 쫓아오고 계셨다. 뒤뜰에 탈출구라는 것은 다른 담보다 낮은 담이었는데 문제는 이것이 영원의 어깨높이 라는 것이다. 뛰어넘기에는 너무 높은 높이였다. 한결은 어느새 반대편으로 건너 가 있었다. 영원은 숨이 차 헉헉대면서 말했다.

"너무 높잖아."

"일단 담 위로 올라와."

"못하겠는데."

몸 쓰는 것엔 젬병인 영원이 발을 동동 구르며 말했다.

"야! 너희 이리 안 와!"

어느새 선생님이 가까이 따라왔다. 마음이 더욱 급해진 한결은 하는 수 없이 영원의 팔 안쪽을 잡고 영원을 들어올렸다. 한평생 운동만 한 한결에 게 이쯤은 아무것도 아니었다. 영원의 무릎이 담에 닿자 무릎을 담 위에 올리고 뛰어내렸다.

"으…."

두 사람은 함께 넘어졌다. 그 덕에 한결이 영원의 위에 깔렸다. 두 사람의 눈이 숨이 닿는 가까운 거리에서 마주쳤다. 영원은 화들짝 놀라 일어섰다.

"그, 괜찮아?"

"어어."

"그럼, 우리 떡볶이 먹으러 갈래?"

영원은 붉어진 얼굴을 들킬까 봐 고개를 푹 숙인 채 말했다. 넘어졌을 때 닿은 한결의 얼굴과 탄탄한 몸이 영원의 가슴을 뛰게 만들었다.

"좋지."

두 사람은 아무 말 없이 학교 앞 분식점으로 향했다. 음식이 나오자 어색해 하던 영원은 온데간데없고 떡볶이를 두 개씩 집어 먹었다.

"나, 이런 거 너무 해보고 싶었어."

한결은 그런 영원을 바라보았다. 한결은 몰래 얼굴을 붉혔다. 떡볶이를 먹는 영원이 예뻐 보였고, 넘어졌을 때 닿은 그녀의 마른 몸과 큰 눈이 그의 마음을 설레게 만들었다.

이 순간을 기억한다.

여름방학이 시작되고, 네 사람은 약속했던 대로 여름바다로 떠났다. 이제 막 방학이 시작되어 바다는 한산했다. 그들은 모래사장 위에 텐트를 치고 가장 먼저 고기를 굽기 시작했다. 가원과 지헌이 서로 우리 애 먹일 고기 탐내지 말라며 투덕거리면서 고기를 굽는 동안 한결과 영원은 바다에 발을 담그며 장난치고 있었다. 고기가 다 구워져 먹을 때도 가원과 지헌은 각자의 아이들을 챙기기에 급급했고 영원과 한결은 빨리 먹고 놀고 싶어 안달이었다. 모래사장 위에 글씨도 써 보고, 함께 모래성을 쌓다가 넘어져 버리는 가원 탓에 다 망쳐 보기도 하고, 산책하던 지헌을 바다에 빠뜨려 보기도 하고, 혼자만 당할 수 없다는 지헌에게 세 사람 모두 홀딱 젖어 보기도 하다 보니 어느새 해가 어둑어둑하게 져 있었다. 영원과 한결은 불꽃놀이를 꺼내들었다. 여름밤의 냄새와 바다냄새가 섞여 오묘한 청량감이 온몸을 감돌았고 바다파도 소리에 마음까지 씻겨 내려가는 듯했다.

"예쁘다."

영원이 자신의 손 위에서 예쁘게 터지는 불꽃들과 하늘에 총총 박혀 있는 별들을 바라보며 말했다.

"좋네."

한결이 말했다.

"넌 가끔 불안하지 않아? 시간이 너무 빨리 가니까. 이 행복이 너무 빨리 끝나면 어쩌나, 끝나고 나면 다시 그 지옥으로 돌아갔을 때 버틸 수 있을까."

영원이 말했다.

"당연히 하지. 그런데 이 행복, 기한이 정해져 있잖아. 그딴 생각할 시간이 어디 있어. 최대한 누리고 최대한 간직하고 가야지. 그 지옥으로."

한결이 말했다.

"근데 넌 어떻게 한국말 할 줄 알아? 저번엔 나만 말했잖아."

영원이 말했다.

"11살 때까지 한국에 있었어. 술주정뱅이에 틈만 나면 때리는 아버지 피해서 집 나와서 지헌이형 만나고, 도둑질하다 보스 눈에 띄어서 이나가와카이에 입단하고, 뭐. 현장 나가면서 살았지."

"나랑 가원 언니는 보육원에서 만났는데."

두 사람은 서로를 마주보았다. 서로의 눈빛엔, 서로가 또 그들 스스로가 담겨 있었다. 영원이 말했다.

"내가 이 똑똑한 머리로 생각해 봤는데, 남들 평범하게 누리던 거 우린 하나도 못하고 살았으니까 이 기간 동안 우리는 그 누구보다 행복해야 해. 그럴 자격이 있어 우린."

그들의 손 위에는 여전히 불꽃이 예쁘게 피어나고 있었다.

가원과 지헌은 뒤편에 서서 아이들을 바라보고 있었다.

"난 가끔 이럴 때 무섭더라고, 너무 좋아서."

지헌이 말했다.

"저번에 행복해도 된다고 말했던 사람 어디 갔나."

가원이 말했다.

"물론 행복해야죠. 근데, 너무 행복해서 이 시간들이 지나면 내가 어떻게 살아야 하나 싶어서."

가원은 지헌을 충분히 이해한다는 듯 고개를 끄덕였다.

"뭐, 어떻게든 살아지겠죠. 난 이제 어딘가에 행복이 존재한다는 걸 아니까 그 행복을 찾기 위해서라도 살아 갈 수 있을 것 같아요. 그 전보다도 더 낫게."

지헌은 가원을 바라보았다.

"다시 찾아왔을 때 정말 행복이 이 자리에 그대로 있어줄까요?"

"그러니 찾아야죠. 그래서 한 번 살아보려고요. 당신같이 현실파악을 잘하는 사람들은 지레 겁먹는 면이 있더라고요. 그러지 말아요."

이 순간을 기억한다.

9. 또 다른 시작.

한 번도 학교에 빠지지 않은 영원이 오늘 여름방학 보충에 나오지 않아 걱정이 된 한결은 그녀의 집으로 향했다. 벨을 눌렀지만 안에서 아무런 대답이 없었다.

"아무도 없나?"

두 번, 세 번 눌러도 아무런 반응 없자 한결은 혹시나 싶어 현관문 손잡이를 밀었다.

"어?"

현관문은 너무나 쉽게 열렸다. 그러나 집에는 다 불이 꺼져 있었다. 한결이 더듬더듬 전원을 찾아 불을 켰다. 한결은 온몸에 소름이 돋았다. 왜인지 모르게 불길하고 쎄한 느낌이 들었다.

"아무도 없어요?"

한결은 집 안을 둘러보았다. 거실 테이블에 노란 메모지가 붙어 있었다.

'중국 광동 쩌하우거리 1-16 창문 없는 건물. 계획 변동이 생겼대. 미안해'

한결은 그대로 다리에 힘이 풀려 주저앉았다. 급하게 갈겨 쓴 글씨였다. 한결은 자신의 의지와는 상관없이 흐르는 눈물을 닦아내며 지헌에게 전화를 걸었다. 소식을 전해들은 지헌은 곧바로 영원의 집으로 달려왔고. 넋이 나가서 눈물만 뚝뚝 흘리고 있는 한결을 바라보고 욕 짓거리를 내뱉었다. 끝나버렸다. 그들의 행복이.

지헌은 바로 그 자리에서 보스에게 전화를 했다.

"삼합회가 본국으로 돌아갔습니다. 어떻게 할까요?"

"뭐? 일단 너희들도 지금 당장 귀국한다."

"네."

지헌은 일단 한결을 놔두고 집에서 여권만 챙긴 뒤 영원의 집으로 다시 돌아와 넋 나간 한결을 챙기며 공항으로 향했다. 표를 끊고 비행기를 타고 일본 도착해서까지 한결은 아무 말 없이 허공을 바라보고 있었다. 반쯤 미친 것 같았다. 가짜 신분증으로 입국심사를 받아야 하는데 한결의 상태가 영 말이 아니라 애를 많이 먹었다. 공항에서 조직원이 픽업을 하고 본부로 들어갈 때까지 한결은 정신을 차리지 못했다. 지헌이 어깨를 쥐고 흔들고 뺨을 내리쳐도 한결은 여전히 넋이 나가 있었다. 한결은 노란 메모지만 손에 꽉 쥐고 있을 뿐이었다.

보스가 다가와 소리쳤다.

"지금 삼합회에서 네 신상이 적힌 서류가 왔어. 도대체 일을 어떻게 한 거야? 영원을 감시하라니까 네가 들키고 말았잖아!"

"영원…."

한결은 영원의 이름이 들리자 눈에 초점이 돌아왔다.

"형, 영원이, 영원이 어떡해."

한결이 지헌을 붙잡고 말했다. 그 바람에 손에서 메모지가 떨어졌다.

"일단 정신부터 차려."

지헌은 한결의 어깨를 붙잡아 똑바로 세우며 말했다.

"이게 뭐야."

보스가 떨어진 메모지를 주웠다.

"안 돼!"

한결이 보스에게 달려들려는 것을 지헌이 막았다. 이상함을 느낀 보스는 한국 출신의 다른 조직원을 불러 메모지 내용을 해석해 보라고 시켰다. 조직원은 그 내용을 그대로 일본어로 번역하여 보스에게 전달했다. 보스가 매섭게 한결을 노려보았다. 한결은 그 섬뜩한 눈빛에 저도 모르게 침을 삼켰다.

"우선 이번 작전에서 돌아온 후에 생각해 보겠다. 광자두 본부에 가서 우리 정보를 빼와. 이미 빠진 네 정보는 어쩔 수 없지만, 다른 건 무조건 막아!"

한결과 지헌은 다시 그대로 공항으로 돌아가 중국 광둥으로 향하는 비행기에 올라탔다. 한결은 아까부터 계속 입술을 잘근잘근 씹는 바람에 입술이 온통 빨갛게 찢어졌다.

"형, 영원이 있는 곳으로 가는 건 좋은데, 가면, 내가 싸우고 사람을 죽여야 할 텐데 그 자리에 영원이가 있으면 어떡하지. 현장에서 상대편으로 영원이 마주치면 어떡하냐고."

한결은 떨리는 목소리로 말했다. 이에 지헌도 그제야 눈물을 보였다.

"나도 모르겠다."

영원은 광자두 본부 지하실의 퀴퀴한 곳으로 돌아와, 자신이 한국에서 보냈던 보고서들을 펼쳐놓고 볼펜 뒤를 책상으로 치면서 고민에 빠져있었다. 아침에 학교 가려는 차림 그대로 끌려오는 바람에 영원은 교복을 입고 있었다. 무작정 아무런 예고 없이 들이닥친 조직원들에 당황하기도 잠시, 정신 차려 보니 자신은 이곳에 돌아와 있었다. 영원은 혼자 헛웃음을 흘렸다. 그 웃음은 점점 커지고 영원의 눈엔 눈물이 맺혀 있었다. 웃는 건지 우는 건지 알 수가 없었다. 곧 영원은 웃음은 멈추고 눈물만 흘렸다. 바다에 다녀온 것이 고작 일주일 전이었다. 그런데 마치 7년은 지난 일처럼 느껴졌다. 그 순간이 너무나 그리웠다.

"영원아."

어느새 훈련복으로 갈아입은 가원이 영원을 찾아와 울고 있는 영원을 끌어안았다. 영원은 그 품에서 목 놓아 울었다. 가원 또한 흐느껴 울었다. 이렇게 빨리 그 행복이 끝나버릴 줄은 몰랐다.

영원은 눈물을 닦고 양 손으로 볼을 가볍게 때렸다.

"10분 뒤가 회의야. 한결이가 그걸 봤는지, 어떻게 됐는지 모르겠지만 차마 걔를 위험하게 만들 수는….

영원은 목이 메어서 말을 잊지 못했다.

"못하겠어. 그렇지?"

가원이 말했다. 영원은 고개를 끄덕였다.

"나도 그래. 영원아, 정신 차려야 해. 할 수 있지?"

영원은 벌게진 눈으로 눈물을 참으며 가원을 보고 고개를 끄덕였다. 가원은 그런 영원이, 또 자신이 너무나 가여워 영원의 눈물을 살살 닦아 주었다.

영원과 가원은 회의실로 들어가 자리에 앉았다. 영원은 머릿속으로 말하지 말아야 할 것, 말해야 할 것을 정리하고 있었다. 그때, 갑자기 열댓 명 되는 사람들의 발소리가 들렸다.

"전투 준비!"

보스의 말에 회의실에 모여 있던 사람들이 일제히 일어나 연장을 꺼내 들었다. 가원도 총을 꺼내고 영원을 자신의 뒤로 보냈다. 곧 발소리가 멈추고 회의실의 문이 부서질 듯 세게 열렸다. 영원은 그들 사이에 서 있는 한결을 바라보았다.

10. 달림

한결은 기도했다. 저 문이 열리고 보이는 것이 부디 영원이 아니길. 그러나 한결의 소망은 산산조각 나고 말았다. 문이 열림과 동시에 영원과 눈이 마주쳤다.

"가라!"

현장 우두머리의 지시와 함께 싸움이 시작되었다. 여기저기서 사람의 살이 터지는 소리가 들렸고 온 회의실이 피로 물들기 시작했다. 한결은 무작정 영원에게로 향했다. 그녀에게로 가는 길까지 한결은 살아 있기 위해 남을 때리고 총을 쏘아야 했다. 마침내 한결이 영원의 앞에 당도했을 때, 한결은 온몸에 피 칠갑을 하고 있었다. 영원은 공포에 질려 굵은 눈물로 얼굴을 적시고 있었다. 두 사람의 눈이 마주쳤다. 서로의 눈 안에는 행복해서 아픈 기억들이 재생되고 있었다.

"영원아."

한결은 영원에게로 다가갔다.

"여기 죄다 조직원들이야, 오지 마!"

영원은 자신에게로 다가오는 한결에게 울며 소리쳤다. 하지만 한결이 아랑곳하지 않고 영원에게 다가가자 영원은 한결의 무릎을 온 힘을 다해 걷어찼다. 한결이 그 자리에서 넘어지자 영원은 한결이 움직이지 못하게 그 위에 올라탔다. 마치 야자를 하다 도망가려고 담을 넘다 넘어졌던 그 순간 같았다. 그러나 이제 그들에게 그 순간은 흩어진 모래와도 같았다. 한결의 얼굴에 영원의 눈물이 떨어졌다. 영원은 한결이 총을 들고 있는 손을 들어 자신의 가슴으로 가져다댔다. 한결의 총과 손이 영원의 심장에 겨누어지고 있었다.

"너 뭐해, 이거 놔!"

한결이 영원의 손을 내치려 했지만 영원은 양 손으로 필사적으로 막았다.

"그냥 네가 나 죽여. 날 더이상 지옥으로 보내지 마."

한결은 영원의 말에 결국 눈물을 흘렸다. 그녀의 마음을 이해하지 못하는 것이 아니었다. 그래서 한결은 더욱 슬펐다. 한결은 차마 그녀를 쏠 수도, 그렇다고 그대로 생지옥 속에 내몰 수도 없어 입 안을 씹으며 울었다. 그는 결국 영원을 들어올려 업고 달렸다.

"안 돼, 이러면 안 된다고!"

영원이 발버둥쳤지만 끄떡없었다. 그들은 그렇게 회의실을 빠져나와 본부에서 도망치고, 중국 광둥의 외진 골목길을 무작정 달렸다. 둘 다 목적지가 어디인지 몰랐다. 그저 달렸다. 그저 그날의 행복들을 그리워하면서, 저 지옥을 두려워하면서 달렸다.

"이게 무슨 짓이냐."

그러나 그들은 곧 무너졌다. 한결 쪽의 현장 우두머리가 그들의 앞을 막아섰다.

11. 다시, 또 다시.

영원과 한결은 그대로 이나가와카이의 본부가 있는 도쿄로 갔다. 한결은 메모지와 영원을 업고 도망친 것 덕분에 삼합회인 영원과 내통했다는 의심을 받게 되어 본부의 지하 창고에 감금되었다. 말이 창고이지, 철창까지 만들어 조직 내의 규율을 어긴 사람들을 벌주는 감옥이었다. 영원 또한 그 감옥에 갇혔다. 그러나 한결이 갇힌 곳과 영원이 갇힌 곳은 끝과 끝이었기에 서로의 목소리조차 들을 수 없었다. 한결은 며칠이 지났는지도 모른 채그저 울고만 있었다. 울고 싶지 않은데 눈에서는 고장 난 듯이 자꾸 눈물이나왔다. 영원 또한 마찬가지였다. 가원의 생사도 몰랐다. 차라리 이대로 죽길 바랄 뿐이었다.

"영원."

그때, 영원에게 지헌이 찾아왔다.

"지헌? 어떻게 여기 있어요?"

"몰래 왔어."

"언니, 가원언니는요? 혹시 어떻게 됐는지 알아요?"

지헌은 영원의 말에 눈시울을 붉혔다. 지헌은 떨리는 목소리로 말했다.

"최대한 지켜주려고 했는데 어쩔 수 없었어. 내가 그 사람 다리를 쐈어. 죄다 조직원들 뿐이라 달리 방도가 없더라고. 그러고 다른 사람들이 가원씨 못 보게 숨겨두고 그 앞에서 싸웠어. 그래도 그 사람이 나 보고 웃고 있는 거 확인하고 나왔어."

지헌은 결국 눈물을 보였다. 그리고 흐느꼈다.

"너무 미안해."

영원은 그나마 안심하고 지헌에게 말했다.

"괜찮아요. 언니 지켜주려고 그런 거 언니도 알 거예요. 언니 지켜줘서 고마워요."

"저기, 부탁할게."

갑자기 지헌이 철창 사이로 영원의 손을 잡으며 말했다.

"너 아이큐 163이라며. 머리 엄청 좋다며. 우리 네 사람 한국으로 돌아갈 방법 없을까? 한번 잘 생각해 봐. 제발…."

지헌은 영원에게 애원했다.

"가원 씨가 바다에서 나한테 그런 말을 했어. 이제 어딘가에 행복이 존재한다는 걸 아니까, 그 행복을 찾기 위해서라도 살아갈 수 있을 것 같다고. 다시 찾자, 응? 포기하지 말고."

영원은 지헌이 전해 준 가원의 말을 곱씹어 보았다. 가원의 말이 맞다. 이제 어디 있는지 아니까, 찾기 위해서 살아야 한다. 찾아야 한다. 영원은 깊게 숨을 내쉬고 뱉었다. 하나하나 생각을 정리했다. 영원이 혼자 중얼거리며 생각을 하는 사이 지헌은 조용히 기다렸다. 생각을 마친 영원은 그 누구보다도 결연한 눈빛을 하고 있었다.

"가서 당신 보스에게 말해요. 회의실에는 주요 간부들이 모여 있었어요. 그런데 저번 일로 타격을 받았으니까 지금 많이 약해져 있을 거예요. 취침 점호 시간인 11시를 노려요. 간부가 없어서 점호도 해 봤자 대충 할 테고 하위 조직원, 훈련원들이 가장 긴장을 풀었을 때니까. 그쪽 보스에게 내가 삼합회의 부당한 대우에 염증을 느껴서 한국에서 한결을 만난 뒤로 이나가와 카이에 입단하고 싶어 했다고 말해요. 일단 여기서 내가 신임을 얻어야 해요. 그리고 나 대포폰 하나만 만들어 줘요."

"알겠어. 그런데 괜찮겠어? 그래도 네가 몸담고 있던 조직인데."

지헌의 말에 영원이 대답했다.

"6살짜리 납치해서 사람 죽일 궁리나 시킨 곳이에요. 지옥이라고요. 가원 언니만 다치지 않게 하면 돼요. 언니랑 연락할 수 있게 대포폰 빨리 만들어 줘요."

지헌은 영원만큼 단연한 얼굴로 뛰어나갔다.

지헌은 이틀 만에 대포폰을 만들어 영원에게 주었고, 지헌이 보스에게 영원의 말을 잘 전달한 덕분에 바로 내일 밤 작전을 시행하게 되었다. 영원은 바로 지헌과 함께 가원에게 감옥 안에서 전화를 걸었다. 영원은 지헌이 가원의 목소리를 듣고 싶어 할 것 같아 스피커폰을 눌렀다.

"여보세요?"

"언니!"

"영원? 정말 영원이야? 너 괜찮아? 한결이랑 나가는 것만 봤는데 조직에서는 너 죽은 것 같다고 해서 얼마나 걱정했는지…."

가원은 말을 잊지 못하고 울먹였다. 지헌도 미안한 마음에 차마 나서지 못하고 눈물만 훔칠 뿐이었다.

"언니, 나 괜찮아. 그리고 언니 나 꼭 우리 네 사람 다 같이 한국으로 돌아가게 할 거야. 언니가 그랬다며 어딘가에 행복이 존재한다는 걸 아니까, 그 행복을 찾기 위해서라도 살아야 한다고."

"지헌 씨가 말했구나. 그 사람한테 말 좀 전해 줄래? 나 괜찮다고. 나 위해서 그런 거 다 아니까 미안해하지 말라고."

"나 여기 있어요."

지헌이 영원의 눈물 섞인 목소리로 말했다.

"지헌 씨?"

"다리 정말 괜찮아요?"

"네, 치료중이에요. 빨리 나아지고 있어요."

가원과 지헌 사이로 미묘한 침묵이 흘렀다. 그러나 영원은 지체할 시간이 없었기에 가원에게 작전을 전해 주었다.

"아, 언니 내일 11시에 이나가와카이가 본부에 쳐들어갈 거야. 언니는 잘 피해 있어야 해. 다음에 언니도 꼭 구해낼게. 한국으로 돌아가기 위해서는 어쩔 수 없어. 그리고 조직에는 나 죽은 거로 해줘."

"알겠어, 또 전화하자. 들킬라. 끊는다."

다음 날 11시, 작전은 예정대로 속행되었다. 영원은 감옥 안에서 안절부절 못하며 지헌이 소식을 가져오기만을 기다렸다. 12시가 조금 지나자 지헌이 달려왔다. 지헌은 거친 숨도 고르지 못한 채 말했다.

"작전 성공했어. 지금 보스가 너 만나고 싶대."

영원은 대포폰으로 가원의 안위가 안전하다는 것, 광자두 본부에서 생존자들은 후난성의 본부로 간다는 것까지 확인하고 지헌과 함께 보스의 방으로 향했다. 보스는 일본식으로 꾸며진 방에 앉아 있었다.

"앉아."

영원은 보스가 차를 내리고 있는 맞은편에 앉았다.

"밑져야 본전이라는 생각으로 네 말에 따랐는데 그 정보 진짜더군. 한국에서 한결을 만나고 여기 입단하고 싶어 한다는 말은 전해 들었어. 그것도 진짜인가?"

지헌이 보스의 말을 영원에게 통역해 주었다.

"예, 물론입니다."

지헌이 영원의 말을 보스에게 전달했다.

"하지만 난 아직 너를 완전히 믿을 순 없어."

지헌이 전해 준 보스의 말에 잠시 고민하던 영원이 말했다.

"삼합회의 또 다른 지부인 후난성에 있는 탕패의 정보를 드리겠습니다. 그 본부는 보안이 아주 복잡하게 되어 있어요. 그러나 내 친구가 그쪽에 있습니다. 내 친구를 이용하면 힘 빼지 않고 적은 인력으로도 단박에 보스를 처리할 수 있어요. 이번에도 밑져야 본전이라는 생각으로 제 말 한번 따라 보시죠. 그리고 한국, 아시겠지만 그곳 잘만 활용하면 이나가와카이의 힘을 몇 배는 더 강하게 할 수 있습니다. 아시다시피 삼합회도 한국을 노리고 있는데, 이 신경전에서 확실하게 눌러 주어야 빨리 한국 프로젝트를 시행하실 수 있지 않겠어요? 게다가 이번엔 한국에 대해 잘 하는 사람이 조직에 3명이나 있지 않습니까."

"좋아."

"그리고 한결이 꺼내 주세요. 그런 인력을 가둬두는 건 큰 낭비입니다. 이번에 제가 드린 정보가 맞다면 한결은 삼합회와 내통한 것이 아니니까요. 그저 능력 있는 새 조직원을 확보한 것이지."

지헌이 통역해 주는 영원의 말에 보스가 만족한다는 듯이 허허 웃기 시작했다.

"좋아, 그 작전으로 많은 것이 결정되겠군. 그런데 왜 한결을 보고 그런 결심을 하게 된 거지?"

지헌이 전해 주는 보스의 말에 술술 대답을 해나가던 영원은 이 질문에 대답하기 망설였다. 몇 번이나 달싹거리던 그녀는 얼굴을 붉히며 속삭이듯 대답했다.

"아무리 생각해 봐도, 좋아해요. 한결이를."

그것을 들은 지헌은 애써 놀란 마음을 감추고 보스에게 삼합회의 부당한 처우라는 둥 핑계를 늘어놓았다.

지헌과 영원은 한결이 갇혀 있는 감옥으로 달려갔다. 한결은 벌써 3일 가까이 갇혀 있었다.

"한결아!"

영원은 감옥 문이 열리자마자 한결을 끌어안았다. 한결의 초췌해진 얼굴과 눈물자국이 그간의 고생을 알려주는 듯했다. 한결은 영원을 끌어안고 어린아이처럼 엉엉 울었다.

"다행, 다행이야 무사해서. 지헌이 형이 너 무슨 일 했는지 말해 줬어. 정말 고마워."

영원도 덩달아 뚝뚝 눈물을 흘렸다.

"힘들었지. 난 괜찮아. 한결아, 우리 같이 한국으로 가자. 곧 그렇게 될 수 있어."

"응, 응 그러자. 꼭 그러자."

지헌은 한결을 숙소로 데려가 씻기고 먹인 뒤 푹 재웠다. 다음 날, 영원이 그들의 숙소로 찾아가 가원과 전화를 연결하고 작전 설명을 했다.

"이틀 뒤의 후난성 공격 때, 이나가와카이 조직원들이 언니를 찾아갈 거야. 그럼 언니는 후난성 사람들이 의심할 리가 없으니까 바로 조직원들을 데리고 보스 방으로 들어가. 조직원들이 보스 처리하면 그 조직원들이랑 바로 우리한테 오면 돼.”

12. 그 순간을 기억하며

이틀 뒤, 작전은 영원의 말대로 속행되었고, 이나가와카이의 조직원들이 아무 피해 없이 한 번에 후난성의 보스의 목을 쳤다. 영원과 한결, 지헌은 돌아오는 헬기에 타고 있을 가원을 기다리고 있었다. 곧 큰 바람을 내며 헬기가 도착했다.

“언니.”

영원은 가원을 부르며 달려 나갔지만 헬기에서 내리는 것은 단 3사람, 이나가와카이의 조직원들 뿐이었다.

“후난성의 여자는 어떻게 된 겁니까?”

지헌이 조직원들 중 한 명을 붙잡고 물었다.

“죄송합니다. 그녀는 조직원들의 눈을 피해야 했기 때문에 헬기에 타지 못했습니다. 삼합회는 배신한 조직원은 어떻게든 찾아 죽이니까요.”

지헌을 통해 들은 가원의 소식에 영원은 그만 주저앉아버렸다. 가원이 언젠가 작전에 실패하여 돌아오지 못할 수도 있다는 것을 몰랐던 것은 아니지만, 그것이 왜 하필 지금이냐며 하늘을 저주했다.

“영원, 입단을 축하한다. 너희 셋은 지금 당장 한국으로 떠나. 프로젝트를 속행한다. 듣자하니 방학이 끝나간다는군.”

보스가 헬기 선착장으로 올라와 말했다.

지헌과 한결은 엉엉 울고만 있는 영원을 숙소로 데려와 가원과 통화했다.

“난 정말 괜찮아. 삼합회, 조직 버리고 아프리카 오지에 숨어 사는 사람도 찾아내 죽였어. 나 때문에 너희들까지 위험하게 할 순 없지. 나 다시 갈 거야, 너희 있는 곳으로. 무슨 수를 써서라도 우리 조직이 한국에 다시 관심 가지게 할 거고, 다시 한국행이 결정되면 꼭 내가 갈 거야. 내 행복이 거기 있다는 걸 아니까 나는 할 수 있어. 찾아갈게 내가. 꼭."

가원이 울고 있는 영원을 달래며 말했다.

"가원 씨는 할 수 있을 거예요. 그 누구보다 강한 사람이니까. 좋아해요, 가원 씨."

"고마워요. 나도요. 좋아해요."

지헌이 말했다. 지헌의 눈빛에서 그가 얼마나 가원을 믿고 있는지 알 수 있었다

"맞아, 언니 정말 강한 사람이지. 언니, 꼭 와야 해. 내가 온 힘을 다해 도울게. 사랑해 언니."

영원이 애써 눈물을 참으며 말했다.

2018년 7월 21일, 그들은 다시 한국으로 돌아왔다. 한국은 전보다 더 뜨거운 여름이었으며 서울의 하늘은 여전히 높았다. 세 사람은 한결의 집으로 향했다. 그의 집은 한국을 떠나기 전 그대로였다.

"다시 반복되겠지. 어쩌면 다음은 더 끔찍할지도 몰라. 괜찮겠어?"

영원이 말했다.

"너는?"

한결이 말했다.

"난 괜찮아. 언니 말대로 이제 행복이 어디 있는지 알았으니까, 저번처럼 시간 아깝게 너무 좋다고 불안해 하지도 않을 거고, 반복된다 해도 행복했던 순간들 기억하면서 버티면 돼. 다시 찾으면 돼."

"나도. 그래서 괜찮아. 그리고 너를 좋아하니까 괜찮아."

매 순간 눈부신 그대들이여, 부디 영원히 한결같아라.

익사

김민선

반쯤 무의식에 잠겨 허공을 헤엄치고 있었다. 게슴츠레 뜬 눈은 그 무엇도 응시하지 않은 채, 꿈과 현실을 오가고 있었다. 오전의 햇발이 암막 커튼을 비집고 들어오고 나서야 정신을 현실로 끌어내릴 수 있었다. 오늘 하늘은 맑았다. 눈이 시리도록 푸른 하늘에, 따뜻하게 비춰오는 햇살이라니. 그 누가 봐도 평화롭다고 여길 만한 날씨였다. 그러나 나는 그 푸른 하늘이 싫었다. 푸르지 않더라도, 하늘 자체가 싫었다. 암막 커튼 사이로 비춰 들어오는 햇빛은 마치 내가 이 지구상에서 사라져야 하는 균 덩어리라도 되는 것처럼 나를 맹렬하게 공격했다. 나는 하늘, 그리고 바다와 같이 그 넓이와 높이를 가늠할 수 없는 것들이 두려웠다. 동시에 그것을 갈망하고 있는 나 자신을 두려워했다. 이 막연한 갈망과 두려움의 정확한 계기를 알 수 없었다. 아마, 내가 철이 들기 시작했을 무렵. 고등학교를 올라가려 준비하고 있던 시절부터 느끼기 시작했을 것이라며, 내 멋대로 생각하고 있을 뿐이다.

나는 얼굴을 찡그리며 틈이 생겨버린 커튼을 마저 닫았다. 오전 11시. 밖은 밝았지만, 내 방은 어두웠다. 커튼에 가로막혀 미약한 빛으로 제 방을 비추는 태양 빛에 만족스러운 기분이 들었다. 나는 이 순간이 가장 좋았다. 콘

크리트 벽을 사이에 두고 갈라진 바깥과 내 방 사이의 괴리를 느끼는 것은 나에게 비참함을 안겨 주면서도 동시에 고양감을 느낄 수 있게 해주었다. 내가 세상과 떨어져 사는, 세상의 부조리함을 견디지 못하고 세속적인 삶을 탈피한 인간과 같은, 특별한 인간이 된 것 같은 착각을 만끽할 수 있었다. 물론 자신에게 불합리에 맞서 싸울 용기도, 사회를 탈피하고, 내 의견을 관철할 만한 결심과 강단이 없다는 것은 잘 알고 있었다. 그렇기에, 이런 어린애 같은 상상을 하고, 또 그 상상에 취해 고양감을 느끼는 짓을 반복하고 있다는 것을 스스로가 너무나도 잘 알고 있었다.

내가 이런 생각을 하고 있다는 것을 남에게 말한 적은 없다. 모두 나를 미친 사람 취급할 것임이 분명했다. 그런 취급을 받는 것은 죽어도 싫었다. 나는 '평범'의 범주에 들고 싶었고 늘 눈에 띄는 짓을 하지 않는 것이 내게 있어 가장 중요한 행동기준이었다. 비록 지금 내가 집에 틀어박힌 지 3개월이라는 시간이 흘렀지만, 나는 지금의 내 삶이 나쁘다고 생각하지 않았다. 특별하다고 생각하지도 않았다. 집에서 늘어지게 생활하다, 가끔 친구를 만나 밥을 먹는다. 식물을 기르고, 방 청소도 신경 써서 한다. 정신과 약을 먹고 있긴 하지만, 요즘 시대에 우울증은 그리 특별할 것도 없는 질병 아닌가. 내가 아닌 다른 생명체를 돌볼 수 있는 능력, 간간이 모아둔 돈, 여유로운 시간. 평범한 내가 누릴 수 있는 가장 큰 호사가 아닌가, 하고 생각한다. 평범하게 사는 것이 목표인 내 인생에서 절대 벗어나지 않은 삶이었다. 배가 고팠다.

* * *

뚜르르- 뚜르르-

전화 연결음이 끊기고 수화기 뒤에서 익숙하고, 밝은 목소리가 들렸다.

"여보세요?"

"어. 은혜야. 난데, 혹시 오늘 점심때 시간 있어? 너만 시간 괜찮으면 밥이라도 같이 하자고. 만난 지도 오래됐잖아. 오랜만에 얼굴 좀 보자."

"세상에, 지금 설마 네가 먼저 밥 먹자고 나한테 연락한 거야? 나야 뭐, 네가 밥 먹자고 하면 없던 시간이라도 만들어서 만나야지. 조금 있다가 네가 우리 학교 앞으로 올래? 지금 당장은 안 되고 1시간이나 2시간 뒤에."

"그러면 1시간 30분 뒤. 괜찮지?"

"응. 그럼 그 때봐. 먹고 싶은 거 있는지 생각해 보고. 너 매번 내가 먹자는 대로 먹잖아."

"알았어. 끊을게."

은혜와 나는 고등학교 때부터 절친한 사이였다. 음울하고, 모든 것을 부정적으로 보던 나와 다르게, 은혜는 맑은 아이였다. 나와 달리 넓고 원만한 인간관계, 은혜가 가진 그 특유의 맑은 분위기는 사람들을 끌어당겼다. 나 또한 그것에 매료되어 답지 않게 먼저 말을 걸었던 것이 나와 은혜가 친해진 계기였다. 내가 그때 말을 걸지 않았더라면, 나는 혼자서 음울한 시간을 견뎌내야 했을 것이다. 의심이 많았던 그 시절에는 은혜가 나를 동정해서 어울려준다고 생각했었다. 지금에 와서야 그때의 생각들을 비웃을 수 있게 되었다. 나를 동정하면 어떤가, 나는 은혜와 어울리는 것이 행복했다.

약속 시각이 다 되어 밖으로 나갔다. 11월의 차가운 공기가 내 뺨을 갈랐다. 조금 걷자 저 멀리 익숙한 형체가 보였다. 밀려드는 사람들 사이를 가로질러 나는 은혜가 있는 곳으로 향했다. 공기는 차가웠지만 내 외투 안은 금세 달아올랐다.

"강유영! 늦잖아, 나 10분이나 기다렸어."

"내가 늦은 게 아니라, 네가 빨리 나온 거야. 늦지도 않았네. 약속시간 5분 전이야." 조금 퉁명스럽게 말을 받아치곤, 웃음을 와르르 쏟아낸다. 사람을 대하는 것이 오래간만이어서, 사람과 사람 사이의 감정의 경계를 잊어버린 듯 과장된 몸짓과 웃음, 표정들을 토해냈다. 은혜는 나를 걱정스러운 표정으로 바라봤다. 과잉된 감정을 잠재우고 나는 말을 이었다.

"어디 갈까. 네 말대로 뭐 먹을지 생각해 봤는데 마땅히 생각나는 게 없더라고."

"봐봐. 또. 이렇게 또 내가 가자는 대로 갈 거잖아."

우리는 적당한 음식점을 찾아 들어가 적당한 음식을 시켰다. 점심때가 된 대학가는 시끄러웠고 활력이 넘쳤다.

시답잖은 이야기들을 주고받으며 밥을 먹었다. 나와 은혜 사이에는 공통된 관심사가 없었다. 어쩌면 서로에 관한 관심이 내 생각보다 훨씬 적은 것일지도 몰랐다. 그러나 나는 이런 적은 관심이 싫지 않았다. 오히려 서로의 선을 지키기에, 서로에 대해 더 깊게 파고들지 않기에 이 관계가 지속되고 있는 것일 것이다. 은혜는 여타 다른 사람들과 다르게 나에 대해 이것저것 캐묻지 않았다. 나는 그래서 은혜가 좋았다. 내가 정신과를 다니고, 약을 먹는다는 것도 먼저 이야기했다. 몇 번의 대화가 더 이어지고, 식사를 끝냈다.

다음 강의까지 시간이 많이 남았으니 나를 데려다주겠다는 은혜와 함께 길을 걸었다. 나는 유난히 길이 시끄러운 것을 깨닫고 주변을 둘러보았다. 경찰차 몇 대와 구급차가 시끄럽게 울고 있었다. 주변 사람들은 다 하나같이 하늘을 바라보며 웅성거리고 있었다. 은혜와 나는 사람들의 시선을 따라 고개를 위로 올렸다. 눈이 부셨다. 쨍한 하늘이 내 눈동자에 들어왔다. 그곳엔 하늘을 날고 있는 사람이 있었다. 사람이 날 수 있던가, 하는 생각을 하는 찰나에 그 사람은 땅으로 곤두박질쳤다. 둔탁한 파열음이 울리고, 사람이었던- 이제는 숨을 멎은 고깃덩이가 돼버린 무언가가 눈에 들어왔다. 시뻘건 피가 아스팔트 바닥을 적셨다. 사람들이 비명을 지르고, 응급구조대가 그 고깃덩이를 끌고 구급차 안으로 들어가는 것을 나는 멍하게 보고 있었다. 속이 뒤틀리는 듯한 기분이 들었다. 그 죽어버린 사람의 머리에서는 피가 계속 흘렀다. 나는 이곳이 저 사람, 고깃덩이의 피로 가득 차버리는 것이 아닐까, 생각했다. 웅성거림은 점점 먹먹해졌다. 나는 이미 핏물에 잠겨 죽어가고 있는 것 같았다.

"강유영… 강유영!"

은혜가 내 어깨를 잡고 흔들었다. 멀어져 가는 의식을 겨우내 붙잡고, 흔들리는 동공으로 은혜를 바라봤다. 은혜는 나를 걱정스러운 표정으로 바라보고 있었다. 내 어깨를 붙잡은 은혜의 손은 떨리고 있었다.

"강유영, 정신 차려. 가자. 잊어버려. 넌 아무것도 안 봤어."

은혜는 떨리는 목소리로 내게 말했다. 이 강렬한 기억을 잊을 수 없다는 것을 알면서도, 나는 잊어버리라는 은혜의 말에 고개를 끄덕였다.

* * *

그 사람은 날았다. 마치 자신이 새라도 된 것처럼 푸른 하늘을 가르고 날아올랐다. 그 사람의 발에 묶인 족쇄도 그를 계속 땅에 붙잡아 두는 것은 불가능했다. 그는 잠시 날았고, 다시 땅으로 추락했다.

죽었다. 그는 숨을 멈췄다. 땅에서 나고 자란 그는 드디어, 제 발에 묶인 쇠사슬을 풀고 하늘로 날아올랐다. 땅에 귀속된 육체는 이제 아무런 의미도 가지지 못했다.

그는 나를 향해, 피로 젖은 두 눈을 똑바로 뜨고 말했다. 자신은 자유롭다고.

* * *

자취방에 돌아와 열심히 먹어댔던 점심을 토해냈다. 시큼한 위액의 맛이 느껴질 때까지 속을 게워낸 뒤에야 겨우 숨을 쉴 수 있었다. 너무나도 강렬한 기억이었다. 붉은 선혈이 흐르던 아스팔트 바닥을, 그 고깃덩이가 하고 있던 눈을 잊을 수 있을까. 나를 향해 똑바로 치켜뜨고 있던 그 눈을, 검은 눈을, 이 세상의 모든 어둠을 담은 듯 검었던 눈을 잊을래야 잊을 수가 없었다.

머리가 아파 왔다. 쓰러지듯 침대에 누워 곰팡이가 슬어 있는 천장을 멍하니 바라봤다. 곰팡이들이 눈처럼 떨어지며 내 몸에 들러붙는 것 같았다. 진득한 늪에 빠지는 것 같은 기분은 오랜만이었다. 침대맡에 놓아둔 정신과 약을 입안에 털어 넣었다. 몸의 떨림이 멈추지 않았다. 아득해져 가는 정신을 붙잡고 지금 나 또한 그를 따라서 뛰어내리고 싶다는 충동이 드는 것은 약을 제 때에 챙겨 먹지 않아서라며, 지금은 약을 먹었으니 곧 괜찮아질 것이라며 스스로를 안심시켰다.

쳐뒀던 암막 커튼을 살짝 열었다. 내 눈에 내리쬐는 태양 빛은 아무일도 없었다는 듯 찬란했다. 넓고, 푸른 하늘을 막아서는 것은 아무것도 없을 것이다. 문득, 저 하늘에 닿고 싶다는 생각을 했다. 하늘에 닿아 날아버리면, 이 지독한 현실에서 벗어날 수 있을 것 같았다. 그러나 나는 안다. 내가 아무리 팔을 높이 뻗어도 저 높은 하늘에 닿을 수 없다는 것을 알고 있다. 설령, 닿을 수 있다 하더라도 내 손끝이 하늘에 닿기 전에 저 빛에 내가 질식해 버릴 것 같았다.

하늘에 닿지 못한다면 하늘과 같이 넓고 푸른 바다에, 지구를 잠식하고 있는 푸른 물 덩어리에 닿으면 된다. 짠 바닷물에 몸을 담가 내 몸에 슬어버린 곰팡이를 씻어버려야겠다는 생각을 했다.

* * *

꿈을 꿨다. 지독한 악몽이었다.

세상은 온통 검었고, 보이는 것은 아무것도 없었다. 나 자신조차 볼 수 없었

다. 그런데도 감각만은 예민해서, 내 코를 찌르는 비릿한 피내음을 무시할 수 없었다. 아무것도 보이지 않고, 피비린내만이 가득한 공간에 갇혀 있다는 사실은 큰 공포로 다가왔다. 숨이 잘 쉬어지지 않아 마치 죽음이 임박한 사람처럼 산소를 갈구했다. 도와달라고 소리를 질러보았지만, 목소리는 무언가에 먹혀 들어 갔다. 손가락 하나 움직일 수 없었고, 눈꺼풀조차 감을 수 없었다. 차라리 눈을 감아버리는 편이 덜 두려웠을 것이다.

나는 내가 핏물에 잠겨 있다는 사실을 깨달았다. 지금의 내가 인간인지도 의문스러웠다. 큰 죽은 물고기 옆에 있는 것이 아닐까, 하는 생각이 들었다. 내가 인간의 호흡기를 달고 숨을 쉬는지, 아가미를 달고 숨을 쉬는지 알 수 없었다. 아무것도 보이지 않으니 그 무엇도 확신할 수 없었다. 이상하게도 내가 지금 물속에 있다는 것만을 어쩐지 확신할 수 있었다. 나는 차라리 내가 물고기이길 바랐다. 아가미를 달고 호흡하면, 조금 편해지지 않을까 하는 바람이었다.

그러나 나는 인간의 호흡기를 달고 호흡했으며, 내가 천천히 죽어가고 있음을 느꼈다. 꺼져가는 내 생명을 바라보고 있을 때가 되어서야 나는 이 악몽에서 벗어날 수 있었다.

침대에서 눈을 떴다. 조금 열어둔 커튼 사이로는 해가 지고 있었다. 붉게 오른 태양 빛이 그 틈을 비집으며 들어왔다. 나는 숨을 가쁘게 몰아냈다. 끔찍한 꿈이었다. 꿈의 감각이 너무 생생해 아직도 내가 피비린내가 진동하는 물속에 잠겨 있는 듯한 착각이 들었다.

어두컴컴한 내 방이 마치 심해인 것처럼 느껴져 커튼을 옆으로 밀었다. 방은 순식간에 노을로 가득 차, 온통 붉었다. 심해를 벗어나니 방 안에는 핏물이 가득 찬 것처럼 느껴졌다. 또다시 토기가 올라왔다.

내가 호흡을 할 때마다 폐가 무언가 걸리는 듯한 느낌이 들었다. 나는, 어디에서도 호흡할 수 없는 존재처럼 느껴졌다. 나는 내 코에서부터 폐까지 더듬어 보았다. 피부 가죽 밑으로 흐르는 뜨뜻한 피가 느껴지는 듯했다. 목언저리를 칼로 그어내면 아가미가 생길 것 같았다.

문득 떠오른 생각에 나는 남은 신경안정제를 털어 넣었다. 씁쓸한 약내가 목구멍에 맴돌았다. 속으로 나는 인간이라는 것을 되뇌었다. 그 꿈처럼, 현실로 돌아왔음에도 내가 물고기가 되길 바라고 있는 것 같아 두려웠다. 최근에는 잘 꾸지 않았던 악몽을 꾸고, 이젠 망상증까지 생긴 것 같았다. 아가미니, 물고기니, 하는 소리를 은혜가 들었다면 분명 기겁을 하며 나를 병원으로 데려갔을 것이다. 나는 괜찮다며 자신을 위로했다. 내가 감당하기 힘든 장면을 목격해 버려, 잠시 잠깐 내 감정조절 능력이 고장나 버린 것이라고.

아직도 내 폐구멍에 무언가 낀 듯 답답한 기분이 들었다. 내 담당 의사에게 증상을 말하면 이를 해결할 수 있는 약을 처방해 줄 것이다.

안정제의 영향인지 방금 일어났음에도 또 졸음이 몰려왔다.

지독하게도, 안정제의 힘을 빌려 무의식에 잠겨보려 했지만 나는 또다시 그 심해 어딘가에서 천천히 죽음을 맞이하고 있었다.

내가 인간의 허파를 달고, 목구멍을 통해 호흡하기 때문에 나는 이 진절머리 나는 악몽에서 계속 죽어 갈 수밖에 없었다. 내가 육지를 밟고 살아가는 인간이기에, 하늘을 날 수 없는 인간이기에, 바다를 가르며 헤엄칠 수 없는 인간이기에. 나는 무엇을, 두려워하고 있는 것일까. 내가 두려워하고 있는 무언가 때문에 나는 이 고요와 어둠 속에서 천천히 죽어가는 것이다.

내 목구멍을 찢어발기고, 산소가 통하는 길을 모두 뜯어내, 물고기의 아가미를 달자. 숨소리 하나 없이 아가미를 벌름거리는 것으로 호흡을 하자. 감기지 않는 눈꺼풀을 두려워하지 않고, 원래 이렇게 태어났던 것처럼. 움직이지도 않는 다리를 버리고 지느러미를 달아야겠다. 어릴 때 읽었던 동화책에 나오는 인어공주처럼 지느러미에 반짝이는 비늘을 박아넣어야겠다.

비늘을 온몸에 뒤덮고 내가 가늠할 수도 없이 깊고 퍼런 바다를 가르고 나아가다 죽어버리고 싶었다.

나는 숨 쉬는 것을 멈췄다. 그대로 가라앉으면 모든 것이 끝날 것 같은 기분이 들었다.

그러나 나에게 죽음 또한 너무 멀리 있었다.

돌아온 의식을 잡고 나는 치밀어 오르는 화를 억눌렀다. 하루, 이 짧은 시간 동안 2번이나 비슷한 악몽을 꿨다. 차라리 그 안에서 죽음을 맞이하고 깨어나는 것이 차라리 더 나았다. 죽음과 삶의 그 경계에서 숨을 헐떡이고 있을 때 눈을 뜨는 것은 정말로, 기분이 더러웠다. 잠에서 깨어나도, 반쯤 죽어가고 있는 듯한 몸뚱이를 움직여 막힌 숨을 뚫어내는 그 과정이 너무나도 싫었다. 차라리 꿈에서 깨어나지 않았으면, 하고 나는 바라고 있었다.

* * *

한순간 의식을 놓으면 나는 또다시 그곳으로 끌려갔다. 몸 안에 뜨뜻한 피가 흐르는 생물은 밤을 맞이하고 그때 의식을 놓아야 한다. 나 또한 시뻘건 피가 흐르는 생물이기에, 내가 의식을 놓지 않으려 발버둥치는 것은 의미가 없는 일이라는 것을 알고 있다. 그런데도 나는 한껏 저항해 보는 것이었다.

오늘도 어김없이 그 끔찍한 곳으로 끌려들어 갔다. 나는 의식이 완전히 흐려지기를 바랐다. 차라리 앞이 보이지 않을 정도로, 내가 어떠한 생각도 할 수 없도록 뇌에 안개가 들어차면 좋았을 것이다. 차라리 그 악몽 속에서 내가 죽음을 맞이할 수 있었음 좋았을 것이다.

* * *

꿈은 몇 달째 계속되고 있었다. 끔찍한 꿈을 꾸고 눈을 뜨면 어김없이 그 때의 경험이 나를 덮쳐왔다. 그러면 또 속이 답답해지고 먹은 것을 전부 게 위내는 것이었다. 담당 의사를 찾아가 고통을 호소해도 의사는 내게 약만 을 처방할 뿐이었다. 늘어나는 약봉지들을 보기만 해도 구역질이 나왔다.

"요새 심리적으로 트라우마가 촉발될 만한 일이 있으셨습니까?"

"사람이 죽는 것을, 자살하는 것을 목격하긴 했어요. 다소 충격적이고, 제 기억에 깊게 박혀 있긴 하지만 서서히 잊어가는 중이에요. 트라우마는… 잘 모르겠어요. 자살한 사람을 목격한 것 자체가 아마 트라우마로 남은 것 같아요. 꿈도 그때부터 시작되었고요."

"사람은 작든, 크든 트라우마를 가지고 있는 경우가 대다수입니다. 그 자 살건 자체가 트라우마가 됐을 가능성도 다분하지만, 아마 본인이 깨닫고 있 지 못하거나 기억하지 못하고 있는 경우도 있습니다. 우선은 잠을 잘 주무 시지 못한다고 하니 수면제와 안정제의 강도를 높여 약을 처방해 드리도록 하겠습니다. 아시겠지만 약은 빠짐없이 드셔야 하고요."

"제가 비슷한 꿈을 계속해서 꾸는 이유는 뭔가요…? 이유를 알아야 안 심될 것 같아서…."

"꿈을 꾸는 이유는 정확하게 밝혀지지 않아 단정하기가 어렵습니다. 심 한 스트레스나, 부담감, 심리적인 충격 등이 꿈에 영향을 주기도 합니다. 또 는 본인이 바라는 것이 꿈에서 실현되는 경우도 있고요. 부담감에서의 해방 과 같은 것들이 교묘한 형태로 꿈에서 나타나기도 합니다. 어디까지나 밝혀 진 것은 없고, 가설에 불과하여서 이럴 수도 있다는 가능성을 열어두는 것 이지 이것이 환자 본인에게 적용된다고 확신할 수는 없습니다. 일단 약을 먹 어보고 차도가 없으면 약을 바꾸도록 합니다."

더는 약을 늘리고 싶지 않은 나의 바람과는 다르게 하루가 멀다 하고 약은 늘어만 갔다. 개수가 늘지 않으면 약의 강도가 올라갔다. 안정제의 강도가 점점 높아지면서 나는 내가 가진 많은 것들을 놓아야 했다. 글을 읽고 쓰는 능력, 글을 이해하는 능력, 이제 인간의 언어를 말하는 능력까지 전부 잃어버릴 것 같았다. 신경안정제, 정신과 약을 먹고 나면 나는 아무런 생각도 할 수 없었다. 의식이 죽어버린 것처럼 허공을 응시하다 잠이 들어버리는 것이었다. 하늘이니, 바다니 하는 것들에 대한 생각 자체를 할 수 없게 만드는 지독한 약에 의존하며 하루하루를 견디는 것이 고작이었다.

* * *

잊어버리라는 은혜의 말이 무색할 정도로 나는 그 장면을 똑똑히 기억했다. 기억 언저리에서 비슷한 장면을 본 것 같기도 했다. 날아오른 몸뚱어리가 잊히지 않았다. 그는 자유로웠다. 그야말로 자유였다. 하늘에 붕 떠버린 그 시점에 그 사람은 온전히 자기 자신으로 존재하는 것처럼 보였다.

* * *

나에겐 잊어버린 기억이 있다. 중학생 언저리의 기억이 도난이라도 당한 듯 흔적도 없이 거멓게 칠해져 있었다. 조각난 기억의 파편들을 짜 맞추면 무언가 알게 될 수도 있다는 생각에 열심히 머리를 굴리고, 오래된 일기장을 뒤적거려 봤다. 아무것도, 아무것도 기억나는 게 없었다.

* * *

시간이 흐르면 흐를수록 나는 모든 것을 힘겨워했다. 휴대전화를 들여다보고 있는 것조차 힘이 들었다. 휴대전화 안에서 쉴 새 없이 쏟아지는 정보들을 감당할 수 없었다.

애인을 때리는 남자, 자신을 향해 웃어주지 않았다고 칼을 휘두르는 사람들, 사람을 때리고 죽이는 이야기가 하루가 멀다 하고 그 속에서 쏟아져 나왔다. 휴대전화를 들여다보고 있으면, 그런 정보들을 싫어도 알게 되었다. 누가 누구를 때렸니, 죽였니 하는 이야기들에 나는 슬퍼하고 분노했다. 문제는 온전치 않은 내 감정선에 있었다. 아슬아슬하게 이어진 감정선은 내 가파른 감정의 변화를 감당해내지 못했다.

그러면 나는 창자가 어지러이 꼬이는 듯한 고통을 느끼며 슬픔, 분노, 애환과 같은 감정들을 한차례 울컥울컥 쏟아내야 했다. 눈물을 줄줄 흘리며 칼을 꺼내 들어, 내 뱃가죽을 찢어 꼬여버린 창자를 들어내 얼굴에 부비면 이 고통이 줄어들 것 같은 생각을 하며 또 약을 꾸역꾸역 목구멍 안으로 집어넣는 것이었다. 나는 내가 아직 약을 삼킬 수 있는 의지가 있음을 다행스럽게 여겼다.

이러다 보니 자연스레 휴대전화를 들여다보는 시간은 줄어들었다. 비어버린 시간을 억지로 채우기 위해 나는 식물에 관심을 쏟기 시작했다. 식물들을 바라보며, 나에겐 아직 무언가를 돌볼 능력이 있다며 안심할 수 있었다.

어딘가 정신을 집중하지 않으면 내 내면의 무언가가 나를 삼켜, 결국 나는 아가미를 뻐끔거리고 있을 것이라는 공포에 나는 더욱 식물에 내 시간을 쏟았다. 내가 식물을 아무리 들여다보고 있어도 그들은 반응해 주지 않는다. 내 숨결에 간혹 잎을 슬쩍 흔들 뿐이었다. 그들은 내 눈앞에서 자라지도 않았다. 내가 그것들을 들여다보고 있는 것처럼, 그 식물들도 나를 들여다보고 있는 것일지도 몰랐다. 한참을 들여다보아도 움직이지 않던 식물들의 키가 커져 있거나, 잎이 넓어져 있거나 하는 것을 내 육안으로 확인할 수 있는 날이 간혹 있다. 그런 날에 나는 참을 수 없이 기뻐지곤 했다.

그것들이 죽지 않았다는 사실에 나는 안도했다. 그들도 나처럼 땅에 뿌리를 내리고 사는 생명체라는 사실에 안도했다. 내가 이 좁디좁은 자취방에서 살아남으려 안간힘을 쓰는 것처럼, 그것들 또한 화분 안이 전부라는 듯 열심히 살아가고 있었다. 나는 고작 그런 것에 식물에게 동질감을 느끼고, 기뻐했다.

* * *

내 앞에는 수많은 나무가 펼쳐져 있었다. 빽빽하게 자리잡은 나무들은 좁은 상자 안에서 서로 뒤엉켜 무서운 기세로 자라나고 있었다. 그 좁디좁은 상자 안에서 더 많은 양분을 차지하려고 서로의 뿌리를 뒤덮는 모습은 징그러울 정도의 생명력을 가지고 있었다.

저 나무들이 자라나고, 더 자라나서 좁은 상자 안의 땅덩어리를 다 채우고 나면 저 뒤엉킨 나무들은 어떻게 되는 것일까. 풍족했던 땅의 양분이 전부 고갈되고, 풀 한 포기 자라날 공간조차 없어지고 나면 그 상자 안에서 너희들은 천천히 말라 죽어갈까. 제 옆에 있는 나무의 몸뚱어리를 뚫어, 그 안에 남은 양분들을 빨아 마시며 생을 유지할까. 아니면 이 얄팍한 벽을 뛰어넘어 너희들을 바라보고 있는 나를 목졸라 죽일 것인가.

나무들은 하늘을 향해 가지를 뻗었다. 하늘은 높고, 또 너무 높아서 나무들이 아무리 제 가지를 뻗어봐도 닿지 못할 것이었다. 좁은 상자 안에서 뒤엉켜 자라나는 나무들은 곧, 말라 죽어갈 것이었다.

나는 내심 그것들이 벽을 뚫고 나와 나를 죽이길 희망했다. 나를 죽여. 좁은 곳에서 하늘을 갈구하지 말고, 넓은 곳으로 나와 고깃덩이가 돼버린 나를 양분으로 삼아 저 하늘에 닿기를 바랬다.

하늘로 뻗어 나가, 자유를 얻어. 온전한 네가 되렴.

* * *

    나는 눈을 뜨자마자 선반 위의 화분을 다 바닥으로 쏟아버렸다. 이것이 분노인지 연민인지 나는 알 수가 없었다. 그것이 어떤 종류의 감정이든 내가 수용할 수 있는 양은 아니었다. 그 감정은 내가 가진 그릇을 깨부수고, 넘쳐흘렀다.

    화분을 쏟아버린 것은 내가 그들에게 가장 빠르게 자유를 손에 쥐여 줄 수 있는, 내가 할 수 있는 가장 처절한 몸짓이었다. 바닥에 널브러진 토분 조각들, 흙, 그 안에서 헐떡이고 있는 식물들. 나는 온기 하나 없는 방바닥에서 나뒹굴고 있는 내 친구들을 손끝으로 쓸었다. 꺼끌꺼끌한 뿌리의 감촉과 아직 마르지 않은 흙내음이 내 숨을 조였다. 이 공간에서 족쇄를 차고 신음을 흘리고 있는 것은 이제 나뿐이었다.

    꿈에서 바랐던 것처럼, 지금 바닥에서 힘없이 구르고 있는 것들이 내게 뿌리를 내리고 천천히 내 숨을 조여 주기를 바랐다. 내 피부 가죽을 뚫고, 내 피를 마신 나무들이 하늘에 닿기를.

* * *

    나는 더이상 내가 땅에서 살아갈 수 없다는 것을 직감적으로 깨달았다. 이곳에서 살아간다는 것은, 내 온몸에 감긴 쇠사슬을 이고 살아가겠다는 것이었다.

    화분을 깨고 나서야 나는 확신할 수 있었다. 우리는, 나는 하늘로… 물로 돌아가야 한다는 것을.

* * *

나는 욕조에 물을 받고 그 안에 들어가 숨을 죽였다. 콸콸 쏟아지는 물줄기를 가만 바라보며 숨을 죽였다. 물이 흘러넘치고, 화장실이 물로 차오르고 있음에도 나는 물을 끄지 않았다. 어서 차올라라, 내 이 좁은 공간을 물로 채우고 내 꿈에서 그랬던 것처럼 내 폐부에 가득 들어차라. 그 뒤에 내 목구멍을 잡아 찢고, 물렁하게 부은 피부를 손톱을 찢어내 아가미를 만들어야겠다고 생각했다. 시뻘건 피가 내 몸 안에서 다 빠져나가고, 차가운 물이 내 몸을 다시 채운다면, 나는 그제야 숨을 쉴 수 있게 될 것이라고. 피비린내를 흘리며, 나는 물속에서 죽음을 맞는 것이다. 부족한 산소에 헐떡이는 일도 없이 편안하게 사라지는 것이다. 내 몸에 감긴 쇠사슬은 이제 무의미했다.

이대로 잠겨 죽어버리면, 나는 그 검게 타는 눈동자를 가진 사람처럼, 온전히 나로서 존재할 수 있게 될 것만 같았다. 자유로워질 수 있을 것 같았다.

* * *

은혜가 나를 흔들어 깨웠다. 흐려진 시야에 들어온 은혜의 몸은 온통 물로 젖어 있었다. 밖에선 어렴풋이 사이렌 소리가 들렸다.

* * *

영이는, 유영은… 아무것도 기억하지 못할 거예요. 다 잊어버렸거든요. 너무 힘들어서 그 애는 다 잊기로 한 거예요. 고통스러웠던 기억을 행복했던 기억과 같이…. 그 애에게 행복했던 기억이 있을지는 모르겠지만, 유영이는 그냥 모든 걸 잊었어요.

아시잖아요. 사회에는, 작든 크든. 사람이 모인 곳에는 눈에 보이지 않는 질서가 존재한다는 것을요. 강자와 약자, 그리고 그사이의 비겁자들이 존재하잖

아요. 저는 비겁자였어요. 영이는, 영이는… 약자였고요.

* * *

그 애는 작았다. 또래보다 작은 몸집에, 늘 속내를 알 수 없는 표정이었다. 말수도 적었다. 그 애가 먼저 말을 거는 모습을 나는 한 번도 본 적이 없었다. 학기 중반이 돼서야 그 애 이름이 강유영이라는 것을 알 수 있었다.

학교라는 공간에는, 특히 중학교에는 넘쳐나는 힘을 제어하지 못하는 아이들이 많았다. 그런 아이들은 자기보다 작은 아이들을 먹잇감으로 삼고 떼를 지어 다니며 목표가 된 아이를 괴롭혔다. 말이 괴롭힘이지, 그것은 거대한 폭력에 가까웠다. 나는 그런 아이들의 눈을 피해 숨을 죽여 살았다. 눈에 띄지 않고, 조용히. 거대한 포식자 무리의 희생양이 되지 않는 것이 내 중학교 인생에 있어서 가장 큰 목표였다. 그런 아이들은 또래 애들보다 유난히 작은 유영에게 관심을 보였다. 사소한 장난이 점점 커지고, 영이에게 향한 관심은 폭력이 되었다. 우리는, 영이와 포식자 무리를 제외한 우리는 아무것도 하지 않았다. 우리끼리 모여 합의한 것도 아니었다. 그저, 어느 순간부터 그것은 이곳의 암묵적인 규칙이 되어버렸다. 이 규칙을 지키지 않으면, 우리는 다음 먹잇감이 된다는 것을 알고 있었다.

* * *

그 애가 포식자 무리에게 공격당하고 있을 때 나는 무심코 그쪽으로 시선을 돌린 적이 있었다. 나는 먹잇감이 되지 않았지만, 그때 봤던 그 애의 눈빛을 나는 생생 잊을 수 없을 것 같았다. 그 애의 눈에는 분노도, 슬픔도, 아픔도 들어있지 않았다. 그저 공허만이 가득했다. 나는 그 애가 사람인지, 아니면 그저 움직이는 인형인지 알 수 없었다. 그런 눈을 본 것은 처음이었고, 나는 공포를 느꼈다. 모든 것을 잃은 듯한 눈빛에, 나는 그 애가 어느 순간 사라질 것 같다고 생각했다.

그리고 그 애는 사라지려고 했다. 어느 새벽이었다. 나는 시끄러운 사이렌 소리에 잠을 깼고, 엄마는 내가 밖을 보지 못하도록 했다. 나와 영이는 같은 아파트에 살고 있었다. 그 애가 투신자살을 시도했다는 것을 어렴풋이 알 수 있었다. 나는 죄책감을 느꼈다.

그 애는 2년 가까이 병원 침대에 누워 있었다. 눈을 뜨지 않았다. 급우라는 명목으로 그 애의 병실에 들르고, 그 애의 어머니에게 위로의 말을 건네는 나 자신에게 분노가 치밀어 올랐다.

그 애의 어머니는 울면서, 우리에게 유서를 보여줬다. 그 애가 꾹꾹 눌러 쓴 글에 망설임은 찾아볼 수 없었다.

* * *

나는 고등학교에 올라갔고, 그곳에서 그 애를 다시 만났다. 나는 너무 놀랐고, 그 애를 본 순간 아무 말도 하지 못했다. 그 애가 떨어지고 나서, 그 애가 깨어난다면 할 사과의 말을 수십 번이나 마음속으로 반복했는데, 막상 그 앨 마주하자 나는 얼어붙고 말았다. 그 애는 변한 게 없었다. 작고 마른 체구와 감정을 알 수 없는 표정까지. 달라진 것은 그 애에게서 흐르는 분위기였다. 고등학생들에게서 나올 수 없는 묘한, 설명할 수 없는 분위기가 흘렀다.

나는 늘 그 애의 주변에서 서성거렸다. 비겁하게도, 나에겐 먼저 말을 걸 용기가 없었다. 그리고 드디어 그 애가 나에게 말을 걸어온 날 나는 어떻게 그 애가, 다시 깨어날 수 있었는지 알 수 있었다.

그 애는, 강유영은 모든 것을 잊어버렸다. 중학생 때의 기억이 통째로 사라진 상태였다. 그때 나와 그 애가 같은 반이었다는 사실도, 투신자살을 시도했던 사실은 교통사고로 그 애의 기억 속에서 교묘하게 바뀌어 있었다.

나는 그 애와 어울렸다. 처음에는 죄책감이었다. 시간이 지나고, 나는 서서히 그 애를 죄책감이 아닌, 친구로 대하기 시작했다. 나는, 그 애의 과거에 대한 것들은 묻어버리기로 했다.

* * *

그 애와 투신자살 장면을 목격했을 때는 머릿속이 온통 하얘졌었다. 나는 전문의가 아니었지만, 그 애의 과거를, 그 애조차 모르고 있는 과거를 알고 있는 사람이었다. 나는 영이가 그 장면을 보고 다시 떨어지려는 것이 아닐까, 다시 하늘을 날아오르는 것이 아닐까 했다. 나는 친구를 잃는 것이 두려워졌다. 나는 영이에게 잊어버리라고 했다. 그때처럼 모든 것을 까맣게 잊어버리라고, 속으로 빌고 또 빌었다.

그리고 그 애는, 날아오르는 것 대신에 가라앉아 죽는 것을 선택했다. 아마 나는 것은 무의식이 거부했을 것이다. 한 번 날았다, 떨어져 처참한 실패를 맞았으니 다른 방법을 선택했을 것이라고, 나는 그렇게 생각했다.

물속에서 건져 올린 영이는 가쁜 숨을 내쉬고 있었다. 목덜미는 손톱으로 그었는지 살이 파여져 있었다. 나는 영이가 물고기 같다고 느꼈다. 물 밖에서 헐떡이며 멍한 눈으로 나를 바라보는 그 모습에서 나는 문득 두려움을 느꼈다. 중학생 때의, 그 애가… 영이가 하고 있던 눈이었다. 아무것도 담고 있지 않은, 인간이 아닌 것 같은 눈. 나는 두려웠다. 나는 그 애가 결국은 스스로 죽음을 택하리라는 것을 깨닫고 말았다. 스스로 바다에 몸을 던져, 소금기를 잔뜩 머금은 고깃덩이가 될 것을, 영이의 눈을 보고 깨닫고 말았다.

* * *

나는 하늘을 날 거예요. 이 답답한 곳을 벗어나서, 자유롭게 하늘을. 이카루스가 될 거예요. 나는 죽는 게 아니에요. 엄마, 아빠. 나는 죽는 게 아니니 슬퍼하지 마세요. 나는 이곳에서 살 수 없다는 것을 깨달아 버렸어요. 원래 내가 나고 자랐던 곳으로 돌아가는 그것뿐이에요. 스스로를 찾고, 나를 위한, 온전히 나를 위한 공간으로 돌아가는 것뿐이에요. 하늘과 물, 이 땅에서 돌을 이고 살아가는 것보다 하늘과 물에서 숨을 먹고, 온전한 내가 되려고요. 안녕. 우리 더 자유로운 곳에서 만나요. 안녕.

우리들은

푸르다

김서연

시험을 망쳤다. 2학기의 시작을 알리는 시험이었다. 첫 단추였던 국어 과목 마킹 실수를 알아챈 뒤로, 나는 나머지 단추들 또한 아주 우스꽝스럽게 채웠다. 그 결과는 꼴사나운 것만을 가득 담은 시험지였다. 무언가 단단히 틀어져버린 내 시험지에는 장마철이 왔다. 나는 그것을 아무렇게나 꽈악 쥔 채 향주를 찾아갔다. 시험지에 빗물이 가득해서 그런지 내 손에도 물기가 가득했다. 축축해서 기분이 매우 나빴다. 내가 옆 반에서 향주를 찾았을 적엔 향주는 자신의 시험지를 뚫어져라 쳐다보고 있었다. 푹 숙여진 뒤통수를 보니 향주 역시 시험을 망친 것 같았다. 그 애 성격으론 시험지 한 가운데를 주먹으로 푹 뚫을 것 같았지만 아니었다. 멀끔한 시험지를 묵묵하게 바라보기만 했다. 지금 말을 걸어도 되는 타이밍일까? 라는 짧은 고민을 지나치고 나는 향주에게 걸어갔다. 뚝뚝 끊기는 걸음의 끝, 나는 향주 앞에 우뚝 서선 물었다.

"시험은 어때? 잘 쳤어?"

그냥 형식적인 말이었다. 못 친 걸 알면서도 묻는 말. 향주에게 자신을 꾸밀 거짓말이란 기회를 주는 말이었다. 나는 향주의 거짓말에 능숙하다. 향주는 초등학교 때부터 그랬다. 나의 '잘 쳤어?'라는 말에 고개를 힘차게 끄덕이며 '웅!' 하고 답한다. 하지만 책상 위 시험지에 적힌 건 늘 사십 언저리에 걸쳐진 숫자였다. 한결같은 패턴, 매 시험마다 향주는 시험을 잘 쳤었다. 그리고 향주는 지금도 고개를 끄덕인다.

"웅. 당연하지!"

나는 따라 고개를 끄덕였다. 다행이네, 하고. 향주는 몸을 돌려 자신의 시험지를 네모반듯하게 접었다. 정사각형이 된 자신의 시험지들을 하나씩 가방에 넣고는 나를 바라본다.

"너는 잘 쳤어?"

향주의 시선이 내 손 안의 시험지에 닿자, 나는 시험지를 등 뒤로 숨겼다. 그리고 말없이 고개를 저었다. 못 쳤다는 의미와 끔찍한 시험지를 보여주기 싫다는 두 가지 의미였다. 향주는 알겠다는 듯이 토끼 이빨 훤한 미소를 지으며 말했다.

"야, 괜찮아. 우리 아직 1학년이잖아. 남은 시험이 몇 갠데."

향주가 내 어깨를 힘없이 툭 건드렸다. 느낌이 이상했다. 내 시험지 마냥 축축하고 눅눅했다. 이번만큼은 시험 점수에 연연하지 않는 향주가 아닌 것 같았다. 나는 향주가 건든 오른쪽 어깨를 괜히 찝찝해 만져보았다. 향주는 눈을 내리깔고 묵묵히 가방의 지퍼를 닫고 있었다. 차례대로 입이 닫히는 가방과 함께 우리의 입도 닫혀졌다. 무거웠다.

향주는 미술을 하는 애다. 향주네 어머니가 말씀하시기를, 향주는 유치원 다닐 때부터 크레파스를 잡았단다. 하얀 스케치북 위에다 선을 죽죽 그으면 선생님도 친구들도 향주 칭찬을 마구 해댔다. 그 사이에는 나도 항상 있었다. 나는 향주의 옆에 바싹 붙어 앉아 향주의 어깨를 치켜세워 주는 일을 했다. 와아, 향수 진짜 잘 그린다. 향주는 나중에 멋신 화가가 되겠나. 등의 달콤한 입담이었다. 그렇게 친구의 칭찬을 받아먹으며 자신의 솜씨에 살을 붙여온 향주는 어느새 미대를 지망하는 고등학생이 되어 있었다. 순식간이었다. 나는 그런 향주를 늘 자랑스러워했다. 내 일도 아니었고, 내 꿈도 아니었다. 하지만 향주의 그림을 보고 있으면 나는 어느새 향주가 되어 그림을 흐뭇하게 바라보고 있었다.

향주의 크로키 북이 한 장씩 채워져 나간 수많은 시간 속 나는 막연하게 그 옆에 서 있었다. 하늘로 가는 동아줄을 마냥 기다리고 있었지만 안타깝게도 그것은 나의 바람에만 그쳤다. 동아줄은 꿈이 있던 오누이에게만 주어진 것이었다. 잡히지도 않을 뿐더러 뚝 하고 끊기는 것에 나는 컴컴함을 맛보았다. 이상하게도 나에게는 아무것도 생기지 않았다. 나는 내 또래와 다름없이 영어학원도 다녔고, 수학학원도 다녔다. 추락이란 연필을 빠르게 굴리지 않는 아이나 피곤에 찌들어 일찍 잠에 빠진 아이에게만 주어진 것이라 믿고 있었다. 나는 이것이 나의 삶, 그리고 우리들의 삶이라고 생각했다. 나는 가끔 영어학원 아이들과 빙 둘러앉아 한담을 나누는데, 제 나이들과 걸맞지 않는 비관적 요소가 가득 담긴 우울한 것이 이야기의 주였다. 학원 선생이 주는 어마어마한 프린트 양이라던가, 누구네 집 언니가 연세대학교에 입학을 했는데 우리는 꿈도 못 꾼다는 이야기라던가, 수학 70점대를 맞고 집에서 쫓겨날 뻔했다는 이야기라던가. 서로의 입에서 하나 둘씩 터지는 퀴퀴한 말들에 우리는 깊은 공감을 하였고, 긴 이야기의 결론은 늘 '우린 불행하다'였다. 모두 잠자코 듣고 있으면 마음속에 살아 있던 내 작은 등불을 누군가가 훅 하고 꺼뜨렸다. 그리고 새까맣게 피어오르는 연기가 내 속에서 크게 외치곤 했다. 불행하다고? 누군지 정말 옳은 말을 했네! 나는 학원 친구들에게 웃으며 말했었다. "야, 그래도 삶에 정해진 틀이라도 있는 게 어디냐? 힘들어도 거기만 맞추면 되잖아." 그때 아이들은 고개를 다 같이 끄덕여 주었다. 그 뒤 나는 한 마디를 덧붙였다. "이래서 나는 향주가 부럽다니까. 걘 자기가 틀을 만들어 나가잖아. 하고 싶은 거 하면서… 그치… 동경의 대상이라니까."

끔찍한 시험지가 든 가방을 매고 향주와 함께 하교하는 길이었다. 매캐한 매연이 내 폐 속 가득히 들어왔다. 도로 옆 넓게 터 있는 인도가 유독 텅 빈 것이, 오늘따라 향주와 나를 주인공으로 만들어 주었다. 향주는 여전히 자신의 입에 침묵을 가득 물고 있었다. 향주의 팔뚝을 살짝 꼬집어 옅은 비명을 나오게 해서라도 입을 열게 하고 싶었다. 이번 시험에 유독 침울한 이유가 무엇인지 궁금한 것도 있었지만, 가장 큰 것은 향주와 있을 때 나에겐 어색함이 용납되지 않았다. 사람을 살갑게 상대하는 것이 그렇게 귀찮은 일이라는 걸 깨달은 이후로는 내 인간관계에는 울타리가 쳐졌다. 그 속에 안전하게 들어와 있는 것이 향주, 그리고 서너 명의 사람들뿐이었다. 울타리 속의 사람들은 모두 '내 사람들'이었다. 나에게 관계라는 즐거움을 알려주는 소수의 사람들이다. 넓은 곳에 나와 있는 그들과 좁은 곳에 숨어 있는 나의 관계 속에서 나는 그들에게 무조건적인 을이 아닐까? 혹여나 먼저 끈을 놓칠까 나는 이 사람들에게만은 구질구질하고 구차하게 굴 수 있을 거란 생각을 해왔다. 그리고 우리들의 관계가 아쉽지 않게 밝게 웃거나 함께 밥을 먹고, 시시콜콜한 농담을 주고받는다. 너무 교과서적이고 형식적으로 보일지라도 내겐 그 노력이 행복으로 다가오는 것이다. 나는 향주의 손등과 내 손등이 일부러 스치게끔 가까이 붙었다. 그 애와 기분의 온도를 맞추고 싶었다.

"오늘은 미술학원 안 가?"

나는 생글생글 웃음꽃을 입가에 가득 머금으며 물었다. 향주는 그림 얘기 할 때 제일로 기분 좋아하니까, 그래서 지금 한 바가지로 쏟아낼 예정이다. 그러나 생각 외로 향주는 밝게 대답하지 못했다. 철판 위에 스마일 모양의 기스를 낸 것 같은 표정이었다.

"하루쯤은 쉬어도 되잖아. 시험 친 당일 날엔 쉬는 게 정석이지."

"저번 시험에는 갔으면서."

나는 향주 등에 조용히 업힌 화구통을 힐긋 쳐다봤다. 남의 속도 모르고 화구통 때깔은 여전히 좋았다. 향주는 나를 보더니 헛기침을 두어 번 하고는 발걸음의 박자를 더 빨리 하였다. 나는 빨라진 발걸음에 제 박자도 함께 맞추려 허둥지둥 달려갔다. 걸음의 빠르기에 맞춰 향주의 짧은 단발머리가 함께 하늘하늘 흔들렸다. 우리의 빨라진 걸음에 향주의 아파트 단지가 보이는 건 금방이었다. 나는 커다란 아파트 건물을 보며 벌써? 라는 생각을 잘근잘근 씹었다. 향주는 도착한 자신의 아파트 현관에 가볍게 발을 디뎠다.

"학원 안 가는 건 기분에 따라 다른 거지 뭐. 그거 아냐? 나 사실 기분파야!"

농담을 던지며 웃음 짓는 향주였다.

"그래 오늘 하는 행동 보니까 기분파 맞네 뭐."

가볍게 주고받는 평범한 대화들에 나는 이때다 싶어 기회를 놓치지 않고 향주에게 덥석 물었다.

"기분 얘기 나온 김에 묻자. 너 오늘 왜 이렇게 우울해 보이냐?"

내가 톡 쏘아붙이자, 향주는 내 말을 빠르게 넘기곤 쫓기듯 아파트 현관 비밀번호를 빠르게 쳤다.

"우울은 무슨 우울이야. 바보 양은채! 집 조심히 가고!"

허무하게 빠져버린 말의 탄산이었다. 괜히 얄미워 보여 눈빛을 날카롭게 세웠지만 내 손은 향주에게 인사를 하고 있었다. 향주는 열려진 현관문을 통과하다가 나를 힐끗 보고는 따라 손을 흔들어 주었다. 그리고는 까만 화구통을 내게 보인 채 아파트 속으로 사라졌다. 그 짧았던 순간, 나는 향주의 화구통이 멋지다고 생각했다. 그 속에 가득 담겨있을 부담감을 걸러내고 나는 아름다운 그림만을 생각했다. 그리고 나는 다시 낭창하게 눈을 깜빡이고는 발걸음을 옮겼다.

"괜찮겠지 뭐." 하고 중얼거리자 한결 마음이 편해졌다.

다음 날 학교에 왔을 때엔 익숙하던 것이 사라져 있었다. 눈에 익은 향주네 반 풍경에서 중요한 '무언가'가 없어진 것이다. 내가 아닌 다른 아이가 보았더라면 분명 눈치를 못 챌 그 '무언가'. 그 '무언가'를 알아내기 위해 나는 향주네 반의 언저리를 빙글빙글 돌았다. 주변 친구들이 정신 사납게 뭐 하는 짓이냐고 눈치를 줘도 아랑곳 않았다. 바쁜 발걸음에 함께 박자를 맞추던 머릿속이 흐린 기억의 옷자락을 낚아채기 일보직전이었기 때문이다. 계속해서 초점이 빗나가는 기억에 신경이 한창 곤두설 즈음, 물음표로 가득 찬 내 시선이 향주의 자리 근처에 멎었다. 나는 그제야 아! 하고 생각의 끝에 느낌표를 찍을 수 있게 되었다.

나는 교실 앞문으로 들어오던 향주에게 성큼성큼 다가가선 대뜸 큰소리로 내뱉었다.

"오늘 왜 화구통이 없어?"

향주의 눈썹이 지렁이처럼 꿈틀거렸다. 단물만 쏙 빠져버린 껌 같은 무미건조한 향주의 얼굴에 옅은 표정 한 겹이 겹쳐졌다.

"나는 뭐 맨날 들고 다녀야 되나…."

흐리게 무마된 향주의 한 문장에 괜히 쓴 감정이 들었다. 내가 화구통의 빈자리를 알아차렸다는 건 향주가 그것을 매일 들고 다녔기 때문이다. 나는 그 애의 근면성실한 점을 누구보다 깊숙이 알아왔고 동경해 왔다. 너처럼 삶의 틀을 만드는 일이 나에게도 물 흐르듯 쉬운 것이었으면 나도 분명 행복할 텐데. 나는 억지웃음 짓는 향주의 입 꼬리를 내려주고 싶단 생각이 들었다.

"너 어제부터 이상했던 거 알지."

향주는 계속 자신의 실내화 코끝을 바라보았다.

"너야말로 자꾸 왜 그래 은채야."

쓰다고 느꼈던 감성은 어느새 섭섭하다는 감정으로 바뀌어졌다. 나는 향주에게서 한 걸음 물러나 말했다.

"너 시험 망쳐도 허구한 날 바보같이 웃었잖아! 근데 어제는 아니었단 말야. 나 되게 신경쓰였는데."

"어우 야, 나 어제 기분 되게 좋았는데. 왜 신경쓰고 그랬어."

향주가 노란 머리핀을 꽂으며 말하였다. 나는 나와 눈을 제대로 못 맞추는 향주를 향해 하나의 물음을 던졌다.

"…야. 너 혹시 미술 관둬?"

'미술'이란 단어에 향주와 나의 눈이 마주쳤다. 나는 불안정한 표정을 감추려고 이를 악물었다. 향주 또한 입이 열어질 듯 말 듯 불안하게 행동하였다. 그러다 향주는 다시 나의 눈을 피하고 꽂고 있던 노란 핀을 빼버렸다. 나는 미술이란 단어를 꺼낸 것을 곧장 후회했다. 지금 우리 둘은 아슬아슬한 외줄에 서 있는 사람들 같았다. 누군가 툭 치면 낭떠러지로 굴러 떨어질 것만 같아 무서웠다. 컴컴한 낭떠러지 속은 향주도, 나도 모르기에 우리는 마음의 균형을 유지하려 애썼다. 피부가 바싹 마르던 적막, 향주는 끝내 대답을 않았고 수업의 시작을 알리는 종이 울렸다. 아이들이 책을 챙기려 바쁘게 움직이는 상황 속에서 우리의 시간만은 유독 느리게 가는 것 같았다. 이대로 아예 멈추어져서 어른이 되지 않는 것도 나쁘지 않겠다고 생각했다. 우리에게 틀은 너무나 갑갑했다.

멀쩡던 하늘에 먹이 풀어졌다. 공기가 수분을 가득 머금은 향이 물씬 풍겨져 나오는 것이, 곧 한바탕 비가 쏟아질 조짐이 보였다. 깜빡하고 챙기지 못한 우산에 나는 야간자율학습을 재끼고 서둘러 집에 가는 것을 택하였다. 하굣길, 운동장을 가로지르는 동안 나는 아무 생각도 하지 못했다. 기분도 날씨와 함께 수분을 먹어 먹먹했다. 그러다 무언가 턱 막히는 느낌이 들어 천천히 심호흡을 하였다. 감정을 되살리려는 일종의 인공호흡이었다. 들숨 한 번에 속상함이 끼얹어지고, 날숨 한 번에 섭섭함이 눈앞을 뿌옇게 만들었다. 향주가 말을 안 한 거면 분명 이유가 있을 터인데 내가 너무 앞선 탓이었다. 괜히 말했어, 괜히 말했어. 하지만 향주가 미술을 그만 두지 않았으면 하는데… 나는 시큼한 것을 쿵 한 번 삼키고는 다시 종종 걸음을 계속했다. 잰걸음들이 모여 다행히도 조금 정신이 없어진 찰나, 뒤에서 나를 크게 부르는 소리가 들렸다. 깜짝 놀란 몸뚱이를 돌려보자 익숙한 실루엣이 단발머리를 휘날리며 달려오고 있었다. 향주였다. 굉장히 빠른 속도로 내 앞에 도착한 향주는 숨을 헐떡였다.

"향주?"

여전히 숨이 가쁜 향주는 제 머리를 두어 번 벅벅 긁었다. 이내 무언가를 말하려다가 그것은 빨라진 호흡에 묻혀버렸다. 나는 "문자나 전화로 하지…." 하고 말을 덧붙였지만 향주는 그것에 대한 답을 하지 않았다. 그러다가 향주는 곧 마음을 다잡은 듯 반듯하고 깔끔한 상자 같은 말을 꺼내었다.

"양은채, 나 미술 관두려구."

갑작스런 향주의 말에 나의 눈은 동그랗게 커졌다. 순식간에 내 모든 생각들은 커다란 실 뭉치가 되었고, 쉽게 풀 수 없게끔 복잡하게 얽혀졌다.

"왜?" 하고 내가 되묻자, 향주는 내 실 뭉치를 풀어내려 준비해온 대사를 읊듯 말을 이었다.

"미대를 간다 하더라도 막상 하고 싶은 게 없다는 걸 이제 깨달았지 뭐야."

향주가 웃었다.

"게다가 입시 준비도 완전 빡빡하고 힘드니까."

거짓말이다. 저건 향주의 거짓말이다. 정말 별일 없다는 듯 으쓱이는 향주의 어깨에 무거운 추가 달려 있음을 나는 보았다. 억지로 끌어올린 광대에는 십대의 불안함이 가득 담겨져 있었고, 그것은 어째서인지 나에게 일그러진 것처럼 보였다. 매 시험마다 향주는 시험을 잘 봤지만, 매번마다 미술에 대한 부정적인 언급을 꺼낸 적은 없었다. 자신의 영역에서는 곧고 바르고…

애정이 넘쳐났다. 무엇보다 나에게 그림과 색의 아름다움을 알려준 장본인
은 향주였다. 그러니까, 그러니까 그 애정이 이 뭉툭한 한 마디로 싹둑 잘려
질 리는 없었다. 아까의 일은 내 기억 속에서 밀려진 지 오래였다. 나는 향주
의 기분보다 훨씬 앞서나가 마치 어른과 같은 소리를 내었다.

"거짓말 하지 마! 네가 미술 말고 갈 데가 어디 있다고 그래?"

쿵 때려 박은 내 말에 향주의 표정이 요상하게 변했다. 향주는 고개를 휘
휘 저으며 내 말에 대꾸했다.

"야! 너 말을 왜 그런 식으로 하냐."

나는 향주의 대꾸를 무시했다.

"왜, 누가 너 미술하지 말라고 했어? 부모님이?"

"…야 그만해."

"너 그런 거에 꺾이는 애였어? 난 너 미술 하던 거 참 멋있어 보였는데.
자기가 어떤 방향으로 가야 할지 아는 애가 너처럼 많지 않다니까? 그러니
까 애들이 널 부러워하고 나도 너를…."

향주와 눈이 마주치자 말이 뚝 끊겨버렸다. 눈시울이 붉어진 모습이 나
를 당황케 만들었다. 화살촉 같던 말의 끝에 독이 발라져 있었나 보다. 찬물
이 끼얹어진 듯 정신이 확 들어 나는 입을 더이상 열 수 없게 되었다. 아까
와 똑같은 후회감이 들었다. 향주의 눈에 든 감정 방울은 슬픔이 아니었다.
그보다 더 진한 것에 가까운 것 같았다.

"힘들어서 그런 거 맞아! 말을 꼭 그렇게 해야 됐어? 너 계속 나한테 그
러는 거 쓸데없는 오지랖이야. 그리고 은채야."

불규칙적인 호흡을 하던 향주였다.

"너 말하는 본새가 어른 같았어. 되게 기분 나빴다 나."

흐린 하늘 아래, 심상치 않은 분위기. 주변에서 하교를 하던 애들이 우리
를 보며 귓속말을 하는 게 느껴졌다. 점점 고조되어 클라이맥스를 찍을 것

같던 향주의 억양이 억눌러졌다.

"나도 쉽지 않았어."

향주가 학교 쪽으로 몸을 빙글 돌렸다. 미술학원을 그만 두고 야간자율
학습 하는 걸 선택한 모양이다. 천천히 학교로 걸음을 하는 향주의 뒷모습
에 허전한 등이 보였다. 화구통을 메지 않아 가벼울 텐데 오히려 더 무거워
보였다. 거대한 학교 건물 아래 작은 향주의 실루엣은 방황의 빛깔을 띄우
고 있었다. 여느 학생과 다름없었다. 동경했던 향주가 붓을 꺾었단 사실은
내게 큰 파동이었고, 잔물결로 다가오는 것이 아닌 쓰나미로 다가왔다. 눈앞
에 보이는 검고 축축한 풍경에 마음이 대입되어 눈물이 핑 돌았다. 모였던
상황들이 의지와는 상관없이 필름처럼 지나갔고 나는 결국 한 방울을 뚝 흘
릴 수밖에 없었다. 때마침 빗방울도 함께 떨어졌다. 나는 우리가 함께 꿈을
먹던 시절을 떠올려 보았다.

우리가 여덟 살 먹은 해였을 것이다. 초등학교 입학에 벌써부터 어른이
되었다. 느꼈던, 또래 남자애들의 칼싸움 놀이에 코웃음을 치며 유치하다고
속닥대던 그 시절 말이다. 초등학교란 작은 사회의 일원으로서 대충 적응을
한 여름날, 장래희망에 대한 그림을 그려야 했던 미술시간이 시간표에 끼
워져 있었다. 나는 장래희망이란 단어의 뜻도 모른 채 아이들에게 마구 물
어댔다. "너 장래희망이 뭐야?" 하고 말이다. 얼추 뜻을 알고 있는 아이들은
각자 의사, 만화가, 발레리나 등의 직업들을 말하며 자신이 이미 직업을 가
진 마냥 자랑스러워했다. 나는 알아들은 척 고개를 끄덕이고는 옆 짝꿍 향
주에게 속삭였다.

"향주는 장래희망이 뭐야?"

준비해 온 물감 세트를 꺼내던 향주가 나의 질문에 들뜬 표정을 지었다.
아마도 질문을 기다려왔나 보다. 향주는 내게 "이거 너한테만 알려줄게

잘 들어!" 하곤 보물 상자 마냥 조심스럽게 말의 뚜껑을 열었다. 상기된 향주의 표정에 왠지 긴장이 되어 귀를 바싹 갖다 대었다.

"향주는 향주가 될 거야…!"

향주가 내 귀에 따뜻한 숨으로 속삭였다. 나는 그게 간지러워 깔깔 웃었다. 향주도 간지럼 타는 내 모습이 우스웠는지 따라 깔깔 웃어재꼈다. 그러다 나는 다시 향주의 귀에 대고 속닥대었다.

"그런데 향주는 지금도 향주잖아!"

웃음이 가라앉지 않은 붕 뜬 목소리였다. 우리는 앞자리 애가 들릴 정도의 목소리로 말하면서도 귓속말을 고집했다. 알고 있는 사람들만을 특별하게 만들어주는 비밀의 힘이 여기서 작용한 것이다.

"나는 의사보다 만화가보다 발레리나보다 향주가 더 좋으니까 괜찮아. 나는 계속 향주로 살고 싶어!"

향주는 방실방실 웃으며 하얀 도화지를 책상에 깔고 붓에 분홍 물감을 옷 입혔다. 향주의 붓이 도화지에 닿자 머금었던 분홍빛이 환하게 퍼졌다. 한여름 속의 자그마한 봄이었다. 향주는 분홍색으로 자신의 윤곽을 그려내었다. 준비물이라곤 크레파스밖에 없던 나에겐 진귀한 풍경이었다. 흰 도화지에 생기가 불어넣어질 때마다 나는 향주를 마법사로 여겼다. 어쩌면 밖에 있는 모든 꽃들과 나무들을 향주가 그렸을지도 모른다 생각했다. 향주는 분홍색의 붓을 물통에 씻어내고 이번엔 하늘색 물감 옷을 붓에게 입혔다. 그러곤 자신의 분홍 윤곽의 속을 푸르게 채웠다. 분홍색의 향주는 여름하늘을 잔뜩 담게 되었다. 넋을 놓고 그림을 구경하던 나에게 향주가 물었다.

"은채는 뭐가 되고 싶어?"

향주의 질문에 나는 눈을 껌뻑이곤 '음' 소리를 아주 길게 내었다.

"나도 향주가 될래."

향주는 그림을 그리다가 나를 쳐다보곤 고개를 저었다.

"안 돼, 안 돼. 은채는 향주가 못 돼. 은채랑 향주는 다르잖아."

"그으래?"

향주가 다시 그림을 그리기 시작했다. 붓질을 멈추지 않는 와중에 고민도 멈추지 않아 답은 향주의 입에서 쉽게 튀어나왔다.

"나는 은채가 하고 싶은 거 했으면 좋겠어. 은채는 은채가 되는 게 어때?"

향주의 한 마디가 내 귀에 찰싹 들러붙었다. 나는 눈을 커다랗게 뜨고 고개를 마구 끄덕였다. 나중에 은채가 된 은채는 향주가 된 향주와 함께 공기놀이도 하고, 종이접기도 할 것이다. 노는 방식은 지금과 다름이 없으나, 그 다름없을 거란 미래가 나를 웃음 짓게 했다. 향주가 나무를 그리면 나는 나무에 물을 주며 쑥쑥 키워주는 일을 하고 싶었다. 우리가 그렇게 세상을 그려나가면 그 모든 것이 우리의 동화가 되지 않을까? 나는 100년 이후까지의 상상을 끝마친 후, 향주에게 말했다.

"은채는, 은채가 될래."

아이들이 상상하는 의사나 교사 따위가 우습고 유치하게 여겨졌다. 어린 마음에서 자라난 귀여운 오만이었다. 나는 노란 크레파스를 손에 쥐고 내 하얀 도화지에 나를 그리기 시작하였다. 부드럽게 굴러가는 크레파스의 걸음에 나는 흡족한 미소를 띄웠다. 내가 상상하는 모든 것이 이루어질 찰나였다. 하늘에는 무지개가 길게 뻗어 있고, 커다란 나무 한 그루와 그 밑에 피어난 오색 꽃들까지. 내 그림을 지켜보던 향주는 '우와' 하고 감탄을 짧게 내뱉었다. 그러곤 내 손에 자신의 붓을 쥐어주었다.

"붓 써도 돼! 대신 나 크레파스 빌려줘. 나도 크레파스 쓰고 싶어."

나는 아무 말 없이 오색의 온기를 담은 마법 지팡이를 잡았다. 침을 꿀떡 삼켰다. 내 손에 꼭 들어온 색의 마법에 심장이 쿵쿵 뛰기 시작했다. 온몸의 울림이 붓에 집중되었다. 나는 짧게 생각하였다. 이걸로 나는 무엇을 칠할 수 있을까? 나는 무지개 그림에 붓을 갔다대려다가 곧 멈추었다. 잘못 그려서 그림을 망치면 어떡하지? 그건 벌써부터 울상을 짓게 하는 일이다. 모든 색이 섞여 검게 변해버린다면 내 세상이 꺼멓게 변할지도 모르는 것이었다. 마법을 손에 쥐고도 한참을 머뭇거리던 나를 향주가 힐끔 보더니, 내 손을 그림으로 떠밀었다.

"뭘 그렇게 망설여? 은채 바보구나! 붓은 그림 그리라고 있는 거야. 그냥 종이에 붓만 갖다 대면….

향주가 붓의 끄트머리를 잡고는 노란 윤곽선의 은채 그림에 닿게 하였다.

"봐! 예쁘게 칠해지지?"

연두빛의 물감이었다. 푸른 초원마냥 내 가슴에서 피어난 색에 나는 눈을 반짝였다. 연두색의 끄트머리가 물을 먹어 옅게 번지자 그것은 꽃이 되었고 그림 속의 그림이 되었다. 그때 나는 처음 느꼈다. 색이라는 것은 정말 멋진 거구나. 모든 것들에게 주어지는 예쁜 선물이구나. 무언가를 만들어가게 해주는 소중한 것이구나. 그림 속 노란 테두리의 은채는 초록 생명을 온몸에 두르고 있었다. 거기서 멈추지 않고 나는 나만의 비행기를 띄우고, 꽃을 피우고, 말간 홍조를 띠웠다. 꿈이었다. 살아 있는 생명이었고, 터지는 숨결이었다. 벅찬 마음을 끌어안고 붓질을 하던 나를 보며 향주가 말하였다.

"은채야! 나는 속에 하늘색이 가득 찼고, 은채는 연두색이 가득 찼네?"

"응, 응."

"봐봐, 완전 푸르다. 하늘이랑 정원 같어."

"맞아, 맞아."

"여기다 그리고 싶은 거 그리자. 나는 구름이랑 새를 그릴래. 은채는….

향주가 말을 흐리다가 다시 이었다.

"은채가 그리고 싶은 거 그렸음 좋겠다!"

은채가 그리고 싶은 걸로, 은채가 그리고 싶은 걸로. 나는 행복한 미소와 함께 고개를 끄덕이고 그림을 마저 그려내기 시작하였다. 파랑 초록 분홍 보라 빛깔. 아무것도 신경쓰지 않고 은채가 그리고 싶은 걸로. 은채가 원하는 것으로…

차가운 빗물이 뚝뚝 떨어졌다. 하늘은 여전히 흐렸다. 고개를 드니 나는 어느새 집 앞에 도착해 있었다. 어린 기억들을 떠올릴 적이면 항상 내 영혼도 함께 그 시절에 갔다. 오곤 했다. 따끈한 시절로의 여행은 마음을 가득 채워주는 대신 현실을 더욱 차갑게 만들어 여행비용을 대신 치르게 했다. 색채 대비는 이런데서 나타나나 보다. 밝은 것과 흐린 것, 빨간색과 검은색. 심하게 휘어진 감정의 저울에 정신이 어질했지만 나는 그 냉랭한 것을 묵묵히 받아들였다. 나는 물 먹은 머리칼을 뒤로 넘기고 현관의 비밀번호를 무심히 쳤다. 그러자 맑은 음과 함께 스르륵 열리는 현관문이었다. 나는 그 안으로 쉽사리 들지 못하고 뒤를 돌아보았다. 평소와 같이 자동차 여러 대가 근사하게 나열돼 있었고 우산을 써 표정을 알 수 없는 사람들이 조용히 지나다니고 있었다. 건너편 아파트의 벗겨진 페인트, 경비실 앞에 있는 고장 난 투명우산, 덥수룩하게 자라난 아파트 화단의 잡초들. 나는 그 익숙한 풍경에서 낯선 외로움을 맛보았다. 모두가 일정하지만 나는 곡선을 타고 있는 것 같았다. 아파트 속 가득 내리는 빗물은 여전히 바닥을 연신 껴안았다. 아주 지독하게 늘러 붙어 땅의 온기를 모조리 앗아가고 있었다. 나는 조심스레 왼손을 뻗어 빗물을 축축하게 담아보았다. 한 방울, 두 방울, 어느새 손 안 가득 모인 빗물은 내 눈 앞에서 맑게 찰랑이고 있었다. 무해해 보였다. 하지만 이 속은 아무런 생명도 살수 없는 곳이잖아. 눈을 한 번 깜빡하고 나는 빗물을 다시 바닥으로 흩뿌렸다.

"따뜻한 소나기가 내렸으면 좋겠다."

나는 다시 등을 돌려 현관문 속으로 들어갔다. 그러곤 차가워진 왼손을 어루만지며 묵묵히 걸음을 했다.

그렇게 3시간이 흘렀다. 나는 자그마한 내 방 안에서 휴대폰을 내내 붙잡고 있었다. 야간자율학습을 마쳤을 향주에게 사과를 하려는 목적이었다. 내가 향주에게 말을 마악 내뱉은 것은 아마 내 생각이 과거에 붙잡힌 탓이었을 거다. 나에게 잊지 못할 꿈 그리고 환상을 안겨준 그림과 향주에 대한 동경이 내 머릿속을 크게 차지했다는 것을 다시금 깨닫게 되었다. 하지만 향주에겐 그것이 짐덩이로 변질했다니 이제는 나도 향주의 그림에서 시선을 떼야할 때였다. 나는 아까 전부터 아무것도 적히지 못한 메시지 창을 바라보다가 골똘히 생각했다. '목소리로 전하는 것이 더 효과적이지 않을까?' 나는 곧장 전화번호부를 꾹 누르고 향주의 번호를 찾았다. 전화번호부 속 '향주'의 이름 뒤에 붙여진 팔레트 이모티콘에 눈이 갔다. 삭제할까 생각하다 그냥 지나쳤다. 그리고 전화버튼에 손을 가까이 가져갔다. 나는 다짐했다. 만약 향주의 목소리가 우중충하다면 바로 끊자! 하고. 친한 친구의 미움을 산다는 두려움보단 갑자기 전화가 끊겨졌다는 황당한 시나리오가 백배는 더 나았다. 나는 그 뒤로도 온갖 결심을 하였다. 그리고 제발 더 싸우지만 않게 해주세요. 하는 마음으로 손가락에 힘을 실었다.

'뚜루루루…'

신호음이 길게 이어졌다. 신호음에 맞춰 심장이 불규칙적으로 벌렁거렸다. 괜히 긴장이 되어 몸을 가만 두지 못하고 방 안을 왔다갔다. 서성였다. 평소에는 잘 보이지 않던 방 안 분홍 벽지의 작은 상처들이 유독 신경질 나게 거슬려 보였다. 향주는 전화를 받을 기미가 보이지 않았다. 나는 귀에 갖다 대었던 휴대폰을 떼어내고 종료 버튼을 누를까 말까 또 잠깐을 망설였다. 그래, 향주가 안 받은 건데 뭐. 이만 끊자. 하고 타던 내 속을 진정시키던 그때, 신호음이 뚝 멈추었다. 휴대폰 화면을 보니 통화 시간이 일 초, 이 초, 천천히 메겨지고 있었다. 나는 향주의 목소리가 안 좋을 시 바로 전화를 끊어줄 엄지손가락을 준비시키고 황급히 휴대폰을 귀에 가져갔다. 귀에 들어오는 익숙한 소리에 나는 눈을 휘둥그레 뜨게 되었다. 내 귓바퀴를 타고 들어오는 것은 향주의 목소리가 아닌 세찬 빗소리였다.

"여, 여보세요? 향주야?"

전화기 너머 빗소리인지 울음소리인지 구분이 안 가는 것이 희미하게 들려왔다. 숨을 마시다 울음에 막혀 기침을 내뱉는 소리가 내 귀를 찔렀다. 향주였다.

"향주야 울어? 응? 지금 울고 있어 향주야?"

나는 밖에 있는 향주를 찾아나가려고 주섬주섬 가디건을 찾았다. 비에 녹아든 향주의 울음소리가 애달파 보였다. 나 때문일까? 나 때문이겠지? 나는 휴대폰을 귀에서 떼지 않고 황급히 방문을 열어 재꼈다. 휴대폰에서 향주의 목소리가 들려왔다.

"은채야… 미안해, 미안… 나 힘들어서 관둔 거 아니야."

향주가 젖은 목소리로 띄엄띄엄 말했다.

"미술보단 공부하라고… 예체능보단 과학을 더 배우라고 아빠가 계속 말씀하셔서…."

"너 괜찮아?"

엘리베이터를 초조하게 기다리며 내가 물었다. 향주의 목소리보다 빗소리가 더 컸다.

"아니, 아니… 나 사실 이번 시험이 마지막 기회였는데 글쎄 점수가 그렇게 나온 거야. 시험지에 내 미술이 달려 있다는 게 되게 우습기도 했고… 속상했어. 맞아, 네 말이 맞았어. 나 그때 엄청 이상했어, 양은채."

우산을 꽈악 쥔 채, 엘리베이터에 급하게 올라탔다. 비를 맞고 있지 않지만 벌써 홀딱 젖은 것 같은 기분이 들었다.

"네가 응원해 주고 그림 좋아해 주던 게 생각나니까, 성적 때문에 관두게 됐다는 말이 잘 안 나왔어. 거짓말한 거 미안해…."

1층에 도착한 엘리베이터에서 나는 도망치듯 나왔다. 물을 먹어 찢어질 것 같은 향주의 말을 듣고 있자니 나까지 눈물이 핑 돌았다.

"나도 부럽고 동경해서 그랬어. 나는 우리가 살아가는 틀이 지루하기만 할 줄 알았는데, 향주 너 미술 하는 거 보니까 즐거워 보이고 행복해 보이더라고. 자신의 틀을 만들어나가는 것이 너무 좋아보였어."

내 말을 묵묵히 듣던 향주가 갑자기 떨리는 목소리를 냈다.

"은채야, 틀이라니?"

내 몸을 인식한 현관문이 스르르 열렸다. 나는 아까보다 굵어진 비를 보며 우산을 펴려다가 향주의 목소리에 동작을 멈칫하였다.

"왜…?"

"야, 넌 이제껏 틀이란 걸 인식하며 산 거야?

"…."

"우리한테 틀이 뭐냐, 틀이…! 그냥 흘러가면 되지 틀이 왜 필요해! 왜…!"

향주가 목소리를 높였다. 꺽꺽 목이 메는 소리가 깊어져 갔다. 나는 당황하고 말았다. 애초에 우리는 고여 있던 것이 아니었나? 나는 주황 우산을 세차게 피고 향주를 찾아 도도도 걸음을 바삐 하였다. 빗소리가 잡음으로 들리기 시작하였다. 귓가가 매우 어지럽혀져 정신이 혼미했다.

"향주야, 너 지금 어디야?"

향주는 대답을 않고 자신의 빗소리를 계속해서 키워나갔다. 나는 답 듣는 것을 포기했다. 불안한 마음은 내게 어디든 가 보라고 재촉하였다. 비에 두들김 당하는 주황 우산이 내 머리 위에서 우중충하게 빛나고 있었다. 나는 향주의 집으로 걸음을 향했다. 찰박찰박 빗물이 신발 속으로 스며들어 왔다. 발가락이 너무 시려워 꼭 움츠리고 달렸다. 우리 집 아파트의 바로 옆에 위치한 향주네 아파트는 여기서 그리 멀지 않은 곳이었다. 우산을 쓰는 것과 상관없이 몸이 축축하게 절기 시작했다. 하지만 그것조차 잊고 향주를 찾기 시작했다.

"향주야, 나 네 아파트 근처인데, 너도 여기 근처야? 말 좀 해봐. 응?"

고개를 좌우로 돌려가며 바쁘게 향주를 찾았다. 부재의 두려움이 마음에서 자라나기 시작했다. 나는 끊기지 않은 전화에 쩔쩔 매달리며 향주를 불렀다. 향주의 아파트 단지는 어두컴컴했다. 아이들이 없는 젖은 놀이터는 아파트 단지의 쓸쓸함을 더해 주었다. 경비실을 힐끔 보니 경비 아저씨도 계시지 않았다. 차가운 아스팔트 위에 버려진 과자 봉지들, 코카콜라 캔이 쓰레기장 근처를 데굴데굴 굴렀다. 나는 급한 걸음을 옮기다 그만 콜라 캔을 차버렸다. 아직 내용물이 남았는지 캔은 콜라를 우악스럽게 뱉으며 쓰레기장의 내부로 굴러들어갔다. 내 시선이 굴러가는 콜라 캔에 닿았다. 정신이 아득했다. 쓰레기 장 속에 웬 사람의 형상이 보였다. 쓰레기 장 틈새를 비집고 새어나오는 축축한 울음소리가 나를 멍하게 만들었다. 나는 주황 우산을 손에 들고 천천히 쓰레기 장 속으로 들어갔다. 검고 하얗게 쌓여진 쓰레기봉투들, 꽉 차 흘러넘칠 듯한 쓰레기통, 썩은 국물이 고인 음식물 쓰레기통의 뚜껑. 그리고 그 안에 주저앉아 있는 교복차림 단발머리 여자애의 모습에 나는 이루 말할 수 없는 처참함과 처절함을 느꼈다. 향주는 휴대폰에서 들리던 것보다 배는 더 서럽게 울고 있었다. 나는 주황색 우산을 향주의 머리 위로 하였다.

"향주야, 김향주."

나는 들썩이는 향주의 어깨에 손을 올리고 가까이 다가갔다. 향주는 무언가를 끌어안고 있었다. 향주가 끌어안은 그것이 무엇인지 확인하고 난 뒤, 나는 우산을 툭 떨어뜨리고 말았다.

"야, 너…."

화구통이었다. 누군가가 내다버린 향주의 화구통이었다. 늘 위풍당당한 기세로 밝게 빛나던 것이 이제는 쓰레기 더미 속에 가득 고여 있었다. 향주는 빗물을 몽땅 몸으로 받아내 바들바들 떨면서도 화구통을 꽉 끌어안고 있었다. 빗물과 울음이 엉겨 세상에서 가장 비참한 것을 빚어내었다.

"고여 있으면 썩기 마련인데… 흘러가야지 은채야. 원하는 곳으로 흘러가야지…."

향주의 통곡에 무형의 무언가가 아주 갑갑하게 느껴지기 시작하였다. 한때는 익숙했지만 이제는 알아 버려 답답해진 나의, 우리의 무언가에 나는 마음의 몸부림을 쳤다. 뜨거운 것이 눈가로 훅 올라왔다. 우린 어쩌면 처음부터 자유로웠을지도 모른다. 쏟아지는 빗물과 함께 눈가에서 따뜻한 소나기가 떨어졌다. 작은 꽃을 피워낼 희망과 용기였다. 나는 끓어오르는 방울방울들을 끊임없이 쏟고 또 쏟았다. 그러다 향주의 어깨에 손을 올리고 함께 주저앉아 애처럼 엉엉 울었다. 속이 시원하면서도 아려왔다. 이제야 알게 된 간단한 것에 나는 나를 꿈꾸던 어릴 적의 은채에게 사과를 했다. 속에서 넘치는 푸름을 한없이 방치해둔 것과 나무를 말려 죽이는 좁은 공간으로 들어온 것이 미안해서, 데일 듯이 뜨거워서. 미안, 미안해. 미안해. 하고…

"우리들은 아직 푸른데… 우리들은 푸른데…."

울음을 쏟아내던 향주의 말을 듣자 초등학생 때 그렸던 연두색 물감이 마음속에서 울컥울컥 넘쳤났다. 차가운 빗물에 맞아 심히 번졌지만 그 속에 그려 넣었던 붉은 장미꽃들과 하얀 팬지꽃들은 여전히 자리를 지키고 있었다. 미래를 꿈꾸던 어린 손길이 그려낸 푸름은 향주와 함께 내 속에서 외치고 있었다. 우리들은 푸른데… 우리들은 푸른데…

발자국 없는
-사막에서-
황금향까지

박세희

1장. 버스정류장에서-

이미 어둠에 집어삼켜진 세상에서 인공적으로 만들어진 자그마한 태양 불빛에 의존하여 그녀는 버스를 기다린다. 가냘프게 피어오르는 불빛과 막차라고 붉은 글씨로 적힌 전자식 버스안내판의 글자는 지금 그녀 자신의 처지에 알맞게 혐오스럽다. 학년 초기부터 말까지 자신의 성적에 맞게 갈 수 있는 대학이 없다는 것은 학년 중 후반 때 선생님과 상담하여 얻은 충격적인 현실이었다. 그러나 현실을 받아들이기는 가혹하기에 약간의 위안을 주고자 주말야자까지 신청했건만 효과는 없는 것 같다. 계속되는 자기혐오는 막차를 기다리는 시간만큼 길어지며 언제 끝날지 모르는 이 생각은 곧 도착한다는 버스정보에 의해 겨우 끝마칠 수 있었다. 그녀는 전이라고 적힌 전자식 버스안내판을 힐끔 보고서 주머니에서 지갑을 꺼낸다. 집 가는 길만큼은 부정적인 생각이 들지 않기 위해 휴대폰에 이어폰을 끼운 상태로 버스를 기다린다. 버스를 타자마자 이어폰을 통해 음악을 들을 생각이었다.

어느덧 버스 불빛이 가까워져만 왔고 그녀는 버스에 탈 준비를 마친다. 곧 버스의 불빛이 진하게 비추어졌다. 고동색 몸통에 결 따라 빛나는 갈색에 걸쳐진 휘황찬란한 줄들은 반짝이는 보석이 박혀져 있어 뿔 사이사이 부드러운 분위기를 만들고 있다. 뿔 가장자리에 비추는 반딧불이 빛은 보석들의 색을 더욱이 강조시킨다. 따뜻한 분위기를 주는 반딧불이의 불빛과는 달리 버스의 눈에서 앞을 비추는 빛은 어떤 연료를 쓰는지 궁금할 정도로 괴이하고 강렬한 불빛을 내고 있었다. 버스는 평소에 타던 푸른 페인트를 칠한 버스와는 달리 적갈색의 페인트가 칠해져 있으며 창문에는 관광버스마냥 커튼이 쳐져 있었다. 의심스러운 마음에 버스번호를 보았지만 자신이 평소에 타던 그 버스의 번호와 같았다. 인적 없는 도로에서 택시를 잡는 것은 하늘의 별 따는 것이라 할 수 있으며 그렇다고 하더라도 콜택시를 부르기엔 돈이 부족하였다. 어쩔 수 없이 그 이상한 버스를 탔다. 타자마자 버스 앞문이 닫혔고 조용한 소리가 그녀를 덮쳤다. 빨리 아무 자리에 앉아 이어폰을 귀에 끼고 조용히 집에 가기를 기다리고 싶은 심정이었다. 버스비를 내기위해 버스단말기를 찾아보았지만 없었다. 아무리 촌이라 하여도 요즘 세상에는 버스에 버스단말기가 있는데 이 버스는 없다는 것에 당황하였지만 이미 출발해 버린지라 어떻게든 비용을 내야겠다는 마음에 청소년 버스이용비를 동전으로 지불하였다. 그러나 기계는 동전을 뱉어냈다. 분명히 정확하게 동전을 넣었는데 동전을 뱉은 기계에 놀라 급히 동전 개수를 다시 새고 다시 넣어보았지만 결과는 똑같았다. 안절부절 못하며 버스기사에게 물어보려고 하여도 버스기사 자리는 검은색 커튼으로 가려져 있었으며 어떻게 의문을 재기해야 할지 방도를 못 찾는 그때 누군가가 그녀 앞 동전 넣는 기계에 금빛 밀 문양이 새겨진 토큰 두 개를 넣었다. 기계는 그녀가 넣었던 동전과는 달리 짤랑거리는 그 토큰을 받아들이고는 다시 내뱉지 않았다. 푸근하지만 깔끔한 목소리가 들려왔다. 그녀는 매우 긴장한 상태였기에 상대의 첫 말을 잘 알아듣지는 못하였지만 자신을 안심시키려고 하는 듯한 말이었을 것이다. 그녀는 대신 버스비용을 지불해 준 모르는 이에게 감사 인사하기 위해 고개를 들었다.

그녀가 본 하얀색 귀 큰 사막여우의 가면을 쓴 여자는 그녀와 비슷한 나이또래인 것처럼 보였다. 두 눈 아래에는 붉은색 계열의 색의 보석들이 차례로 반짝이는 것이 그 여우가면의 여자의 눈웃음을 돋보여 주었다. 가면여자의 눈웃음에 그녀는 안심하였다. 가면여자는 그것을 눈치챈 듯 상대방의 어깨를 가볍게 토닥인뒤 자기가 앉았던 좌석으로 돌아갔으며 가면여자 덕분에 진정된 그녀는 지갑을 주머니에 넣어 버스복도로 들어갔다. 버스복도는 흡사 관광버스의 복도와 비슷하게 보였다. 승객이 앉는 좌석보다 움푹 파여진 복도들 사이로 그녀는 앉을 자리를 찾는다. 좌석들은 앞뒤 좌석이 서로서로 마주보고 있으며 이미 다른 승객들로 가득 차 있었다. 손님들 역시 그 가면여자처럼 다양한 동물가면을 쓰고 있었으며 가면의 색과 박혀진 보석들 역시 다양하였다. 어떤 가면은 심지어 깃털로 치장되어 있기도 하였다. 그녀를 제외한 모든 가면 쓴 사람들은 화기애애하였으며 모두 기뻐 보였다. 그녀 스스로는 그들 사이에 껴있는 것이 어색하여 빠르게 발걸음을 안쪽으로 옮겼다. 그러나 버스의 안쪽으로 가면 갈수록 가면을 쓴 것처럼 보이기보다는 진짜 동물머리인 사람들이 보였다. 그녀는 자리에 앉는 것을 포기하고 버스 복도에 서서 가려는 생각을 해보았지만 얼마 안 가 철회하였다. 복도가 너무 좁았기에 다음 정류장에 도착하였을 때 동물가면승객과 진짜동물인간 같은 승객에게 눈초리를 받기 싫어서였다. 뒤로 가면 갈수록 낯선 승객들 모습에 그녀는 혼란과 두려움이 커져만 갔다 다행히도 얼마 안 가 자신을 도와주었던 여우가면을 쓴 여자를 보았고 낯선 다른 승객과 탈 바에 차라리 자신의 도와주었던 여자 옆에 앉는 것이 낫겠다고 생각한 그녀는 조심스럽게 여우가면 여자 앞에 앉았다.

그 버스의 좌석들은 마주보고 있으며 아주 길고 푹신하였다. 덕분에 그녀는 자리에 앉자마자 버스에 타면서 느꼈던 긴장감이 사라졌다. 좌석 위에는 짐들을 놓을 수 있도록 공간이 있었으며, 소형냉난방기와 다음 정류장을 알려주는 전자식 안내판이 달려 있었다. 그녀 앞에 앉은 가면여자는 어느 책자를 보고 있었는데 그 책자는 자그마한 공연에 대한 것이었다. 가면여자는 앞뒤 합쳐서 5쪽도 되지 않는 그 책자를 유심히 보고 있었다. 그 책자는 빳빳하기보다는 약간의 손때가 묻은 것이 어느 정도 많이 읽었을 것이라고 그녀는 추측해 보았다. 그녀는 계속 가면여자가 보고 있는 책자를 빤히 보자 가면여자는 그녀의 시선을 눈치챘는지 그녀가 잘 보도록 고개를 숙여 책자를 평평히 펼쳐보였다. 갑작스러운 가면여자의 행동에 그녀는 당황하였는지 움찔거렸지만 그 여자의 눈웃음에 그저 감사함만을 느꼈다. 가면여자가 보고 있던 책자는 수확제에 관한 거였다. 큰 자연호수 위에 떠 있는 인공적인 섬과 함께하는 작은 악대는 손님들이 즐길 수 있도록 푸짐한 만찬을 준비했다는 것이었다. 아주 작은 글씨로 밀알들과 포도주스가 적혀져 있었다. 문득 그녀는 궁금증이 들었는데 지금은 늦겨울이라는 것이었다. 겨울에 갑자기 수확제를 연다는 것이 이해할 수가 없었다. 그녀는 그런 생각이 들자마자 고개를 들어 가면여자에게 물었다. 그러자 가면여자가 알 수 없는 시를 읊는다.

태양이 녹고 나침판은 고장 난다
황금향을 바라는 자는
오직 금빛낱알만 들고 있으니
기억이 거짓되고 소문이 실현된다
부서진 뿔에 핀 장미는 붉은색
가식을 땅을 비추는 진리
움직이는 기이한 영혼에
몸을 맡겨라
점토가 곧 자신이니

2장. 버스에서-

- 환상향에 대해서는 어느 시대든 주요 관심사이다. 이들은 어떠한 매체이든 가리는 것 없이 항상 존재해 왔다. 이들은 특히 심리적으로 불안하거나 사회적으로 도태되어진 사람들에게 희망을 불어준다. 예전에는 지금보다 더 그녀 성적에서 큰 불만을 가졌는데 그때의 감정은 어느 때보다도 지나쳐 배앓이를 한 적이 있었다. 그때 꿈꾸었던 꿈은 어떤 환상향보다도 더 황홀하였다 -

시를 읊은 뒤 가면여자는 자신을 소개했다. 자신은 코른폭스이며 자신 또한 이 버스를 처음 탈 때 그녀처럼 황당하고 긴장감의 연속이라고 하였다. 그녀는 버스에 대해 그리고 버스의 승객에 대해 말하였다. 그녀의 말에 따르자면 승객들 중 가면을 쓴 사람들은 자신이 들고 있는 -손을 많이 타서 너덜너덜한- 책자에 나온 수확제에 다녀온 사람들이라고 하였다.

수확제는 일반 소규모 연주회의 형식이지만 충분한 테이블과 테이블 사이 간격이 넓고 음악은 대부분 밝고 경쾌한 음이 아닌 잔잔하고 느긋한 곡으로 연주된다고 한다. 접시에는 항상 개개인에 알맞은 음식들이 차려지고 이는 양과 질의 차이를 넘어선 무언가라고 한다. 섬에 가기 위해서는 그 호수의 유일한 뱃사공에게 사례를 해주어야 하는데, 사례는 제각각이며 그가 운영하는 배를 품은 호수는 맑고 크며 어디에 존재하는지 모를 장엄한 산을 비춘다고 한다. 작은 인공섬의 건물과 악단, 테이블에 차려진 음식은 항상 바뀌며 그 섬을 관리하는 사람 역시 의문이라고 한다. 코른폭스는 덧붙여 인공섬 위의 행사는 매일 달라지기 때문에 한번 다녀온 사람들이라면 계속 갈 정도지만 행사가 열리는 시간대가 제멋대로기 때문에 운이 좋은 이들만이 다녀 올 수 있다고 한다. 그리고 그 운 좋은 이들은 항상 이 기묘한 버스를 타야만 한다고 말한다. -그때 그녀의 표정이 잠시 언짢아졌지만 코른폭스는 눈치채지 못한 듯하였다. 그녀는 코른폭스가 눈치채지 못한 것을 다행으로 여겼다-그녀는 코른폭스가 이 버스를 몇 번이나 탔는지 물어봤으며 코른폭스는 이번이 두 번째라고 말하였다. 하지만 목소리에는 확신이 없었다. 그녀는 코른폭스와 말이 트인 뒤로 여러 가지 말들을 주고받았다. 그녀는 주로 코른폭스에게 버스가 들르는 정류장과 어떻게 환승하는지 그리고 버스비용인 황금빛 밀이 박힌 토큰들을 어디서 구했는지에 대해 물었고, 코른폭스는 그런 질문들 하나하나 정성스럽게 대답해 주었다. 코른폭스가 말하길 버스는 항상 자신이 필요로 하는 사람들에게 다가오며, 항상 어떤 일에는 첫 번째가 있듯이 버스 또한 첫 번째 탑승객에게는 친절하다고 한다. 토큰과 가면은 버스를 갈아타는 도중 혹은 내렸을 때 나오는 보상이며 이 보상들은 자신의 분신이라는 느낌이 들 정도로 친근하고 애틋하다고 한다. 자신이 처음 탔을 때 이끌어준 이의 말을 빌리자면 처음 버스가 운행한 시각과 장소는 모르지만 코른폭스가 처음 탔을 때부터 마지막 정류장까지 가지 않는다는 것과 행사 일정이 많이 바뀌게 된다는 것이다.

이에 대해 말한 그는 쓰게 웃었으며 코른폭스가 내리는 몇 정거장 전에 먼저 내렸다고 한다. 그리고 코른폭스는 몇 마디 더 붙였는데 그녀가 이번에 타는 버스는 두 번째이며 그를 만나길 내심 기대하고 있었지만 그것보다 더 좋은 만남이 기다리고 있었다는 것이 행복하다고 말하였다. 코른폭스의 말에 그녀는 어째 웃음을 감출 수 없었으며 코른폭스 역시 미소를 띠고 있었다.

몇 정거장이 지나고 버스 복도에서 동물가면승객과 동물인간승객이 내리고 타는 것이 반복하고 있으며, 새로운 가면과 복장 동물인간들을 그녀는 신기한 듯 구경하였다.

그러다 문득 그녀는 커튼이 쳐져 있는 창문의 풍경이 궁금하였으며, 코른폭스에게 묻자 코른폭스는 커튼을 걷었다. 그녀는 푸른 달빛 때문에 빛나는 나뭇잎과 눈을 반짝이는 짐승들, 그리고 험하고 좁은 길을 보았으며 보통

시내버스들이 들르지 않은 녹슨 버스정류장의 표지판에서는 동물가면 승객과 동물인간들이 뒤섞여 차례대로 버스에 타거나 다음 버스를 기다렸다. 그녀는 밖을 풍경을 보고 놀라 코른폭스에게 시간이 너무 지체되었고 심지어 모르는 곳에 와서 미아가 될 지경이라고 따졌으며 급히 짐을 챙긴 뒤 벨을 누르려고 하자 코른폭스가 그녀의 손을 낚아챘다. 코른폭스는 그녀에게 시간은 허물이라고 말했던 것을 재차 물었고 그녀는 그딴 개소리가 지금 상황을 좋게 해주지 않는다며 성질을 내었다. 그러자 코른폭스는 자신의 주머니에서 체인식 낡은 시계를 꺼내어 그녀의 눈앞에 보였다. 시계는 버스를 탄지 5분조차 걸리지 않았다라는 것을 과시하는 듯하였으며 그녀는 깜짝 놀라 자신의-이어폰이 끼워진-휴대폰을 켜보았다. 놀랍게도 5분 이상 시간이 지나지 않은 듯하였다. 코른폭스는 그녀가 그녀의 휴대폰에 시간을 확인하고 앉는 것을 보았고 그제서야 그녀의 손을 놓아주었다. 그녀는 코른폭스에게 사과하였고 코른폭스는 그녀의 사과를 받아주었다. 그녀가 코른폭스가 말한 시간이 허물이라는 뜻이 무엇인지 물었지만 코른폭스는 대답을 회피하였다.

어색한 분위기가 흐르며 버스는 여전히 달리고 있었다. 몇 분이 지났는지 몇 시간이 지났는지 알지 못하는 시간만이 흐르고, 커튼의 이 걷혀진 창문에서는 계속해서 풍경이 바뀔 때 그 암묵을 깨는 것은 마지막 정거장을 알리는 버스의 신호음이었다. 코른폭스는 버스의 정차벨을 눌렀고 그녀에게 내려야 한다고 말하였다. 그녀는 순순히 코른폭스을 말을 들었다. 코른폭스는 그녀와 함께 짐을 챙겨 내릴 준비를 하였고 버스가 완전히 멈추자 그녀와 자리에서 일어나 복도로 나왔다. 코른폭스의 그녀의 손을 꼭 잡고는 인파가 많으니 자신의 손을 놓지 말라고 하였고, 그녀는 고개를 끄덕였다. 동물가면인간들과 동물인간들의 인파들에 밀려 자신의 의지로 움직이고 있는지 아니면 인파에 휩쓸리는지 모르는 상황에 코른폭스는 아주 낮은 목소리로 말하였다."

"시간이 허물이라는 것은 버스에서 흐르는 시간과 밖의 시간이 다르다는 것이지요. 이 버스가 향하는 곳은 일반버스가 오지 않는 낡거나 잊어진 버스정류장만 들릅니다. 가끔 운이 좋아 일반적인 버스정류장에 들리기도 하지만 극히 드문 경우지요…."

코른폭스는 말끝을 늘렸다. 그녀는 코른폭스에게 미안한 듯한 마음이 들었다. 인파에 휩쓸리며 들린 코른폭스에 말에 그녀는 어딘지 모를 장소에 내려 정체모를 버스를 타는 것을 말려 준 것을 내심 감사해 하였다.

어느 정도의 사람들이 내리자 그들도 내렸다. 버스에 내리자 말자 펼쳐진 풍경에 그녀는 놀랐다. 큰 돌다리 위로 큰 나무의 몸체가 보이고 있었으며, 나무의 끝이 보이지 않을 정도로 큼지막하였다. 뿌리가 돌다리 틈새로 뻗혀져 있었고, 그럼에도 불구하고 다리는 무너지지 않았다. 오히려 나무뿌리 덕분에 형체를 더욱더 굳히는 듯하였다.

코른폭스는 그녀의 손을 이끌어 돌다리 밑으로 갔으며, 그녀는 코른폭스의 이끌림에 응하였다. 그녀는 돌다리로 가는 길에 몇몇의 동물가면사람들과 동물인간을 보았으며, 그들 역시 그녀와 코른폭스가 가는 길과 일치하였다. 그녀는 코른폭스의 손을 잡고 돌다리 밑으로 갔다. 돌다리의 돌들은 언제 지어졌는지 모를 정도로 많은 세월을 보낸 흔적이 보였고 밖에서 본 큰 뿌리보다도 얄팍한 뿌리들이 돌들의 틈새를 가득 채웠다. 뿌리의 가장 끝에는 반딧불이들이 옹기종기 모여 엉덩이에서 가느다란 빛을 뿜어댔고 돌다리 틈에 붙은 풀벌레들이 합창을 하였다. 작은 벌레들의 오케스트라가 열린 돌다리가 어느덧 끝을 보였다. 돌다리에서 나오자 작은 습지가 나타났다. 습지의 가운데로 가는 돌다리들 끝에는 돌로 만들어진 작은 움집이 보였으며 움집 안에는 지하로 내려가는 계단이 보였다. 사람들은 습지 중앙으로 갔고 그녀 역시 코른폭스와 함께 중앙으로 갔다. 돌다리를 건널 때는 코른폭스에게 말하여 잡고 있던 손을 놓아 돌다리 건너는 것을 즐겼다. 돌다리들은 제각각의 모습이었고 어떤 것은 약간의 이끼가 깔려 있었다. 돌다리 사이로 보이는 습지의 웅덩이는 형형색색의 물고기와 습지생물이 살고 있었고 저멀리 서 있는 수줍은 새들은 목이 긴 연꽃 뒤에 숨어 긴 부리만 보였다. 습지의 풀들은 은은하게 빛을 내고 있었다.

어느덧 돌다리를 다 건넜고 먼저 건넜던 코른폭스를 찾아 다시 손을 잡고 움집 안으로 들어갔다. 움집에 있는 지하로 들어가는 계단은 나선형으로 되어있었고 벽에는 밝은 불들이 기분 좋게 타고 있었다. 끝이 보이지 않는 계단을 내려가며 지치려 하는 순간 작은 극장이 나타났고 극장입구 좌측에는 작고 앙증맞은 벌새들이 차례대로 좌석표를 나누어 주고 있었다. 그녀는 코른폭스 옆 좌석에 배정받았고 코른은 2층 2열 중앙좌석이었다. 모든 손님들이 앉았고, 곧 공연이 시작된다는 징소리와 함께 극장은 어두워졌다.

3장. 공연명:파라다이스-

붉은 커튼 앞에 금 간 뿔의 사슴두개골의 사람과 시계가 등장하였다. 시계는 계속하여 움직이고 있었고 그 사슴두개골의 사람은 시계의 중앙부분에 억지로 열쇠를 쑤셨다. 열쇠모양의 구멍이 뚫렸다. 그는 열쇠를 넣어 돌렸고 시침들 또한 돌렸다. 그런 뒤 열쇠를 빼내어 자신의 왼쪽 주머니에 넣고는 오른쪽 주머니에 있는 작은 케이스를 보였다.

무대가 암전되었다.

붉은 커튼이 열리고 큰테이블 위에 끝이 자수로 꾸며진 식탁보가 얹어져 있으며, 총12개의 의자와 옆에 얼굴을 천으로 가린 사람들이 서 있었다. 곧 12개의 인물들이 차례대로 자리에 앉았다. 하녀가 들어와 각 인물들에게 음식을 차리며 음식 위에는 별자리들의 기호가 그려진 막대를 음식 앞에 꽂았다. 첫 번째 자리부터 양, 소, 쌍둥이, 게, 사자, 처녀, 천칭, 전갈, 사수, 염소, 물병, 물고기문양이 꽂혀 있었고, 이들 역시 자신에게 별자리와 맞는 가면들을 쓰고 있었다. 하녀가 물러나고 그들은 식기를 달그락거리기 시작하였다. 어느 정도 먹으면서 양이 그들의 아버지의 유산에 대해 말을 꺼내었고 나머지들은 달그락거리는 소리를 멈춘 채 양을 쳐다보았다. 양은 나이프를 이용해 스테이크를 한 입만큼 자른 뒤 입에 넣어 씹은 뒤 삼키곤 자신의 옆에 있는 집사에게 시켜 작은 케이스를 가지고 오게 하였다. 곧 하인은 케이스를 가지고 왔고 양은 케이스를 받아 뚜껑을 연 뒤 테이블 중앙으로 밀었다. 케이스가 밀려 테이블 중앙으로 오자 모든 가면을 쓴 이들은 케이스를 보았고 케이스 안에는 작은 열쇠가 있었다. 양을 제외한 모든 이들이 식기를 접시 위에 놓았고 양 혼자만 식기를 돌리며 고기를 먹어갔다. 다른 이들은 음식을 먹을 여유가 없어 보였다. 양이 스테이크를 다 먹어갈 때 별자리 가면을 쓴 이들은 양을 보았고, 양은 옆에 알맞게 접혀진 휴지 한 장을 꺼내 입을 닦고 말하였다.

"아버지가 남겨주신 이 열쇠는 우리가 있는 저택 중앙 로비에 배치된 시곗바늘 중앙 홈에 딱 맞는 열쇠이다. 다들 알다시피 우리 가문은 오래된 역사를 가졌으며 많은 위인을 배출한 가문이다. 비록 우리가 12형제지만 아버지의 유언에 따라 모든 재산은 공평히 나누어 받았다 하지만 이 열쇠만은 아버지가 물려주지 않으셨다 이 케이스에 담긴 열쇠는 아버지의 임종날 그의 방에 가져온 열쇠지만 아버지의 전속하인에게 물어본 결과 진품이 아니란 것을 알았다. 아버지는 살아생전 어떤 이들보다 중앙로비 시계에 대한 집착이 강하셨다. 우리 가문은 대대로 그 로비 시계에 대한 집착을 가지고 있지. 형제들이여 궁금하지 않나? 그 시계의 비밀이."

양은 옆의 와인을 한 모금 마시고는 목에 더욱더 힘을 주어 말하였다.

"형제들이여, 아버지의 마지막 유산인 열쇠를 가진 자가 우리 가문의 비밀을 풀 것이다. 이보다도 더 값진 것이 없을 테지."

양은 마지막 남은 한 입만한 고기를 포크로 깊이 찍어 먹고 남은 와인을 마셔 잔을 비운 뒤 입술을 닦고 일어났다.

"물론 열쇠는 장남으로서 내가 먼저 차지할 것이다. 형제들이여."

그 말을 남기고 양은 식당을 나간다. 하인은 양의 접시와 와인을 치운다. 나머지 남은 이들 중 소가 자리를 박차고 일어나 재빨리 테이블 중앙에 있는 열쇠케이스를 낚아채어 식당으로 나갔으며, 쌍둥이는 조용히 다시 고기를 먹기 시작하였다. 게는 소와 달리 천천히 자리에서 일어나 옆에 있는 하인에게 커피와 약간의 간식을 30분 뒤 방으로 가져다달라고 명한 뒤 퇴장하였다. 처녀와 천칭 역시 자리에서 일어나 자신들의 방으로 갔으며, 사수는 와인만 마시고 있었다. 전갈은 스테이크를 조금만 먹은 뒤 정원으로 나갔으며 염소는 로비로 곧장 달려 나갔다. 물병과 물고기는 접시를 치우고 후식을 대령하라고 명하였다.

몇 번 달그락 거리는 소리가 나더니 무대는 소 별자리를 쓴 사람에게 비추어졌다. 소는 가짜 열쇠가 든 케이스를 가지고 곧장 로비로 달려갔고, 로비에서 염소를 만났다. 염소는 소의 케이스를 보곤 코웃음을 친 뒤 자신의 방으로 돌아갔다.

소는 염소의 행동에 대해 불만을 보였지만 무시하고 로비의 시계에 열쇠를 넣은 뒤 돌렸다. 시계는 다른 반응을 보이지 않고 그저 시간을 알려주고 있었고, 소는 양이 거짓말 하지 않은 것을 확인한 뒤 정원으로 갔다. 정원에서 장미꽃 향을 맡고 있는 전갈을 보았다. 전갈은 장미 향을 맡다가 소를 발견한 뒤 소에게 말하였다.

"둘째형님께선 첫째형님 말씀을 듣지 않으셨더군요. 분명 그 열쇠는 가짜라고 하였는데요."

"넌 그 양반이 하는 말을 곧이곧대로 믿을 거냐. 난 우리 형제 중에서 그 양반 말 믿는 너 같은 애가 제일 불쌍하더라."하고 말한 뒤 케이스에서 열쇠를 빼내었다.

소는 열쇠를 꽉 쥐어 짜내었고 열쇠는 곧 가루가 되었다. 소는 열쇠가루를 장미 넝쿨에 뿌렸고 전갈은 언짢은 듯 소를 보았다. 소는 씩 웃으며 자신의 방으로 들어갔다.

전갈은 장미 몇 송이를 꺾었다. 손에는 피가 났다. 손의 피를 무시한 채 황혼의 시간을 즐긴 뒤 방으로 들어갔다.

무대가 암전된 뒤 곧 4개의 창문이 빛을 내었다. 곧 4개의 창문의 빛들이 차례로 불이 꺼졌다. 불이 꺼진 지 2분 뒤 왼쪽 위의 창문에서 잠시 불빛이 깜박이곤 무대가 다시 암전되었다.

다음 날 식탁에 모인 10명은 식사를 기다리며 앉아 있었고, 마지막으로 양이 왔다. 염소가 아직 오지 않았지만 하녀가 음식을 가지고 왔으며, 각자의 자리에 음식을 차렸다. 염소의 음식이 차려질 때는 그저 흰 빈 그릇과 와인잔만 올려져 있었다.

하녀는 음식을 다 차린 뒤 퇴장하였고, 염소자리 옆을 지키고 있는 하인은 염소가면과 거대한 해바라기를 접시에 놓았다. 잔에는 해바라기 씨를 가득 넣은 뒤 가슴에 손을 올리곤 말하였다.

"염소자리 도련님께서 어제 돌아가셨습니다. 태양을 너무 사랑한 나머지 태양을 향하게 되었죠."

그러곤 염소하인 역시 퇴장하였다. 덩그러니 남겨진 해바라기와 씨와 가면에 모두가 잠시 애도한 뒤 식사하기 시작하였다.

"염소가 죽은 것은 자살이 아닐 거라고 생각해. 어제까지 잘 살던 애가 갑자기 죽다니 말이 돼? 분명 열쇠 때문일 거야."

처녀가 말을 꺼냈다.

"그럼 염소는 누군가의 욕심 때문에 죽었다는 거야?"

물고기가 물었다.

"그럼 범인은 누구지? 누구야?"

물병이 메아리 하듯 물었다.

"어제 로비에서 염소를 만난 사람은 소야."

전갈이 덧붙였다.

"난 죽이지 않았어."

소가 빵을 수프에 찍어 먹으면서 말하였다.

"단정짓기에는 아직 증거가 부족하지 않나. 전갈?"

양이 스테이크를 먹으며 말하였다.

"그는 그저 진실을 말했을 뿐이다."

사수가 커피를 마시며 말하였다.

"아직 단정짓지는 말자구. 염소가 안타깝게 되었어."

사자가 말하였다.

"그럼 하인들과 꼭 붙어 다니지 안 그래? 살인마가 누군지 밝혀지지 않는 이상 그렇게 하자고."

쌍둥이가 말하였다.

"다음 식사에 또 누가 죽지 않기를 빌지."

천칭이 말하였다. 천칭은 입을 닦은 뒤 하인에게 접시를 치우라고 하였다.

"우리 동생께서 언행일치를 직접 보여 주시네~귀여워라~"

사자가 비아냥거린다. 그러곤 하인에게 스테이크를 더시킨다.

"조심해서 손해 볼 건 없지."

하인이 오자 자리를 일어서는 천칭은 곧 무대에서 퇴장한다.

"확실히 그의 말이 맞지."

게 또한 접시를 치우라고 명한다. 하지만 게는 하인과 함께 퇴장한다. 슬슬 모든 이들이 하인과 함께 퇴장한다.

무대는 문을 중앙에 배치하였고, 문 앞에는 게가 걸어 나왔다. 문 뒤 사수는 소파에서 책을 읽고 있었다. 게는 방문을 두드렸다. 사수는 소파에서 일어나 소파 옆에 있는 탁상 위의 시계를 힐끔 본 뒤 문을 열어 주었다. 게는 문 앞에 그저 서 있기만 하였다. 사수는 소파 옆 탁상으로 돌아가 서랍을 열어 편지를 게에게 주었다. 게는 받아든 뒤 사수에게 인사하였다. 게는 무대를 나갔고 사수는 문을 닫은 뒤 게와 반대 방향으로 퇴장하였다.

게는 곧 다시 무대에 등장하였고 방문을 열어 자신의 방에 들어갔다. 그는 옆 책상과 앉은뱅이 의자를 들고 와 깃 있는 펜을 들었다. 무대는 게에게 비추는 빛을 제외한 다른 곳에 비추는 빛들은 전부 꺼버렸다. 게는 편지를 써내려 간다. 그는 중반쯤에 가서야 "사랑하는 엘리나"라는 말을 하였다.

게에게 비추어지는 빛이 흐려지기 시작하고 옆에는 두 젊은 배우들이 추가로 등장한다. 가면을 쓰지 않은 남녀배우다. 그들은 춤을 추며 즐겁게 웃고 있다. 그녀의 허리를 감싸자 그녀는 그에게 몸을 맡긴다. 긴다리를 쭉 펼치고 그의 목에 팔을 두른다. 아주 멋진 순간을 보낸 그들은 그들 뒤에 배치되어진-그들이 춤추고 있는 동안 무대의 사물들의 배치가 바뀌었다-벤치에 앉았다. 그녀는 그의 얼굴에 손을 가져다 볼을 만지며 그의 얼굴을 그녀의 얼굴에 가까이 대었다. 그와 그녀는 이 행복한 순간을 즐기고 있는 듯하였다.

"프란치, 우리 또 언제 만날 수 있을까?"

그녀가 말하였다.

"엘리나, 걱정하지 마. 시간은 한없이 흘러넘칠 정도로 많아."

그가 말하였다.

"너의 아버지는 늙으셨잖아. 형제들과의 마찰은 없는 거니?"

엘리나라는 여자가 물었다.

"걱정하지 마. 아버지는 형제들과의 마찰을 싫어하서. 그리고 아버지는 누구보다 현명할 테니 그런 문제들은 진작에 해결책을 세워 두었을 거야."

프란치란 남자가 대답하였다. 엘리나는 웃었다.

"그럼 난 당신을 어떻게 불러야 하나?"

그녀가 장난기 가득하게 물었다.

"게라고 불리겠지. 우린 각자의 유산에 맞는 명칭을 가지니까. 하지만 당신만은 날 프란치라고 계속 불러줘. 이름만큼 좋은 건 없으니까."

프란치가 웃었다.

"그래 프란치. 너도 날 엘리나라고 꼭 불러주길 바래."

엘리나도 함께 웃었다. 젊은 그들을 비추는 빛들이 점점 흐려지고 편지를 쓰고 있는 게에게 빛의 밝기가 세지고 있었다. 그는 계속 편지를 써가고 있었다.

"엘리나 다시 그때로 돌아가고 싶어."

그런 뒤 빛이 점점 흐려졌다.

젊은 남녀가 다시 나타났다. 그러나 방금 전 상황과는 달랐다. 프란치란 남자는 엘리나라는 여자의 팔을 잡고 있었고 엘리나는 그런 프란치의 행동에 대해 불편해 하였다.

"엘리나 어째서 날 버리고 가? 우리 함께하기로 약속했잖아."

프란치가 울먹였다.

"미안해 프란치. 안타깝게도 난 당신이랑 함께할 수 없어."

엘리나가 말하였다.

"이유를 말해 줘, 엘리나. 내가 잘못한 게 있으면 고칠게."

"미안해 프란치. 내가 말해도 넌 고칠 수 없어."

"도대체 어떤 거야? 엘리나 네가 날 버리는 그 이유가 어떤 거길래 이렇게 날 비참하게 하는 거지?"

엘리나는 별다른 말 하지 않은 채 프란치의 팔을 거칠게 뿌리쳤다. 프란치는 그녀의 팔을 놓아줄 수밖에 없었다. 엘리나는 그를 보지 않은 채 걸어갔고 그는 그저 바닥에서 한없이 울 수밖에 없었다.

다시 젊은 배우에게 비추는 빛들이 점점 흐려지고 다시 편지지를 적는 게에게 빛을 밝게 비추었다. 그는 편지를 써내려가며 중얼거렸다.

"엘리나. 그때 네가 들은 나의 소문은 거짓이었어. 분명 아버지가 재산 문제에 대해 너에게 불만을 표했을 것이야. 왜냐하면 둘째형의 약혼녀가 둘째형의 재산 일부분을 훔쳐 달아났거든. 그래서 아버지는 널 의심했을 거야. 지금은 난 완벽해. 정말이야. 다시 그때처럼 행복하게 지낼 수 있을 거야. 내 이름을 걸고 맹세할게. 제발 답장해 줘. 널 영원히 사랑하는 프란치가."

그가 편지를 다 적은 후 잉크가 마를 때까지 기다렸고 편지봉투와 편지봉투를 봉하는 잉크와 도장을 찾았다. 편지의 글씨가 마르자 종이를 접어 봉투에 놓고는 가장 앞쪽에 편지봉투를 봉하는 잉크를 흘리곤 도장을 찍었다. 게의 별자리가 찍혀졌고 편지봉투 뒤에는 엘리나의 이름과 자신의 진짜이름을 적었다. 그는 방 창문을 보았다. 점심식사 시간은 이미 지나 있었고 곧 저녁식사가 시작될 것처럼 보였다. 이 저택에 빠져나가거나 들어오는 물건들은 철두철미하게 양의 하인에게 검사를 맡아야 한다. 게는 그 점을 매우 못마땅하다고 생각하기에 몰래 편지 등 여러 가지 물건을 몰래 보낼 수 있는 믿음직한 사람을 항상 부리는 사수에게 부탁한다. 사수는 이 집안의 은행원과 같다. 그는 형제들의 비밀을 잘 지켜주기 때문이다. 아무리 양이라도 사수에게 다른 형제들의 비밀을 캐낼 수 없다. 그는 편지지를 들고 사수의 무대 뒤로 간다. 무대 뒤 얄팍한 커튼이 걷히고 큰 문이 나온다. 게는 문을 두드린다. 문이 열리고 게가 문으로 들어간다.

무대는 암전된다.

무대는 다시 탁상을 중심으로 11인물이 모인다. 다른 때와 다르게 이미 식사가 차려져 있으나 3명의 인물의 자리만 빈 채 모두 앉는다.

"누가 없지?"

양이 묻는다.

"사수와 게가 없네요."

처녀가 목을 축이며 말한다.

사자가 고기를 먹으며 "소도 없어요."라고 말한다.

양은 침묵을 지킨다.

"이번에는 누가 또 죽었나? 사수인가 게인가 아님 소인가?"

쌍둥이가 묻는다.

"소."

전갈이 말한다.

"어떻게 알지. 어떻게 넌 알지?"

물병이 전갈을 향해 물었다.

"게와 사수는 오늘 밤 안 먹는다고 했어."

전갈이 말했다.

"그걸 어떻게 알지. 그들은 너와 친하지도 않는데 말이야."

천칭이 쏘아붙였다.

"그들은 항상 이날만 되면 아침만 먹지. 분명 그들만의 업무를 보는 걸 거야. 우리 또한 그런 날을 가지잖아, 그렇지 않니?"

물고기가 대신 대답했다.

약간의 신경전이 벌여졌다.

"내가 죽었다니 이상하지 않나?"

소의 자리에서 들려오는 목소리에 그 식탁에 있는 모두는 소의 자리 쪽으로 고개를 돌렸다.

"열쇠를 찾느라 늦었네. 모두 열쇠에 대해 하찮게 보는 게 아닌가? 염소도 열쇠 때문에 죽었다고 그렇게 난리치던 사람들 치고는 이상한데?"

소는 태연히 앉으며 와인에 목을 축였다.

"뭐야. 안 죽었네?"

사자가 비꼬았다.

"그럼. 난 이 집안에서 제일 체격이 좋지 않나. 사자?"

소가 말하였다.

"그만하도록 하지. 아직 우리에겐 시간이 많지 않나. 오늘은 그 정도로 신경전을 벌였으면 됐어."

양이 자리를 떠났다.

"입맛 다 버렸어. 이거 치우고 내 방으로 곧장 달려와."

성질내며 사자는 떠났다.

"밥상머리 하고는…."

천칭도 입을 닦은 뒤 나갔다.

"더이상 먹으면 체하겠어. 그만 일어나지."

처녀 또한 자리를 떠났다.

"후식 가져다줘. 물병 오늘밤에 같이 수다나 떨자. 10시 잘 준비하고 내 방으로 와."

물고기가 자리에 일어나 방으로 갔다.

"그래~ 그래."

그는 여전히 음식을 먹는다.

"사자녀석 날 범인으로 보는 건가."

소 역시 자리를 떴다. 곧 물고기도 자리에서 나가 방으로 따라갔다.

"물하고 와인을 내 방으로 가져오게. 10시가 되기 10분 전에 말일세."

쌍둥이 역시 자리에서 일어났다.

무대가 암전되었다.

곧 장미넝쿨이 무성이 있는 곳에서 사수와 게가 나타났다.

"당신의 전 애인이 있는 곳은 예전과는 다릅니다. 그때는 이틀이면 도착했지만 지금은 한 달 정도 걸립니다. 그래도 보내겠습니까?"

사수가 물었다.

"그래 부탁하지."

게가 말하였다.

"… 현금으로 30만 원 받겠습니다. 답장이 오면 하인을 보내도록 하겠습니다."

사수가 말했다.

"비싸졌군. 아무튼 잘 부탁하네. 자네만큼 충실한 사람은 없어."

게가 돈 봉투를 쥐어주며 말하였다. 사수는 돈을 받고는 장미넝쿨 속으로 들어갔으며, 게는 성으로 들어갔다.

무대가 어두워졌다. 짧지만 강렬한 불빛이 보였다.

"개자식… 쓰레기 자식. 난 열쇠가 있는 장소를 몰라. 쓰레기 같으니…."

누군가가 말했다.

"나도 알아. 난 그딴 열쇠에 관심없어."

누군가 대답했다.

총을 맞은 이는 쓰러졌다. 그림자가 하인을 불렀다.

"저녀석 담당하인에게 주인이 죽었다고 말하고, 염소새끼랑 같이 안치시켜."

하인은 허리를 숙이고는 재빨리 성으로 들어갔다.

무대가 암전되었다.

어젯밤처럼 4개의 창문이 보였다. 그러나 왼쪽 밑 창문과 오른쪽 위 창문은 불이 꺼져 있었다. 오른쪽 아래에 창문이 열렸다. 그곳에서는 전갈이 앉아 있었다. 그는 수건으로 포장한 장미를 꺼내 꽃병에 꽂았다. 그는 창문에 꽃을 잠시 두곤 창가에 걸터앉아 책을 펼쳤다. 큰 깃펜과 종이를 책 위에 얹곤 무언가 적었다. 곧 저택에 시곗소리가 울려퍼졌다. 정각을 알리는 소리였다. 전갈은 놀랐고 몸짓에 의해 꽃병이 떨어졌다. 쨍그랑 거리는 소리가 났다. 그러나 누구도 신경쓰지 않았다. 전갈은 빨리 창문을 닫고 불을 껐다. 유일하게 불이 켜진 왼쪽 위 창문은 무대가 암전되기 전까지 꺼지지 않았다.

다음 날 아침 식탁에는 10명이 모여 식사를 하고 있었다.

"어젯밤 깨지는 소리가 나던데 누가 죽었나보지?"

양은 사자가 있었던 자리에 배치된 가면을 보곤 말하였다.

"… 난 열쇠상속을 포기할래."

처녀가 말했다.

"난 이 저택에서 나가겠어. 이 처녀라는 호칭을 버리고 상속된 재산도 포기하겠어."

처녀는 자리를 박차고 나갔다.

"소. 넌 어제 저녁에 어디에 있었지?"

전갈이 물었다.

"방에."

소가 말했다.

"뭐, 말도 안 되는…."

"어제 물건 깨지는 소리, 니 꽃병 맞지?"

물고기가 전갈에게 물었다.

"맞아. 하지만 누가 맞지는 않았어."

전갈이 말했다.

"어떻게 확신하지? 사자가 그 꽃병에 맞아 죽었을지도 모르잖아."

물병이 말했다.

"닥쳐 진절머리나."

그가 성질내듯 일어난 뒤 방으로 갔다.

"나도 이만 나갈게. 여기에 있으면 정신병 걸릴 것 같아."

쌍둥이가 일어나 걸어 나갔다.

"양 밥 다 먹고 내 방으로 와."

천칭도 일어나며 양에게 말했다.

"… 그러지."

양이 묵묵히 말했다.

"분위기가 험악하군."

게가 말했다. 사수는 말없이 일어났다. 하인에게 손짓을 하더니 샴페인을 가져와달라고 하였다. 잠시 후 그들 또한 일어났고 게는 커피를 추가로 하인에게 주문하였다.

무대가 바뀌었다. 양이 천칭의 방에 방문하였다. 그는 천칭이 태워준 차를 마시고 있었다.

"어제 들어온 차야. 내가 가장 좋아하는 차지. 어때?"

천칭이 물었다.

"당연히 좋고 말고. 대신 너의 산같이 쌓인 문서들만 없으면 말이지."

양이 차를 음미하며 말하였다.

"양, 넌 나와 거래를 했어. 열쇠 위치에 대해 말이야."

"그래서 찾긴 찾았나?"

"양 솔직히 말할게. 난 아버지와 정말 가깝게 지냈어. 심지어 그가 죽기 전 재산분배에 내가 참여했었지."

"그래서 핵심은 뭔데?"

양의 물음에 천칭은 긴 침묵을 지켰다.

"우리 집안에는 다른 집안과 달리 이상한 점이 있어. 일단 누가 죽으면 소리 소문 없이 시신이 사라져 심지어 살해 현장에 있어도 하인은 방관하거나 가해자를 도와. 염소와 사자의 죽음 역시 그러하겠지."

"그래서 요점이 뭔데."

"아버지는 열쇠를 남기지 않았다는 거야."

"어째서 그런 결론이 나오지?"

"… 열쇠 자체가 일단 존재하긴 하지만 아버지가 비록 생전에 로비의 시계에 강한집착을 보였어도 시침 사이에 있는 구멍은 우리가 어른이 되기 전에도 보이지 않았던 구멍이야. 그래서……."

"널 믿었던 내가 바보였군. 오늘 말은 없었던 걸로 하지."

"그치만 양!"

"… 요즘 잔반이 많아졌어. 누군가의 배가 불렀기 때문이지. 배부른 자나 죽여라."

양은 그 말만 남기고 방을 나갔다. 천칭은 양의 말을 듣고는 작은 소파에서 일어나 서류로 가득 찬 자기 책상으로 갔다. 방금 양이 앉아 있던 작은 소파를 밀자 바닥에 작은 문 손잡이가 나왔다. 그 비밀스러운 곳을 열고 총구가 긴 소총을 꺼낸 뒤 총알을 장전하였다. 그는 방문을 나선 뒤 로비로 향하였다. 로비에는 처녀가 하인과 실랑이를 하고 있었다. 분명 그는 집안에서 나가기를 원하였으나 자신의 하인과 양의 하인이 끈질기게 거부하기 때문이었을 것이다. 천칭은 처녀를 향해 총구를 들이밀었다. 곧 "탕"이라는 소리가 들렸고 처녀의 가슴을 정확히 뚫었다.

총소리에 게가 로비로 뛰쳐나왔다. 이미 로비에는 물고기와 물병이 나와 있었다.

"미친."

물병이 말하였다.

"천칭이 처녀를 죽였다. 하인들 뭘 보고 있어. 저 미친놈을 잡아."

물고기가 외쳤다. 하인들이 천칭에게 왔고 천칭은 다가오는 하인을 향해 총을 쐈다. 로비 위는 개판으로 번졌다. 로비의 시계 뒤에서 쌍둥이와 전갈이 튀어 나왔다. 그러나 누구도 신경쓰지 않았다. 쌍둥이의 손에는 열쇠가 들려져 있었다. 천칭은 쌍둥이가 가진 열쇠를 빼앗으려 덤벼 들였다. 빗발치는 천칭을 총구에 의해 우연히도 전갈의 손에 총알이 박혔다. 끔찍한 비명

소리를 지르고 손을 잡고 뒹굴자 쌍둥이는 전갈을 밀쳐내고 시계구멍에 열쇠를 꽂았다. 열쇠를 돌렸으나 아무 반응이 없었다. '탕.' 소리가 났다. 양이 천칭을 향해 쏘았다. 로비의 총격전이 멈추었다.

"쓰레기가 우리 형제를 죽이다니. 폐쇄적인 새끼."

양은 하인들을 불렀다.

"천칭을 치워라. 오늘 점심식사는 없다. 모두 방에서 저녁식사 전까지 대기하도록."

그가 명하였다. 그는 자신을 하인을 불러 귓속말을 하였다. 그의 하인은 곧바로 로비로 내려가 전갈을 부축하여 보건실로 데려갔다. 쌍둥이는 몰래 로비를 빠져나갔고 물고기와 물병은 자리를 떠났다. 게는 헛구역질이 나 급히 자신의 방으로 돌아갔다.

게는 방으로 들어왔고 무대는 어느덧 그의 방으로 돌아왔다. 방에서 그는 봉지에 토하였고 그사이에 문 두드리는 소리가 들려왔다. 그는 힘들게 몸을 일으킨 뒤 방문을 열었고 방 앞에는 하인이 서 있었다.

하인은 "사수도련님께서 당신에게 답장이 오셨다고 하셔서 전달하러 왔습니다." 하고는 수하물을 건넸다.

그는 수하물을 받고는 감사하다는 말과 함께 문을 닫았다. 하인은 곧 저녁식사가 시작될 거라는 말을 하였지만 그는 듣지 못했다. 그의 머릿속에는 많은 의문이 들었지만 그런 의문들을 다 무시하고 편지봉투를 찢어 내용물을 확인하였다. 편지지의 내용은 충격적인 듯하였으며, 그 충격은 그의 모습에서 드러났다. 그는 휘청거리며 소파로 향하였고 곧 자신의 몸을 소파에 내던졌다. 그러곤 크게 웃었다.

"'난 당신이 필요 없어요. 이미 결혼했거든요.' 하하. 이게 말이 돼?"

그는 다시 웃었다. 그러자 그의 배를 움켜지고 다시 봉지에 토하였고 양의 말을 무시한 채 방을 벗어났다.

무대가 바뀌었다.

그는 무대 뒤에서 나왔다. 테이블이 있고 테이블에는 넘치는 양이 피를 흥건히 뿜은 채 죽어 있었다. 그의 와인잔에서 내용물이 흘러넘치고 있었다. 그의 와인잔에 기대어진 와인 때문일 것이다. 그 와인이 잔을 계속해서 채우고 있었다.

그는 하인에게 물을 가져오라고 명하였다. 하인이 물을 가져왔다. 그는 물을 마셨다 곧 저녁식사종이 울리고 사수와 쌍둥이,물병, 물고기, 손에 붕대를 감은 전갈이 모였다. 그들은 양의 죽음에 놀라워하지 않았다. 게는 사수를 불렀고 사수에게 잠시 자기를 보자고 하며 식당을 나갔다. 하녀는 접시를 각각의 자리에다 두었고 퇴장하였다. 접시에는 총이 담겨져 있었다. 사수와 게는 로비에 있었다. 게는 사수에게 편지가 정말 그녀에게 온 것이냐고 따졌고 그는 그렇다고 하였다. 그는 하인을 시켜 와인병을 들고 오라고 하였다. 하인이 와인병을 들고 오는 동안 게는 아무 말이 없었다.

사수가 침묵을 깼다. 그는 그의 일에 유감을 표한다는 뜻을 전했다. 게는 아무 말이 없었다. 곧 하인이 와인병을 가져왔고 그는 와인을 병째로 마셨다. 게가 와인을 마시는 동안 그는 식당으로 돌아가도 되냐고 물었다. 게는 와인병을 마시는 것을 잠시 멈추곤 이유를 물었다. 사수는 단순히 배가 고프다고 말했고 게는 웃으면서 그에게 다가갔다. 그는 사수의 어깨를 토닥이고는 가 보라고 손짓하였고 사수는 정중히 인사하고 식당으로 걸어갔다.

게는 와인을 마시고는 병에서 입을 뗀 뒤 병을 사수 머리로 던졌다. 병은 와인을 흩뿌리면서 사수의 머리 위로 깨졌고 게는 휘청거리며 로비의 시계에게 다가갔다. 시계에는 열쇠가 꽂혀져 있었고 그는 실없이 웃으며 열쇠를 돌렸다. 열쇠는 그저 돌아가기만 했다. 그는 한손으로 열쇠를 180도 꺾은 뒤 시침을 돌렸다. 시간이 되돌아갔다. 양이 와인을 마시는 장면 와인에 독을 타는 하인 그렇게 시킨 사수, 총격전이 벌어지는 로비, 처녀를 죽인 천칭, 어젯밤 사자를 죽인 양, 그 전날밤 염소를 죽인 소. 그렇게 시간이 거꾸로 흘러갔고 어느덧 엘리나와 프란치가 정답게 웃는 시절로 돌아왔다. 그는 웃는 듯 울며 그들을 향해 갔다.

시계는 그가 놓자마자 흘렀고 엘리나와 프란치가 헤어져 집으로 향하는 마차 앞에 그가 나타났다. 엘리나는 게의 문양이 쓰인 그를 보고는 마차를 세워 그에게 달려나갔다. 그는 엘리나의 얼굴을 쓰다듬으며 울었고 그녀는 영문을 모른 채 그를 안아주었다. 그는 이 순간이 영원히 지속되길 바란다며 그녀의 품에서 울었다. 엘리나는 그를 부축하여 자신의 마차에 태웠고 마차 안에서 그에게 사정을 물었으나 그는 그저 울기만 하였다. 엘리나는 그런 프란치의 모습이 안쓰러웠는지 그의 집으로 방향을 틀었고, 그런 그녀의 행동에 그는 그녀의 팔을 꽉 잡았다. 그의 행동에 놀란 엘리나는 그에게 저항하였으나 턱없이 부족하였다. 그는 저항하는 그녀를 의자에 앉혔고 그녀가 마차를 돌리지 말라고 협박조로 얘기하자 그는 그를 힘껏 밀쳤다. 그는 마차 밖으로 떨어졌다. 마침 마차는 프란치의 성으로 가는 높은 계곡 절벽을 지나고 있었고 프란치는 그곳으로 떨어졌다. 다리를 건넌 마차에게 자신의 집으로 돌아가길 명하였고 마차의 문을 닫은 채 자신의 집으로 향하였다. 집에서 부모님은 그 저주받은 집안에 갔던 그녀를 책망하였고 그는 비명을 지르듯 아버지가 봐온 남자를 소개해달라고 매달렸다. 갑작스럽게 변한 그녀의 행동에 의심하였지만 아버지와 어머니는 기뻐하였고 3일 만에 얼굴도 모르는 한 귀족가문의 남자와 약혼하게 되었으며 이소문은 4일 뒤 프란치의 귀에 들어가게 된다.

시계는 계속 돌아간다. 양의 집사가 프란치를 안고 무대에 나온다. 그는 돌아가는 시계를 멈추고 열쇠를 돌린 채 원래 시각으로 맞춘다. 시간이 정상적으로 흐르고 그는 열쇠를 빼낸 뒤 식당으로 간다. 식당에는 심한 총격전이 벌어진 흔적을 보였으며 그는 가면들을 다 벗겨 접시 위에 올린다. 그는 저 구석에서 떨고 있는 소를 부른다. 소는 저녁식사 시간 전 낮잠을 자서 인지 1시간 늦게 도착하였고 총격전이 일어난 식당을 보자 패닉에 빠져 방으로 가려 했지만 문이 잠겨져 있었다. 소는 벌벌 떨고 있다.

그는 소에게 다가가 주머니에서 케이스를 꺼내어 열쇠를 넣고 말했다.

"이 열쇠는 로비의 시계를 이용해 미래 혹은 과거로 갈 수 있습니다. 당신은 이제 이 가문의 진정한 가주이기에 다음 세대에게 이 유산을 잘 전해주시길 바랍니다."

소는 그저 벌벌 떨었다. 그는 열쇠를 꺼내 힘껏 쥐었지만 열쇠는 부서지지 않았다. 소는 고통스럽게 비명을 질렀고 무대는 암전되었다.

시계에 빛이 비추어졌다. 하인은 사슴두개골을 쓰고 나왔다. 그의 사슴두개골의 뿔은 금이 갔었고 그사이에는 붉은 장미꽃이 피어 있었다.

그는 "시간이라는 거대한 허물을 숨기고 재화라는 허상에 쫓기며 이는 영원히 반복될 거다."라고 말하고, 다시 무대가 암전되고 커튼이 닫힌다.

극장이 밝아지고 코른폭스와 그녀는 아무말 없이 극장에서 빠져나온다. 그녀는 다른 관객들이 가는 길에 몸을 맡긴다. 기나긴 터널이 나오자 이미 깜깜해진 밤이 둘러싼 커다란 호수가 나온다. 코른폭스가 말했듯이 그곳에는 뱃사공이 있었다. 코른폭스와 그녀는 뱃사공의 배에 탔고 코른폭스가 그에게 밀알 10개를 주자 그는 그 사례를 받았다. 배에 사람들이 다 타자 그는 그의 나룻배를 움직이기 시작하였다. 배가 호수를 가로지르자 호수 끝자락에 있는 풍차의 형상과 나무들의 형상이 보였다. 작은 인공섬에 도착할 때까지 코른폭스를 포함한 승객들은 말이 없었다. 곧 인공섬에 도착하였고 그들은 배에서 내렸다. 잔잔한 재즈음악이 그들을 환영해 주었다.

4장. 음악회

그들은 드디어 음악회에 도착하였다. 코른폭스가 말해 주었던 형상을 띄고 있었다. 배에서 내린 승객들은 각자의 자리로 향하였고 코른폭스 또한 그녀를 이끌었다. 그들의 테이블로 향하였다. 식기들과 접시는 이미 차려져 있었고 내용물이 보이지 않도록 하기 위해 덮개를 덮어놓은 것을 빼면 썩 나쁘지 않은 비주얼이라고 그녀는 생각하였다. 그녀가 자리에 앉았고 대부분의 인원들이 각자의 자리에 앉았을 때 섬주위에 켜져 있던 가로등불이 꺼졌다. 무대를 중심으로 빛들이 집중되었고 그럴수록 애달픈 재즈소리가 크게 들렸다. 어느 정도의 시간이 지났으며 섬 주위의 작고 형형색색으로 빛나는 빛들이 테이블을 비추었다. 재즈소리가 한창 익숙해질 때 사람들은 일어나 테이블 사이를 누비며 마음껏 춤추기 시작하였다. 그녀는 춤추는 사람들과 재즈소리를 배경으로 한 채 자신의 접시 위에 덮어놓은 덮개를 치웠다. 접시 위에는 꽃잎 자수가 박힌 헝겊주머니와 꽃사슴 마스크가 있었다. 그녀는 꽃사슴 가면을 썼고 음악을 즐기고 있는 코른폭스의 손을 잡아 춤을 추었다. 그들은 테이블 사이사이로 움직였으며, 자유로이 춤을 추었고, 코른폭스와 꽃사슴사면은 그 순간을 즐겼다. 꽃사슴의 뿔에 박힌 작은 수정구들은 은은하게 반짝였으며, 눈 양옆에 달린 장식품은 아름답게 흔들렸다. 코른폭스의 가면 역시 꽃사슴가면에 응답하듯 눈 주위의 보석들이 빛을 바랬다.

분위기가 무르익고 그들은 자리로 돌아왔다. 대부분의 사람들은 춤을 추거나 무대를 보았다. 그들은 접시에 담긴 내용물은 나중에 즐기려는 듯 보였다. 코른폭스와 꽃사슴가면 역시 무대를 보았으며 재즈소리를 즐겼다. 코른폭스는 은빛시계를 보더니 꽃사슴 가면에게 가야한다는 귀띔을 주었고 그들은 짐을 챙긴 뒤 조용히 테이블 무리에서 나갔다. 코른폭스는 무대 뒤 연꽃으로 둘러싸인 돌다리로 안내하였고 그들은 돌다리에서 한번 더 춤을 추었다. 꽃사슴가면이 코른폭스의 손을 잡고는 발을 맞추어 움직였고 돌다리의 중앙에 오자 코른폭스의 허리를 잡은 채 길게 늘어뜨렸다. 목이긴 연꽃이 돌다리에 설치된 불빛에 의해 은은히 빛나고 그들은 다리를 다 건넌 후 머리를 마주하여 웃었다.

그들은 어두컴컴한 숲으로 들어갔다. 숲 사이사이 가로등을 찾으며 그들은 기쁜 듯 뛰어다녔다. 마치 늦저녁 산책을 하는 순수한 어린아이들 같았다. 그들은 낡고 허름한 버스정류장에 도착하였고 버스는 그들을 기다린 듯이 문을 이미 열어놓았다. 그들은 그 버스를 탔고 코른폭스와 꽃사슴가면은 각자 밀알이 박힌 토큰과 보리알이 박힌 토큰을 넣었다. 버스가 움직이고 그들은 좌석에 앉았다. 언제 탔는지 모를 승객들과 함께 버스가 움직였다. 그들은 즐겁게 재잘거렸다.

어느덧 이야기가 무르익고 코른폭스가 그녀를 어떻게 부를지에 대해 묻자 그녀는 웨스페라 디어라고 대답하였다. 코른은 웃으며 웨스페라 디어와 함께한 시간이 행복했다고 하며 언젠가 또 만나 같이 음악회를 즐기자고 하였다. 웨스페라 디어가 승낙하였고 그들의 재잘거림은 계속되었다.

5장. 황혼의 기억과 사슴-

창문밖에 비치는 따사로운 빛에 그녀는 눈이 떠졌다. 그녀는 자신의 방 안 침대에 누워져 있었고 교복차림이 아닌 것에 놀랐다. 그녀는 코른폭스의 만남과 극장공연 그리고 음악회가 꿈이었다는 것에 대해 실망하려고 할 때 자신의 책상위에 웨스페라 디어 가면과 헝겊주머니를 발견하고는 곧장 침대에서 나왔다. 그녀는 꿈이 아니라는 것에 안도하였고 헝겊 안 내용물을 꺼내보았다. 헝겊 안에는 보리알들이 촘촘히 박힌 보리들과 보리알이 박힌 금빛 토큰 그리고 붉은 돌이 있었다. 그녀는 붉은 돌을 유심히 살펴보았는데 마침 창문을 통해 들어오는 빛에 의해 붉은돌 안에 문구가 보였다.

고장난 나침판으로 당신은 황금향에 도달하였으니
이제는 어두운 밤에 먹힌 모래사막 위에서 달을 찾으러 가 보아요
추신: 음악회와 극장공연 다시한번같이 간다는 약속 잊지 말아요.
- 코른폭스가.

붉은 장미꽃이 휘날리는 도로가에서 버스는 달린다. 승객 없는 버스는 꿋꿋이 도로가를 달린다. 버스의 차장은 노래를 부른다

흘러넘치는 태양은 다시 솟아오르고
나침판을 가진 이 역시 다시 끝없는 사막에 오른다
그들은 환상을 꿈꾸는 자
그들은 이상을 꿈꾸는 자
그들 중 어떤 이는 이루고
그들 중 어떤 이는 져버리지
져버린 패배자들은 태양을 증오하는 자
태양의 아이가 아닌 자
그들에게는 몇 알의 곡식이 필요하고
몇 개의 황금빛 토큰이 필요하지
그들은 뜨거운 사막을 거니는 자가 아니다
그들은 얼어붙은 사막을 거니는 자이다
그들에게 나침판은 의미 없다
그들의 나침판은 망가져있으니
가면을 쓰고 동물인간이 되어
그들의 사막에 발자국을 남기리

차장의 시는 아무도 듣는 이 없는 도로에 울려 퍼진다.

신나들이

석연주

사월의 밤.

벚꽃이 아름답게 피고 밝은 보름달이 눈부시게 빛나는 밤.

나는 신의 이야기를 들었다.

* * *

겨울이 지나고 완연한 봄이 찾아왔다. 차갑게 얼굴을 때리던 칼바람은 기분 좋게 살랑살랑 불어오는 따스한 봄바람이 되었고 빼빼마른 나뭇가지들은 보기만 해도 미소가 지어지는 연두빛 잎으로 갈아입기 바빴다. 길거리의 벚나무들은 가득히 꽃을 피워 나 좀 보고 가라며 지나가는 사람들의 발목을 잡았다.

나는 침대에서 몸을 일으켜 부스스해진 짧은 머리칼을 대충 손으로 정리하고 세면대로 가서 찬물로 세수를 했다. 한 시가 훌쩍 넘은 시간이었다. 세면실의 전등이 다 되었는지 깜빡깜빡 거려서 눈이 아파왔고, 수도꼭지도 고장이 났는지 잠가도 뚝뚝 물방울이 떨어졌다. 늘어나는 일에 좋지 않은 기분으로 부엌으로 향했다. 물을 끓이고 모과 청을 꺼내 컵에 덜자, 올라오는 달짝지근한 향이 좋았다. 냉장고에서 그저께 아랫집 할머니께서 나누어 주신 도넛을 꺼내 작은 접시에 담았다. 청록색 물방울 모양으로 몇 달 전 친구가 결혼한다고 준 접시였다. 결혼이란 건 나랑은 먼 이야기이다.

그렇게 점심 아닌 점심을 챙겨먹고 거실로 가자 베란다로 이어지는 크고 투명한 유리문으로 봄 향기가 들어와 집안을 채우고 있었다. 기분 좋은 바람이 머리칼을 쓰다듬었고 하이얀 커튼은 파도처럼 일렁였다. 바람에 떨어져 나온 벚꽃 잎 하나가 들어와 오늘 새벽에 치우지 않은 상위 유리컵 속으로 숨어들었다. 노트북과 구겨진 종이와 책들로 엉망인 상에 남아 있던 물 위에 떠 있는 벚꽃 잎을 바라보다 그대로 바닥에 깔린 보드라운 흰 카펫에 몸을 뉘였다. 새소리가 들려오고 봄바람은 여전히 따스했다.

시간이 이대로 멈추었으면 하고 바라며 잠이 들었다.

* * *

딩동 거리는 초인종 소리와 문 두드리는 소리가 들리고 나서 누군가의 목소리가 들렸다.

"누구 안 계세요? 택배입니다."

"네. 나가요."

나는 손으로 얼굴을 쓸어 넘기며 몸을 일으켰다. 바닥에서 자서 그런지 어깨가 찌뿌둥했다. 문을 여니 택배기사가 손에 상자를 들고 있었다. 몇 주 전 어머니께서 보내 주신다고 했던 영양제인가 싶었다.

"대답이 없으셔서 안 계시는 줄 알았어요."

택배기사는 뭐가 그리도 좋은지 실없이 웃으며 말했다.

"죄송해요. 저도 모르게 잠이 들어서,"

사인을 하며 대화를 이어 나갔다. 머릿속으론 얼른 들어가 마저 자고 싶다는 생각을 하면서 말이다.

"요즘 날씨가 참 좋죠? 가을바람이 시원해서 저도 모르게 잠이 오더라니까요."

"네?"

"아, 감사합니다. 즐거운 하루 되세요."

택배기사는 내 물음을 무시하고 손에 택배를 쥐어 주고서는 계단을 빠르게 내려갔다.

나는 한참을 멍하니 있다가 퍼뜩 아래를 내려다보았지만 이미 택배트럭은 사라진 후였다. 왜 가을바람이라고 했는지 의문이었지만 이내 그냥 말이 잘못 나온 것이겠거니 하고 넘겼다.

받은 택배를 둥근 식탁에 올려두고 스마트폰을 꺼내 어머니께 감사하다는 메시지를 보냈다. 어머니는 약사 일을 하고 계시는데 어렸을 때부터 그런 일을 보고 자라서인지 나도 자연스레 의학 쪽에 관심이 가서 주변 사람들은 내가 의사가 될 것이라고 생각했다. 하지만 나는 지금 책을 번역하는 일을 하고 있다. 딱히 반대하는 사람은 없었다. 다만 의아해 할 뿐이었다. 지금 하는 일이 즐거웠다. 집에서 일을 할 수 있다는 점도 마음에 들었다.

메시지를 보내고 거실을 돌아봤을 때 무언가 머리를 스쳐지나갔다. 꿈을 꾼 것 같았는데 기억이 나지 않았다. 식탁에서 아까 누웠던 곳으로 걸어가 벚꽃 잎이 담긴 유리컵을 흔들었다. 창문으로 들어오는 노을에 물이 마치 노을 바다처럼 반짝였다.

* * *

요즘 매일 꿈을 꾸곤 하지만 기억이 나지 않았다. 꿈을 꾼 날에는 가슴이 꽉 막히고 왠지 눈물이 흐를 것만 같은 기분이 들었다. 어떤 날은 일어나 보면 볼에 눈물자국이 남기도 했다.

* * *

오랜만에 외출 준비를 했다.

준비라고 해봤자 다 늘어난 티셔츠에서 늘어나지 않은 옷으로 갈아입는 것이 다였지만.

세면대 거울 속 얼굴에 늘어난 눈 그림자가 더욱 짙어 보였다. 백설 공주에 나오는 마법거울이었다면 아마 깜짝 놀라 깨져버렸을지도 모른다는 생각에 괜히 웃음이 났다.

손에 분리수거할 박스를 들고 계단을 내려갔더니 회색고양이와 황색고양이가 바람에 떨어지는 벚꽃 잎을 잡으려 수염을 앞세우고 쫑쫑 뛰어다니며 놀고 있었다. 한참을 바라보는데 황색고양이와 눈이 마주쳤다. 녹색 눈동자가 달빛에 그리고 가로등빛에 빛났다. 그렇게 짧은 눈 맞춤이 끝나고 다시 발걸음을 옮겼다.

지금 사는 집은 언덕 위에 지어져 있는데 주택보다는 펜션이라는 느낌이 강했고 주변에는 어린아이들보다 혼자 사는 직장인들이 많아서 동네는 한없이 고요했다.

나는 이런 동네가 퍽 마음에 들었다.

오늘 하늘에 뜬 초승달이 맑았다. 집에서 조금만 걸어가면 있는 슈퍼에서 간단히 먹을거리와 맥주 몇 캔을 계산해 나왔다. 밤공기가 좋아 걸어오다 공원 벤치에 앉아 맥주 한 캔을 따서 마시자 쓴 맛이 혀를 자극했고 절로 미간이 좁혀졌다. 벚꽃비가 내리고 시간은 어느덧 열한 시를 넘어갔다.

* * *

　고양이들은 놀다 지쳤는지 아랫집 할머니께서 두신 집에서 잠을 자고 있었다. 혹여나 깰까 봐 조심스럽게 계단을 올랐다. 바지주머니에서 열쇠를 찾아 문을 열고 들어가려는 찰나 뒤에서 개짖는 소리가 종소리 울리듯 들렸다. 얼른 뒤돌아 주위를 살펴보았지만 개의 형체로 보이는 것은 어디에도 없었고 고양이들도 어디론가 자취를 감추었는지 빈집만 덩그러니 남아 있었다.

　나중에 들은 이야기이지만 오늘은 보름달이 아름다웠다고 한다.

* * *

　풀벌레소리가 크게 들려오고 몸에 와 닿는 감촉이 이상했다.

　바람에 휘날리는 머리칼이 얼굴을 간지럽혔다. 눈을 뜨고 가장 처음 본 것은 초롱불 같은 푸른빛과 붉은 수채화 물감을 풀어 놓은 듯 숨 막히도록 아름답고 동화 같은 그런 하늘이었다. 시원한 바람이 가슴을 찌르며 들어오는 느낌이 들었다. 여기가 어딘지 왜 여기 있는지 알지도 궁금해 하지도 않은 채 멍하니 감상했다. 그렇게 한껏 즐기고 나서야 의문이 생기기 시작했지만 의문에 대한 어느 답도 낼 수 없었다. 꿈인지 확인하기 위해 꼬집은 볼이 얼얼했다. 여기 멈춰 있어 봤자 달라질 게 없다고 생각해 무작정 걸었다. 그리고 얼마쯤 걸어서 발걸음을 멈췄다. 정확히 말하면 멈출 수밖에 없었던 것이 맞다.

　왜냐면 그곳엔 내가 아는 풍경이 있었으니까.

　커다란 초승달이 공중에서 떠 있었다. (하지만 우리가 아는 달의 크기와 높이가 아님을 알아 주었으면 한다.) 그 달은 울고 있다. 계속 녹아내리면 사라질 것 같았다. 녹아내린 노란 눈물이 아래에 핀 새빨간 동백꽃과 나비들을 적셨다. 내가 쓴 시의 한 장면을 옮겨 놓았다고밖엔 생각이 들지 않았다.

책을 좋아하셨던 아버지의 책장엔 언제나 재미난 소설과 시집으로 가득했고 그곳에서 아버지를 만날 수 있었다. 이따금 흉내를 낸답시고 시를 쓰기도 했고 지금도 쓰고는 한다.

달님이 우는 날
꽃도 울고 같이 놀던 나비도 운다
밤하늘에 쏟아지는 은하수는
얼마나 외로울까

달님이 녹아내리는 그날
밤하늘에 별이 녹아내리고
눈물이 녹아 내려서
꽃을 적시운다

달님이 녹아내리는 그날에
너는 얼마나 울었을까

속으로 시를 읊으며 우는 달과 꽃과 나비를 바라보았다. 하지만 나는 울지 않았다.

갑자기 부는 강한 바람에 어디서 왔는지도 모를 벚꽃 잎들이 눈앞을 가렸다.

* * *

창문으로 들어오는 햇빛에 눈을 떴다. 몸을 감싸던 바람과 우는 달과 가슴을 찌르는 하늘이 생생하게 머리와 몸에 박혀 떨어지지 않았다. 일어나지도 않은 채 급히 스마트폰으로 '자각몽'이라는 단어를 검색했다. 다양한 검색결과 중에 하나를 읽어보니 자각몽을 꾸기 위해서는 귀찮은 준비가 필요한 모양이었다. 스마트폰을 베개 옆에 두고 대자로 누워 기지개를 폈다. 창밖의 벚꽃은 진 지 오래다.

침대에서 일어나 갈아입을 옷을 챙기고 욕실로 들어가 따뜻한 물로 샤워를 했다. 다시 눈을 감았다. 달도 녹아내렸고 나도 녹아내렸다.

* * *

유월에 오늘은 비가 주룩주룩 내렸다. 생각보다 굵은 빗줄기가 땅을 내리쳤다. 널어놓은 빨래가 눅눅해질까 에어컨을 틀고 식탁에 앉아 일본작가가 쓴 〈가랑비가 내릴 때〉라는 추리소설을 번역했다. 책을 번역하다 보면 작품에 저도 모르게 심한 감정이입을 하기도 하고 작가의 필력에 새삼 감탄하기도 한다. 최근엔 나도 이런 글을 써 보고 싶다고 생각했다. 물론 생각만 할 뿐 실천한 적은 없다. 타자치는 소리와 밖에 비가 창문을 두드리는 소리가 깊은 바다처럼 방바닥에 가라앉았다. 소설 속 주인공은 혼자서 열심히 고군분투 중이었다. 사십 페이지를 넘어갈 때즈음 노트북을 덮고 시계를 보니 오후 한 시였다. 아침과 점심을 걸러서인지 배가 고팠다. 냉장고에는 딱히 먹을 만한 것이 없었고 시켜먹자니 비가 와서 뭐했다. 귀찮지만 장을 보러 나가야만 했다.

빗줄기가 더욱 굵어져 땅을 때렸다.
우산을 들고 계단을 내려갔다. 낮인데도 해는 보이지 않고 먹구름만 자욱했다. 계단 밑에서 황색 고양이가 비를 피하고 있었는데 조금 젖어 있어 감기에 걸리진 않을까 걱정이 됐다. 조심스레 손을 뻗어 턱밑을 쓰다듬어 주니 얌전히 눈을 감고 내 손길을 받아 주었다.

피하지 않은 것이 신기하기도 하고 내심 기뻤다.

작년 겨울 이 고양이의 어미가 언덕 밑에서 로드킬을 당한 걸 발견했다. 그날은 눈이 제법 내렸는데 하얀 눈에 붉은 피가 뿌려진 장면이 가끔 생각난다. 그때부터였을까 차를 몰 때 더 조심스러워지고 길고양들에게 관심이 가기 시작했다.

빗소리에 묻혀 들리는 작게 그르렁거리는 소리가 구슬프게 들렸다.

우산으로 떨어지는 빗소리, 물길에 바퀴가 굴러가는 소리, 사람들의 얘기소리가 섞이고 섞여 들렸다. 마트에서 장을 보고 내일까지 배송을 부탁하고서 주변 상가를 둘러볼 생각으로 걸었다. 걷다 보니 사람들이 잘 지나다니지 않는 꽤 넓은 길에 와 있었다. 붉은 갈색의 높고 뾰족한 지붕과 돌로 포장된 바닥과 가로등들이 성냥팔이 소녀가 성냥을 팔던 곳이 이런 곳일까라는 생각을 불러일으켰다.

유리창으로 보이는 물건들을 구경하며 길을 따라 걸었다. 신발에 빗물이 들어가 찝찝해서 당장 집으로 돌아가 씻고 쉬고 싶었지만 처음 와보는 길에 호기심을 억누르지 못하고 조금 더 둘러가는 길을 택했다. 그러다 색 바랜 나무로 된 간판 앞에서 멈췄다. 글자가 흐리긴 했어도 책방이라는 것 정도는 알아볼 수 있었다. 손에 닿은 문고리가 차가웠다. 문을 열고 들어간 책방은 주황빛으로 물들었고 책 냄새와 먼지 냄새가 훅 끼쳤다. 종소리가 울렸지만 사람의 모습은 보이지 않았다. 'open'이라는 팻말이 걸린 것으로 보아선 장사를 하는 게 맞았다.

생각보다 책들이 다양하고 영어, 필리핀어, 일본어 등 언어도 가지각색이었으며 구하기 힘든 책들도 보여 나도 모르게 들떴는지도 모른다. 재밌어 보이는 책 몇 권을 고르는데 뒤쪽에서 책들이 떨어지는 소리가 들렸다. 손에 든 책들을 옆 나무탁자에 올려두고 소리가 났던 곳으로 가니 호박색 눈에 열 살 정도로 보이는 여자아이가 서 있었다.

"이거 가지고 돌아가요. 밤이 깊었으니 돌아가야죠."

벽에 걸린 뻐꾸기시계는 겨우 오후 네 시 삼십사 분을 가리키고 있었다.

* * *

벨소리가 울렸다. 어둠 속에서 더듬더듬 스마트폰이 있는 곳을 찾아 전화를 받았다.

"여보세요?"

자다 일어나서 그런지 목이 잠겨 목소리가 잘 나오지 않았다.

"…."

"여보세요?"

이번엔 조금 짜증이 묻어나오는 톤으로 말했더니 상대방이 전화를 끊었다. 시간을 보니 새벽 두 시를 넘기고 있었다. 겨우 든 잠이 깨어버리자 스마트폰을 신경질적으로 던지고 침대 옆 서랍에서 알약 두 알을 꺼내 입에 털어 넣고 삼켰다. 어제 책방 여자아이에게 받은 민트색의 양지책이 달빛에 의해 보였다. 소설책도 시집도 아닌 누런 바탕의 책인데 그 아이는 내게 손에 이 책을 쥐어 주곤 쫓아내다시피 날 돌려보냈다. 그 아이가 마지막으로 한 말을 머리로 되새기며 잠을 청했다.

* * *

덮인 눈꺼풀 위로 들어오는 밝은 빛에 인상을 찌푸렸다. 몸이 앞뒤로 흔들리고 따스한 바람이 불어왔다. 눈을 뜬 곳은 파란하늘과 넓디넓은 초원이 펼쳐진 언덕 위였다.

이걸로 네 번째 꿈이다. 달이 우는 꿈을 꾸고 두 번 더 이와 같은 신기한 꿈을 꾸었다. 꿈속에서 원하는 대로 움직이고 생각하고 꿈임을 인지할 수 있었다.

흔들의자 뒤로 괴상한 모양으로 뒤틀린 집이 있었다. 마녀가 살 것 같다고 생각했다. 집 문 앞까지 다가가니 안에서 무슨 소리가 들리는 것 같아 문에 귀를 대고 소리에 집중했다. 확실했다. 안에서 개짓는 소리가 들려왔다. 문고리를 잡아당기자 끼이익 거리는 괴상한 소리를 내며 열렸고 먼지 냄새와 나무 냄새가 났다. 이런 곳에 동물이 있다는 것이 걱정이 되었다. 그래봤자 꿈이지만 .

집안은 창으로 들어오는 빛을 통해 어느 정도 보였고 잡동사니들로 한가득했다. 장난감과 자전거, 접시, 자명종시계 등이 바닥에 널려 있어 어정쩡하게 걷고 있는데 어디서 타닥타닥 소리가 들리더니 뭔가에 덮쳐져 뒤로 넘어졌다.

황도였다.

* * *

황도는 내가 초등학교 사학년 때 밤늦게까지 혼자 집에 있을 날 위해 아버지가 시골에서 데려온 진돗개이다. 아직 태어난 지 일 년 정도 밖에 되지 않았지만 덩치도 크고 활발했다. 덕분에 외롭지도 심심하지도 않았다. 동생이 없는 내게 황도는 동생과 같은 존재였고 그런 황도를 싫어하는 사람은 없었다. 하루하루가 행복했다.

내가 스물세 살 그러니까 오년 전 모든 생명은 언젠가 무로 돌아간다는 것을 재확인시켜 주듯이 신은 황도를 데려갔다. 십 년 정도를 살았으니 오래산 것이라고 어머니는 위로해주셨지만 귀에 들리지 않았다. 생각보다 십년이라는 시간의 빈자리는 크게 느껴졌고 아팠다.

* * *

목에 걸어준 은색 목걸이가 그대로 있었다. 끌어안은 팔에 닿는 털과 체온은 따뜻했지만 심장박동만은 느껴지지 않는 것이 이것이 꿈임을 느끼게 해주었다. 좋다고 꼬리치는 황도를 보니 기쁘기도 했고 미안한 마음이 들기도 했다. 이 아이는 이게 꿈이라는 걸 알리 만무했다. 잘 지내느냐고 물어보면 언제나처럼 힘차게 대답해 주었다. 집 밖으로 나와 본 황도는 훨씬 생기 있어 보였다. 인형을 가지고 놀기도 하고 잔디 위에 누워 낮잠도 잤다. 꿈속에서 잠을 자는 게 신기했다. 그렇게 옛날로 돌아간 것처럼 시간을 보내는 중 황도가 갑자기 다시 집안으로 뛰어 들어갔다. 아무리 불러도 다시 뒤돌아 오지 않았다. 다급히 다시 집안으로 들어간 순간 멈칫했다. 천장까지 쌓여 있던 잡동사니들은 온데간데없고 먼지 냄새 대신 상쾌한 바람이 들어왔다. 창문 앞에 낡은 책상과 의자가 있고 바닥에 책 몇 권이 놓여 있었다. 황도는 그곳에서 흰 봉투를 물고 있었다. 내가 다가가자 봉투를 내밀었다. 봉투는 벚꽃 모양 색종이로 봉해져 있었다. 의자에 앉아 조심스레 봉투를 뜯어 안에든 내용물을 꺼내니 딱딱한 카드가 나왔다. 카드엔 '정신 차려!'라고 쓰여 있었다.

"어, 그거 내건데. 마음대로 뜯어 버렸네."

누군가 뒤에서 말하는 소리에 돌아보니 이상하게 생긴 사각형의 검 푸르스름한 모자를 쓰고 천으로 입을 제외한 나머지를 가린 남자가 우두커니 서 있었다. 바로 뒤에 있는데 다가오는 인기척을 전혀 느끼지 못 했다. 내가 꾸는 꿈속에 다른 사람이 존재 하는 게 신기했다. 내가 만들어낸 존재일까.

"죄송해요. 마음대로 뜯어버려서. 여기는 저 말고는 아무도 없을 줄 알았어요."

나는 일어나 고개 숙여 사과했다. 꿈이더라도 남의 것을 함부로 만진 것은 내 잘못이라고 생각했다.

"아니야. 아니야. 신경쓰지 않아도 돼. 그렇게 생각하는 게 어찌 보면 당연하지!"

그는 손사래 치며 웃었다.

"나는 구운이라고 해. 꿈속 사람이지. 만나서 반가워."

그는 내게 악수의 손을 내밀었다. 꿈속 사람이란 게 무엇인지 궁금했지만 묻지 않았다. 왠지 그래야 할 것 같았다. 맞잡은 손이 마치 시체처럼 차가웠다.

"저도 만나서 반가워요. 그런데 여기가 어딘지 아세요?"

"그거야, 네 꿈이지."

그는 유쾌한 미소를 띠며 대답했다. 조금 답답하게 느껴졌다.

"그러니까, 제가 왜 이런 꿈을 꾸는지요. 마치 현실 같은."

지금 내 상황을 어떻게 설명해야 할지 몰라 말끝을 흐렸다.

"왜 좋지 않아? 어떤 사람들은 이런 꿈을 꾸기를 원하는데 넌 지금 이렇게 멋지게 꾸고 있잖아."

그의 말이 맞았다. 꿈을 통해 아름다운 풍경을 보고 다시 만날 수 없는 친구도 만나서 시간을 보냈다. 그럼에도 어딘가 석연치 않은 기분이 들었고 그것이 계속 머리 한구석에 자리잡혀 있었다.

"확실히 누군가는 이런 꿈을 꾸길 원할지도 몰라요. 저도 이 꿈이 싫지 않고요. 오히려 다행이라고 생각해요."

"그렇다면 뭐가 문제야? 넌 소중한 친구를 만났고 잠시지만 행복했잖아."

"…."

반박할 수 없었다. 잠시라는 말이 아프게만 느껴질 뿐이었다.

"뭐, 그런 건 나중에 생각하고 지금은 잠시 접어두자. 너 바다 좋아해?"

뜬금없이 바다이야기로 화제가 넘어갔다. 어디로 튈지 모르는 사람이었고 그런 사람을 황도는 잘도 따랐다.

"조금 있으면 아주 좋은 걸 볼 수 있을 거야."

그의 말이 끝나기 무섭게 창문으로 들어오는 빛이 노을로 그리고 달빛으로 바뀌었다. 그리고 파도 소리가 들렸다.

"여기 봐. 여기!"

그가 문을 열자, 별이 박힌 밤바다가 잔잔히 물결치고 있었다. 문 밖으로 나가니 이 집은 바다 한가운데 떠 있는 꼴이었고 좁은 마당에 박힌 말뚝에 나룻배가 묶여 있었다. 황도는 신이 나서 그 배에 올라타 어서 오라는 듯한번 짖었다.

달빛에 그가 쓴 천이 반짝이며 펄럭였지만 얼굴은 볼 수 없었다.

노아란 보름달이 녹아내려 어두운 바다 위로 빠졌고 녹은 달이 모이고 모여 황금 물고기가 되어 헤엄치면서 바다를 밝혀 주었다. 밤에 바닷바람은 차가웠지만 그가 준 담요 덕분에 춥지 않았다.

"이거 선물이야."

안에 종이가 말려 있는 유리병을 그가 건네 주었다.

"이게, 뭐예요?"

"몰라. 물고기가 가져와서 건졌는데 열어 봐."

코르크로 막힌 유리병을 열어 종이를 꺼내 펼쳤다.

우울바다와 나

우울바다 위를
차박차박 걸으며
끝이 보이지 않는 어둠을

내려다본다

커다란 범고래가 헤엄치면
커다란 소용돌이가 생기고
모든 것을 휩쓸어간다

하늘도 우울바다가 되면
벌러덩 누워
두 눈을 감는다

그럼 인어의 구슬픈 노랫소리가 들려오겠지
우울바다의 슬픈 이야기소리도 들려오겠지

하늘에 달이 녹아내려서
황금 물고기가 되어 이리저리 헤엄친다
"시 같은데, 누가 쓴 건지 적혀 있지 않네요."

종이를 보여 주자 그가 시를 읽었다. 천으로 가린 눈으로 작은 글씨가
보이기는 할까.

"이거 네가 쓴 거잖아. 봐봐, 이 시를 마치 옮겨 놓은 것 같지?"

손으로 녹아내리는 달과 황금 물고기를 가리키며 말했다. 난 이런 시를
쓴 기억이 없고 이런 풍경을 상상한 적도 없었지만 꿈이니까 괜찮지 않을까
생각하며 배에 등을 대고 누워 하늘을 바라보았다. 달이 녹고 있고 별들은
반짝였다. 인어의 구슬픈 노랫소리가 들려왔다.

그가 내 눈을 감겨 주었다.

* * *

책상 위에 있던 민트색의 양지책을 들고 텔레비전 앞 상으로 갔다. 이때까지 꾼 꿈들을 적은 꿈 일기는 생각보다 많았다. 책을 받기 전에 꾼 꿈들도 기억해 적었다. 그림을 그려놓은 것도 있고 글로 빽빽이 적은 것도 있었다.

2016. 5. 27.
오늘 꿈속은 어두웠다.
아무것도 보이지 않아 무서웠다.
바람만이 말을 걸어 줄 뿐 그렇게 한참을 있다가 깼다.

2016. 6. 3.
붉은 하늘에 보랏빛 구름이 떠 있었다.
몸에 소름이 돋고 공포를 느꼈다.
빨간색 색연필로 하늘을 그려 놓았다. 지금은 기억나지 않는 꿈이다.

2016. 6. 8.
안개가 자욱한 대나무 숲에서 집채만한 여우의 품속에서 잠을 잤다.
따스해서 좋았다.

칠월 팔일 자 일기에는 책방아이와 그 사람이 나왔다. 함께 책을 읽었다. 왜인지 그는 황도 꿈 이후에도 계속 나왔다.
오늘 쓸 일기를 적기 위해 페이지를 넘기고 펜 뚜껑을 뽑았다.

2016. 10. 13.

* * *

숲속 차가운 바람에 나뭇잎이 스쳐 주위를 맴돌았고 빛이라곤 달빛이 다였지만 이마저도 구름에 가로막혀 빛을 보내 주지 못했다. 오늘은 항상 보이던 그의 모습도 보이지 않았다. 무슨 일이 있는 걸까. 찬바람에 몸이 작게 떨렸고 누군가 지켜보는 기분마저 들자 온몸에 소름이 돋았다. 만약 그가 있었더라면 담요를 건네 주지 않았을까 하고 생각하면서 길이 난 곳을 따라 걸었다.

"악몽이 따로 없네."

고요한 숲속은 아름다울 것이라 생각했는데 마냥 그런 것도 아닌가 보다. 부엉이 울음소리나 작은 소리에도 예민해져 흠칫 하고 어깨를 좁혔다. 갑자기 하늘에 새 떼가 내가 가는 방향으로 날아가고 뒤이어 뒤쪽에서 쿵쿵거리는 소리가 들렸다. 소리는 점점 이쪽으로 다가오는 듯 더 커졌고 나무가 쓰러지는 소리도 들려 나는 무작정 앞을 향해 달렸다. 희미하지만 보고 말았다. 무지막지한 괴물을.

늑대라고 하기에는 덩치가 너무 컸고 굉장히 빨랐다. 어림짐작으로 예전에 꿈에서 본 여우만한 것 같았다. 숲에 나무들은 족히 십층 아파트 높이였는데 녀석은 믿지 못할 힘으로 그것들을 쓰러뜨리며 이쪽을 향해 달려와 내가 있는 곳에서 조금 떨어진 곳에 있었다.

나무 뒤에 숨어서 지켜본 녀석은 토끼 같은 귀에 길고 날카로운 발톱과 붉은 눈을 가졌다. 나를 찾는 듯 두리번거리는 녀석을 보며 왜 저런 게 내 꿈에 나왔을까 생각해 보았다. 꿈이지만 통증이 느껴진다는 것을 알기에 반대편으로 도망치려는 순간, 굉음이 들렸고 녀석과 눈이 마주쳤다.

이렇게 달려보는 게 언제였지. 기억이 나지는 않았지만 아마 중학교 체육대회 이후 처음이 아닐까 싶었다. 숨이 턱 끝까지 차오르고 불규칙하게 들어오는 바람에 목이 미치도록 따가웠다. 풀리려는 다리 힘을 억지로 쥐어 짜내서 살기 위해 달리고 또 달렸다. 두 눈을 질끈 감고 얼른 이 꿈에서 깨기를 바랐다. 이건 꿈이니까 깨면 괜찮을 거라고 애써 마음을 추스르려 애쓰는데 그를 처음 만난 날 바다에서 건진 유리병이 생각났다. 처음 보는 시가 꿈속에 나왔고 그는 내가 쓴 시라고 했다. 즉, 이 꿈의 주체는 나이고 내가 영향을 주는 것이 당연했다. 깨는 것은 의지대로 되지 않더라도 내가 할 수 있는 게 분명 있을 터였다. 나는 머릿속으로 횃불과 기름통을 상상했다. 녀석이 짐승이라면 불을 두려워 할 테니까.

조금 더 달렸을까. 몸에 남아 있던 힘이 없어져 동강날 때즈음 저 앞에서 희미한 불빛이 아른거렸다. 그 불빛이 반갑지 않을 수가 없었다. 횃불을 손을 뻗어 잡아들고 뒤돌아서서 그것과 마주했다. 남은 손으로 기름통 뚜껑을 열어 녀석과 나 사이에 기름으로 경계선을 긋고 떨어져 횃불을 던졌다. 강한 바람에 순식간에 불이 번졌고 거대한 불꽃이 모든 것을 집어삼켜 태워 버렸다. 후들거리는 다리와 몸을 간신히 일으켜 다시 달렸다. 뒤에서 들리는 울음소리와 불타는 소리가 귀에서 앵앵거렸지만 무시했다. 시간이 지나니 울음소리도 나무가 쓰러지는 소리도 들리지 않았다. 자리에 주저앉아 나무에 몸을 기댔다. 거친 숨을 고르고 몸을 쉬게 했다. 어지간히도 무서웠는지 아직도 손이 떨렸다. 몸을 웅크리고 바라본 달은 내가 지른 불꽃에 붉게 물들었다.

"여기서 뭐해?"

익숙하고 반가운 목소리에 고개를 번쩍 들었다. 갑자기 든 탓인지 머리가 띵했지만 상관없었다. 그가 언제나처럼 웃으며 날 만나러 와 주었으니까. 여기서 자면 감기에 걸린다며 내밀어 준 손을 잡고 일어났다. 신기하게도 손에 떨림은 멈추고 두려움은 잦아들었다.

"오늘은 안 오시는 줄 알았어요."

"미안. 가면서 설명해 줄 테니까 가자. 기다리는 사람이 있어. 빨리 안 가면 그게 또 쫓아올 수도 있으니까."

그는 내가 무엇에 쫓겼는지 무슨 일이 있었는지 알고 있는 눈치였다.

* * *

그가 부르던 콧노래가 끝나고 저 멀리 오두막집이 보이기 시작할 때 달이 사라지고 까마귀가 날아와 전등으로 길을 밝혀 주었다.

"그 괴물 말이야. 그것 때문에 꿈에 들어오지 못했어. 내가 어떻게 손을 댈 수 있는 범위에 있는 녀석이 아니었거든. 그래서 네가 죽어버리면 어쩌나 걱정했는데 오히려 놀랐어."

"꿈속 사람인 당신이 꿈에 들어올 필요가 있나요?"

"난 꿈속 사람이지만 현실을 살아가거든. 그 괴물은 너처럼 이렇게 꿈을 꾸는 사람을 잡아먹는 녀석이야. 그러면 영영 현실로 돌아가지 못한 채 죽는 거지."

그의 말이 어려운 건 아니었지만 이해하기 힘들었다. 그보다 진짜 죽을 뻔한 사실에 등골이 오싹했다.

"너무 걱정 마. 위험한 고비는 넘겼으니까, 이제 괜찮을 거야. 그래 우리 다음에 티파티를 해보자. 각종 차들도 구하고 맛있는 디저트도 먹으면서 노는 거야!"

괜찮다고 다독이는 모습이 악몽을 꾼 아이를 달래는 부모 같았다. 오두막 앞, 전등이 걸려 있어야 할 자리에 붉은 빛을 내뿜는 달이 걸려 있었다. 그가 달을 빼내어 표면을 손바닥으로 쓰니 가루가 떨어지며 장미꽃 잎이 되었다. 달이 본연의 색으로 돌아가고 까마귀는 전등을 원래자리에 걸고선 어디론가 날아갔다.

오두막은 지어진 지 얼마 안 되어 보였다. 집안은 불이 꺼져 있어 안이 보이지 않았지만 아무도 없는 것 같았다.

"여기부터는 이제 혼자 들어가야 해. 어두워도 걱정 말고 멈추지 말고 계속 걸어야 해."

"그쪽은 같이 가지 않나요?"

"난 따로 해야 할 일이 있어서 미안하지만 같이 가지 못해. 알겠지? 멈추지 말고."

고개를 끄덕였지만 사실은 별로 들어가고 싶지 않았다. 어둡고 시커먼 거라면 이제 사양하고 싶었지만 괜찮다는 그의 말을 믿기에 문고릴 잡아당겼다,

모순되게도 안은 컴컴했지만 앞은 훤히 보였다. 앞뒤 양옆 천장과 바닥까지 검정색이어서 공중에 떠 있는 착각을 불러 일으켰고 발자국 소리와 물방울이 떨어지는 소리가 울려 동굴 같은 분위기를 자아냈다. 나의 몸은 아홉 살에서 열 살 정도로 작아져 있었다. 한참을 걸은 것 같은데 다리가 아프지 않았다. 잠시 뒤 천장에서 이상한 소리가 들리기 시작했다. 걸음은 멈추지 않은 채 천장을 올려다보았지만 까맣기만 할 뿐 아무것도 보이지 않아서 다시 앞을 보는 순간 바로 앞으로 무수히 많은 책들이 쏟아져 내렸다. 놀란 가슴을 부여잡고 책 하나를 집어들어 보았다. 10211이라고 적힌 수학교과서였다. 이외에도 음악, 국어, 한국사, 사회 등 배우는 학년도 내용도 다른 교과서를 보고 있는데 하늘에서 떨어지는 엄청난 양의 무언가에 집어삼켜졌다.

* * *

머리가 지끈거리고 팔이 저렸다. 주위에서 웅성웅성 거리는 아이들 목소리가 들리고 몸이 후덥지근했다. 주위를 둘러본 이곳은 초등학교로 보이는 교실이었다. 몇몇 아이들이 복도를 뛰어다니며 장난을 쳤고, 어떤 아이들은 교실 뒤에서 딱지를 치기도 하는 그런 평범한 교실이 익숙한 풍경으로 다가왔다. 나는 조용히 자리에서 일어나 뒷문을 열고 나가 학교 뒤쪽 정원으로

갔다. 거기에는 커다란 해바라기가 하늘을 향해 고개를 쳐들고 있었다. 그리고 화단 벽돌에 적힌 낙서를 보고 이곳이 내가 다녔던 초등학교임을 확신했다. 학교 특유의 냄새와 분위기가 물씬 느껴졌다.

그늘진 나무 밑 벤치에 누워 눈을 감고 왜 여기에 오게 된 것인지 정리했다.

"수업 들으러 안 가?"

파란 눈에 짧은 하얀 머리카락.

오랜 시간 속에 잊혀진 뜻밖의 인물이 내게 말을 걸었다.

이명이는 프랑스인인 아버지와 한국인인 어머니 사이에서 태어난 혼혈 아이로 정말 밝은 아이이다. 다른 반이 되더라도 우리는 곧잘 어울려 놀았던 기억이 있다.

따가운 햇볕을 피해 그늘진 길로 걸었다. 시간여행을 온 것만 같았다. 이명이는 옆에서 어제 여동생과 어머니가 만든 과자에 대해 신나게 이야기하고는 나에게도 내일 나누어 주겠다고 했다. 어차피 먹지 못할 테지만 고맙다고 말해 두었다. 그가 말한 사람이 이명이일까 생각하며 도서관 앞을 지나갔다.

"아참, 나 네가 쓴 동화 다 읽어봤는데 엄청 감동적이었어. 특히 나비가…."

"내가? 동화를? 도대체 언제?"

이명이의 말에 놀라 그만 말을 잘랐다.

"저번 주 금요일에 읽어보라고 줬었잖아. 기억 안 나? 너는 공부도 잘하지만 글을 쓰거나 책 읽을 때 무지 행복해 보여서 분명 네가 쓴 이야기가 재미있을 거라고 생각했는데 역시 진짜 재미있었어."

어린아이답게 밝은 미소를 지으며 말한 그 한마디가 작은 유리파편이 되어 머리에 가슴에 박혔다. 물론 나는 동화 같은 거 쓴 적 없다.

하교종이 울리고 아이들이 돌아가고 꽤 시간이 흐른 네 시 십 분이 조금 지난 지금. 꿈이기 때문일까 벌써 하늘이 노을바다가 되었다. 좀처럼 꿈에서 깰 기미가 보이지 않아 학교 안을 구경하기 위해 이곳저곳을 돌아다녔다. 부정확한 기억 탓인지 일그러져 흘러내리는 곳이 많았고 시간의 흐름도 달랐다.

운동장으로 나와서 철봉 위에 올라가 몸을 한 바퀴 돌리자 주머니에서 스마트폰이 모래 위로 떨어졌다. 그리고 벨소리가 울렸다.

* * *

새벽 네 시 오십사 분.

잠을 깨운 원인을 찾아 손에 들었다. 잠에서 막 깬 터라 목이 탔다.

"여보세요?"

"…."

침묵 너머로 무슨 소리가 들렸다.

"여보세요?"

"…."

이번에는 전화 너머로 확실하게 물이 첨벙이는 소리가 들렸고 상대방이 일방적으로 전화를 끊었다. 차가운 겨울의 새벽공기가 따뜻했던 몸을 감싸 식혔다. 발바닥에 닿는 감촉이 차가웠다. 어둠속에서 빛나던 전기난로를 끄고 거실로 나가 보일러 온도를 높였다. 창밖은 아직 어둠에 깊게 잠겨 있다. 코타츠 위에 귤껍질을 손으로 모아 버리고 우유를 끓였다. 아슬아슬하게 남아 있던 코코아가루를 컵에 털어 넣고 습관적으로 꿈 일기장을 펼쳐 오늘 꾸었던 꿈을 끄적였다. 왼손에 든 코코아를 마시다가 입천장을 대여 하마터면 쏟을 뻔했다.

평소보다 긴 꿈을 차분히 차례차례 써내려 가다가 마지막 부분을 적으려는데 펜이 멈췄다.

분명 꿈 마지막에 스마트폰이 손에 들었다.

그리고.

무언가를 봤는데 그게 잘 기억이 나지 않아 머릴 쥐어 싸맸다. 스마트폰을 꺼내 시간을 확인하고 껐다. 꺼진 스마트폰 액정에 내 모습과 뒤에 풍경이 보였다. 꿈에서도 이렇게 액정 뒤로 봤었다. 이런 내가 답답해 보였는지 누군가 내 귀에 대고 속삭여 주었다.

그건 너라고.

차갑고 무거운 목소리에 몸이 얼어붙어 고개를 돌릴 용기조차 나지 않았다.

* * *

"그래서, 그게 정말 너였어?"

"정확하진 않지만 그런 것 같아요."

오늘 꿈은 평화로웠다. 정원에서 티타임이라니. 나는 유머러스하지 않지만 모자장수가 된 기분이었다. 넓은 나무 상 위에는 각종 차와 간식들, 트럼프카드와 책들로 엉망이었지만 그게 오히려 멋스러워 보였다. 주위에 핀 장미와 양귀비, 동백꽃과 수국 등 개화 시기가 다른 꽃들이 한데 피어 신비로운 분위기를 냈다.

"그런데 머리에 그게 뭐예요?"

"왜? 잘 어울리지 않아? 너도 해줄까?"

그는 자신이 쓴 요상한 모자와 천에 이름도 모를 꽃을 꺾어다 꽂아두었다. 안 그래도 요란한 모자가 더 요란해졌다.

"조금 있으면 봄이 오잖아? 미리미리 기분 내는 것도 좋지."

그는 에그 타르트를 맛있게 먹으며 말했다. 행복해 보였다.

"꽃이 피려면 아직 사 개월은 더 있어야 해요."

"겨울에도 꽃은 피어. 봐봐, 여기 동백꽃처럼."

붉은 동백꽃이 여기저기 떨어져 있는 걸 그는 포크로 가리켰다. 옛날에 동백꽃의 꽃말을 말해 준 사람이 있었다. 그냥 문득 생각이 났다. 블루베리 치즈케이크를 금세 비운 그가 자리에서 일어나 동백꽃 하나를 내 옷 주머니에 넣어 주며 말했다.

"오늘도 손님이 있어."

이명이를 만난 후 첫 손님이었다.

"오늘도 누구인지 비…."

"늦었어. 늦었어."

말뜻과 달리 매우 힘없고 느린 말투의 토끼 탈을 쓴 아이가 내 앞을 지나쳤다. 그 아이는 뒤쪽 파란나무문 앞에 멈춰 서서 이쪽을 보며 '늦었어.'를 반복했다.

"너는 모자장수보다 앨리스가 더 잘 어울려. 자. 가 봐야지?"

"네. 그쪽은 완벽한 모자장수예요."

"고마워."

그는 나를 일으켜 문 앞까지 와서 밝게 웃어주었고 나도 그에게 웃어 주었다. 토끼 탈을 쓴 아이가 먼저 문을 열고 들어갔다.

"다녀올게요. 시나몬파이 남겨 놓아요."

"알겠어."

* * *

문을 열고 들어간 곳은 가정집처럼 보이는 방이었다.

같이 들어온 아이는 옆에 없었다. 걸을 때마다 나무 바닥이 삐걱 거렸고 거실에 탁자 위에는 유화물감과 팔레트로 엉망이었다. 카펫 위에는 어린아이의 장난감들이 꺼내져 자리를 지키고 있었다. 여기저기 치인 거미줄과 쌓인 먼지를 보니 사람이 살지 않은 지 오래 된 것 같았다.

텔레비전 옆에 놓인 해바라기 장식의 남색 틀 액자가 눈에 들어왔다. 쌓인 먼지를 싱크대 옆에 있는 행주로 대충 닦았다. 사진 속에는 젊은 남성이 아이를 안고 있었는데 사진이 오래되어 얼굴을 확인할 수 없었다. 한참 사진을 들여다보고 있는데 누군가 문을 열고 들어오는 소리가 들렸다. 그일까도 싶었지만 평소 평범하게 문을 열고 들어오는 사람이 아니었다. 발소리는 점점 크게 들릴수록 내 심장은 크게 뛰었다. 소리가 나는 곳으로 걸어가 문을 열었고 소리의 주인과 마주쳤다.

이번에 만날 손님은 아버지셨다.

숨이 막히고 목소리가 떨렸다.

"손에 그 액자는…, 하고 싶은 말이 많지? 이리로 오렴."

아버지는 내 손에 있는 액자에 시선을 두며 말씀하시다가 이내 내 표정을 보시더니 따스하게 웃으시며 내 손을 잡으셨다. 아마 못난 표정이었겠지. 붙잡은 아버지의 손은 크고 거칠었으며 따스했다.

현관 문 앞까지 우리는 아무 말도 하지 않았다. 나는 겨우 입을 열어 아버지를 불러보았다. 그러자 아버지는,

"아버지가 뭐야. 너무 어색하잖아. 옛날처럼 아빠라고 불러줘. 바람 좀 쐴까?"

라며 여전히 웃으면서 말씀하셨지만 약간 목소리가 떨리는 게 느껴졌다. 황금 빛 밀밭이 보이고 까마귀들이 하늘을 날고 있었다. 십삼 년 만에 뵙는 아버지의 모습은 내가 어렸을 적에 멈추어 있는데 까마귀들은 잘도 날았다.

* * *

그의 아들이 열다섯 살 때의 일이다.

사월의 아침. 그날은 그의 부인의 기분이 유독 좋은 날이었다. 남편인 그가 일본 출장을 다녀오는 날이기도 했고 아들의 생일이기도 해서였을까. 그는 출판사에서 일을 했다. 책을 사랑하고 그 세계를 동경했으며 아들에게 종종 책을 읽어주고 자신이 좋아하는 작가들에 대해 이야기해 주기도 했다. 그의 방은 언제나 책이 가득했고 아들에겐 마법의 장소였다.

아들과 그의 부인이 밥상을 차리고 나서 일이 터진 건 몇 시간 후였다. 늦어지는 그의 귀가에 부인의 걱정은 늘어만 갔고 기다리던 아들은 잠이 들었다. 늦은 시각 텔레비전에선 오사카에 강도 7.4 정도의 강진에 대한 보도가 한창이었고, 다음 날 아침 그의 사망소식이 부인에게 전해졌다. 그것이 그의 내가 아는 운명이었다.

어떤 사람들은 사람의 죽음을 우리의 탓으로 돌리기도 하고 원망하기도 하며 분노했다. 하지만 얼마 있지 않아 다시 우리를 찾고 필요로 했다.

우리는 그런 존재다.

* * *

"여기서 이 액자를 볼 줄은 몰랐는데. 그 액자는….”

"출장 가셨을 때 들고 가셨던 거였죠. 쓸쓸하시다고 들고 가셨던 거죠."

"기억력 하나는 이 아빠를 쏙 빼닮았네. 네 엄마가 들었으면 자기 닮은 거라고 하겠지만 말이야."

아버지는 유쾌한 사람이다. 매사에 긍정적이고 강한 아버지가 좋았고, 존경스러웠다. 그만큼 아버지가 돌아가셨을 때 신을 원망했다.

"그럼요. 특히 눈이 많이 닮았다고 그래요."

"그렇구나. 그나저나, 정말 못 알아보게 컸네. 키라던가 얼굴에 있던 장난기도 사라지고 의젓해졌어."

"이젠 다 큰 어른이잖아요."

"이 아빠를 보렴."

아버지의 얼굴에는 아직 어린아이 같은 장난기가 가득해 보였다. 내가 이상적이라고 생각했던 어른이다. 눈물이 날 것 같은걸 억지로 웃으면서 꾹 참았다. 이 시간이 얼마 남지 않았음을 알기에 시간을 아끼고 싶었고 그 사실을 아버지도 아시는 듯했다.

"나한테 하고 싶었던 말 없니?"

"…보고 싶었어요."

안긴 아버지의 품이 따뜻했다. 마치 살아 돌아오신 것 같아 그게 더 슬프게 느껴졌고 이렇게 와 주신 것에 감사했다. 꿈에서 깨지 않으면 좋으련만.

"엄마는 잘 계세요. 요즘 디저트가게에 푹 빠져계시고요. 너무 많이 드시지 말라고 말씀드렸으니까 너무 걱정 마세요. 그리고 황도가 오 년 전에 죽었어요. 마지막까지 저랑 함께해 줬고요. 황도랑 만나게 해줘서 고마워요. 아빠가 모아 놓으신 책들 조금씩 읽고 있는데 이제 겨우 책장 한 개에 꽂힌 걸 다 읽었어요. 또 정말 너무 보고 싶었어요. 사랑해요. 이 말 꼭 해드리고 싶었어요."

십삼 년이나 참았던 감정들이 눈물로 흘러 넘쳤다.

"그동안 고생 많았어. 지금까지 충분히 잘해 왔어. 아빠가 해주고 싶었던 말은."

하얀 토끼의 회중시계가 정각을 가리켰다.

"생일 축하한다. 태어나 줘서 고마워."

* * *

하늘도 땅도 앞뒤 모두 새하얀 곳 저 앞에 누군가의 뒷모습이 보였다. 토끼 탈을 쓴 아이가 먼저 와 저곳을 손으로 가리켰다. 빠르지도 느리지도 않은 걸음으로 걸어가 그 누군가의 등 바로 뒤까지 왔다. 바닥에 앉아 콧노래를 흥얼거리는 그녀의 곱슬머리는 허리까지 내려와 바닥에 흐트러져 있었다. 인기척을 느꼈는지 내 쪽으로 고개를 돌렸다. 앞이 보이기는 할까 걱정될 정도로 눈을 덮은 앞머리가 인상적인 여자였다.

"어서 와. 여기까지 오느라 수고 많았어. 뭐 좀 마실래? 모과청이 조금 남아 있는데."

"고마워요."

그녀가 준 유리컵을 받아들고 옆에 앉았다. 그녀는 하얀 물에 종아리까지 담구고 있었는데 언뜻 보면 다리가 말끔히 잘려나간 것처럼 보였다.

"여기. 뜨거우니까 조심해."

작은 주전자에 담긴 뜨거운 물을 따라주었다. 자신의 몫도 따르고 나자 주전자는 자신의 일을 다 했다는 듯 비늘이 되어 사라졌다. 모과차를 한 모금 마시니 가슴이 따뜻해졌다. 눈시울은 아직 붉은 상태였다.

사각형으로 움푹 파인 바닥에 고인 새하얀 물이 작게 물결치는 걸 멍하니 바라보다 문득 이상한 생각이 들었다.

"혹시 저한테 전화하신 적 있으세요?"

내가 던진 질문에 그녀가 미소 지으며 자리에서 일어섰다. 옆에 놓인 다이얼 전화기를 들고 길고 가는 전화선 코드를 물속으로 던졌다. 그녀가 수화기를 귀에 가져다 대자 전화벨이 울렸다. 전화를 받아보라는 듯 고갯짓을 했다. 통화버튼을 누르자 어디서 들은 적 있는 물소리가 귀를 가득 채웠다.

"왜 전화를 건 사람이 나라고 생각했어?"

그녀의 목소리가 전화 너머로 들렸다.

"저도 잘 모르겠어요. 그냥 그럴 수도 있겠구나 싶었는데 진짜일 줄은 몰랐어요."

이상했다.

"이상하지? 전화를 건 곳은 꿈속인데 전화를 받은 곳은 네가 생각하는 현실이잖아."

그녀의 말이 옳다는 것은 잘 알고 있다.

이번에도 전화기는 비늘이 되어 사라졌고 바닥에 닿자 녹아 버렸다. 그녀는 내게 손을 내밀어 몸을 일으키고서 질문했다. 지금 사는 세상은 괜찮으냐고. 뜬금없는 질문에 나는 입을 다물었다. 솔직히 당황했다. 왜 이런 질문을 하는지 도통 감이 오지 않아 괜찮다고 했더니 그녀는 다른 질문을 하기 시작했다.

"그날 본 초승달은 어땠어? 사실은 아름다운 보름달이 아니었을까?"

"집에 들어가기 전 들은 개 짖는 소리는? 황도가 널 부르는 것이었을지도 몰라."

"벚꽃과 사람들, 네가 하고 있는 일과 주위 사람들은 진짜가 맞니?"

그녀의 질문을 들을수록 머리가 지끈거리고 가슴이 답답해졌다. 떠올리고 싶지 않은 기억을 억지로 끄집어내는 것마냥 괴로웠다. 그리고 눈물이 뺨을 타고 흐르는 것이 느껴졌다. 그 눈물의 의미는 아마 이제야 진실에 눈을 뜬 것에 대한 후회와 미안함과 고마움이 뒤섞인 눈물이었다. 그녀는 어린아이처럼 우는 나를 위로하며 안아주었다. 나도 그녀를 안았다.

"돌아갈까?"

나는 말없이 흐느끼며 고개를 끄덕였다. 우리는 새하얀 물속으로 천천히 가라앉아 비늘이 되어 녹아내렸고 비늘은 거품이 되어 사라졌다. 마치 인어공주처럼.

새하얀 물 위에는 붉은 동백꽃만이 떠 있을 뿐이었다.

* * *

인간은 적응하는 생물이라고 누군가에게 들은 적 있다. 그의 가족들은 그가 없는 생활에 적응해 갔고 시간이 흘러 그의 아들은 어른이 되었다. 그가 죽고 달라진 점이 있다면 아들은 철이 들었고, 하고 싶어 했던 출판사일보다 집안을 지탱할 수 있다고 느낀 의사가 되었다는 것이다. 잘 지내는구나 싶었다. 그런 줄 알았다.

벚꽃이 아름답게 핀 날 근무하는 병원에서 자신의 차를 몰고 퇴근하는 그를 지켜봤다. 오랜만에 본 얼굴은 어둡고 한없이 차가워보였다. 몇 달 전부터 그를 괴롭히던 우울증이 더 심해진 것은 아닐까 걱정이 되었다. 그리고 그 걱정은 현실로 다가왔다. 새벽공기를 구급차 사이렌소리가 갈기갈기 찢었다. 졸음운전으로 인한 단순 교통사고라고 경찰은 말했지만 나는 단순 사고가 아님을 알았다. 그가 자신의 의지로 건물 벽에 자신의 차를 들이박았다는 것과 마지막에 브레이크를 걸었다는 것. 엄연한 자살행위였지만 미련이 보였다. 그런 그의 귀에 대고 나는 괜찮다고 말해 주었다.

의식을 잃고 3주라는 시간이 흘렀을 때 즈음 그가 꿈속에서 무의식중에 자신이 만든 세계에서 살고 있다는 것을 알았다. 그를 현실로 오게 할 방법이 필요했다. 그리고 찾아낸 방법이 꿈속에서 꿈을 꾸게 하는 것. 그리고 나를 만나게 할 것. 마지막으로 현실을 자각하게 하는 것이 그 방법이었다. 내가 했던 행동은 옳았을까?

그가 남겨달라고 했던 시나몬파이의 마지막 조각을 다 먹어치우는데 파란 문이 열렸다.

"이거 쓰고 있으니까 너무 더워."

"수고했어. 차 좀 들어."

바닥에 토끼 탈을 내동댕이치고 높은 의자에 앉아 따른 차에 그녀의 호박색 눈동자가 일렁였다.

* * *

일에 대한 스트레스가 심해서인지 아니면 우울증 때문인지 사는 것이 재미없고 의미를 느끼지도 못했다. 그러다 이런 걸 먹어서 뭐 하나란 생각에 병원에서 처방받은 약을 먹지 않았다. 그리고 퇴근길에 충동적으로 해서는 안 될 일을 저질렀다. 차를 들이박기 전 아차 싶었지만 이미 피할 수 없었다.

의식을 차리고 약 두 달 정도 흘렀다. 약 일 년이라는 시간이 지나 있었고 오래 잠들어 있었던 만큼 해야 할 일도, 하고 싶은 일도 잔뜩이었다. 그날 자살을 시도하고 나서 지금 이렇게 하고 싶은 일들을 계획할 수 있다는 게 신기할 따름이었다.

병원에서 아직 움직이기 불편한 왼쪽 발목을 치료받고 집으로 돌아왔다. 침대에 누워 천장을 올려다봤다. 새삼 '살아 있구나'라는 생각이 들어 눈을 감으니 책상 위에서 스마트폰 벨소리가 울려 가지러가니 옆에 하얀 상자와 민트색의 양지책이 놓여 있었다. 미미하지만 시나몬파이 향이 은은히 퍼졌다.

가슴이 뛰었다.

처음 보지만 낯설지 않은 번호로 전화가 왔다. 신이 나에게 들려 주었던 이야기들을 되새기며 마른침을 삼키고 통화 버튼을 눌렀다.

"여보세요?"

천국 입국

자격시험

윤인효

세간에는 죽음, 그리고 그 이후에 대하여 많은 소문이 떠돈다. 사람마다 제각각 생각이 다르겠지만, 나는 사후세계의 존재를 부정하는 쪽이었다. 싸늘하게 굳어버린 시체에 주어진 세상 같은 건 없을 테니. 착하게 살아야 천국에 간다는 낭설을 믿는 사람들을 바보 취급하기도 하며, 오만에 가까운 확고한 신념을 가지고 살아왔다. 내가 죽음의 다음 타깃이 되었다는 것을 깨달았을 때도 갑자기 천국에 보내 달라며 신을 추종하는 등의 무의미한 일은 하지 않았다. 그저 죽음의 파동에 그대로 몸을 맡겼고, 얼마 지나지 않아 내 인생의 막을 내렸다.

이젠 모든 것이 끝이다. 아니, 그렇게 생각했다. 그렇지만 그 생각을 진실로 굳히기엔 아직도 내 시야에 빛이 담기고 있으며, 결정적으로 생각이란 것을 하고 있다. 분명히 죽은 몸으로는 불가능한 일이다. 혹시나 다시 살아나기라도 했을까 싶어 심장 부근에 조심스레 손을 올렸다.

"… 하아."

역시, 그럴 리가 없지. 손에서는 어떠한 움직임도 느껴지지 않았다. 조금의 온기마저도 전해지지 않은 손이 아쉬워 괜히 꼭 쥐어 보았다. 그렇게 마음대로 되는 것 하나 없는 인생이라 생각했는데, 막상 끝을 내니 미련이 남았던 걸까. 이미 없어져 버린 생명을 다시 돌려받는 기적 같은 것이 내게 일어날 리가 없다는 것쯤은 인지하고 있었다. 그러면서도 한순간 희망을 품는 멍청한 짓을 저지른 것은 필히 삶에 대한 시답잖은 미련 탓일 테지. 그 모순에 자조적인 웃음을 지으며 괜히 주위를 한 번 둘러보았다. 사람들은 변함없이 거리를 바쁘게 오가고, 나만 그 사이에 홀로 서 있다. 슬슬 실감이 났다. 나는 죽었다. 그리고 살아 있다.

혼란의 시간은 이제 끝이 났다. 도저히 받아들일 수 없는 상황을 사실이라고 자각하는 순간, 나의 견고했던 세계는 깨어졌다. 아무것도 모르는 채 마주한 현실은 공포로 다가왔다. 그저, 늘 쫓기듯 달려왔던 현대인답게 무심코 앞을 향해 발걸음을 디뎠다. 꽤 빨라지는 속도에도 발소리 하나 들리지 않는 것이, 다시금 내가 인간이 아닌 무언가의 존재라는 것을 떠올리게 한다. 부딪힐 리 없는 장애물들을 열심히 피해 가며 어딘가로, 또 어딘가로 바쁘게 자리를 옮겼다. 나의 영혼은 점차 중력에 강하게 이끌린다. 걸음 한 번 옮기는 게 이리 힘든 일이었던가.

다리를 조금도 들어올릴 수 없을 때가 되어서야 그 자리에 가만히 멈춰 섰다. 아무것도 하지 않고 있으니 암울한 생각들이 머릿속을 떠돈다. 이대로 모호한 생명력을 가진 채 떠돌아다니는 것이 죽음의 끝인 것일까. 불안한 마음을 반영하듯 시선을 둘 곳을 쉽사리 찾지 못한 채 주위를 둘러보았다. 그 시선의 끝은 검은 바탕에 하얀색의 화살표가 낙서처럼 그려진 표지판. 이것이 본래의 세계에 속한 것인지, 나와 같은 공간에 속한 것인지 생각조차 하지 않은 채 무작정 그것을 따라 움직였다. 여전히 다리는 잘 움직이지 않는다. 그러나 저 간단한 표식 하나가 마치 구원과 같이 느껴져, 조금도 시간을 지체하고 싶지 않았다. 걸음이 뜻대로 되지 않을 때는 손을 바닥에 짚고 움직이지 않는 다리를 대신했다. 인생의 그 어느 순간보다도 절박했다. 그 화살표가 나를 어디로 안내하는지 알 수 없다. 그러나 그런 것은 중요하지 않다. 이 기회를 놓치면 영영 세계를 떠돌아야만 할지도 모른다. 설령 이 끝이 지옥이더라도, 나는 이 길을 택할 것이다.

화살표를 몇 번이나 더 마주쳤을까. 나와 같은 존재들이 보이기 시작했다. 제각각 다른 빛을 내는 눈들 사이엔 무언가를 기대하고, 열망하는 눈이 존재했다. 그자는 두 손을 가지런히 모은 채 끊임없이 입을 달싹이며 신을 부르짖었다. 정신 나간 사람, 그것이 그와 같은 자들에 대한 평소의 감상이었으나 지금은 상황이 좀 다르니까. 이제는 저들의 기도를 들어줄 신이 존재할지도 모른다는 생각이 든다. 나의 세계는 이미 무너졌으며, 이 세계의 불청객은 나다. 오히려 정신이 나간 건 신이나 초자연적 현상 따위는 전혀 관심도 두지 않고 헛소리로 치부하던 사람들이 아닐까 하는 생각마저 들기 시작했다. 그래, 마치 내가 그래왔던 것처럼.

"거기, 줄 안 서요? 시험 접수자 아니면 괜히 거치적거리지 말고 저리 가세요."

얼마 만에 듣는 타인의 말소리인가. 그 음성은 또다시 혼란의 수렁에 빠지려는 나의 의식을 깨워 주었다. 아, 하고 짧은 목소리를 내고는 천천히 그의 말을 곱씹었다. 시험, 시험이라. 잠깐, 나 죽은 게 아니었던가.

"난데없이 시험이라니. 여기, 무슨 시험장 같은 겁니까? 죽은 마당에 무슨 시험을⋯."

"저기 현수막 걸려 있잖습니까. 안 보여요? 천국 입국 자격시험 접수장."

천국 입국 자격시험, 그러니까 천국에 가는데도 시험을 쳐야 한다는 뜻일까. 아니, 애초에 천국이라는 게 실제로 존재한다는 건가.

"하긴, 그렇게 치면 죽은 사람이 이렇게 움직이고 있다는 자체가 말이 안 되지."

"대체 혼자 뭘 그리 중얼거려요? 시험 칠 거면 다른 사람들 오기 전에 빨리 줄이나 서요. 싫으면 조용히 돌아가시고."

줄이 한 칸 줄어들었다. 아마 맨 앞사람의 접수가 끝이 났을 것이다. 사실상 내게 선택지는 없다. 나는 목표를 갈구했기에 구원인지 저주인지도 모를 화살표를 따랐다. 비록 그것이 허구에 가까울 정도로 가능성이 없는 일이라 해도, 내게 주어진 유일한 목표란 말이다. 지금 이 기회를 놓쳐서는 안 된다. 나는 이 길의 끝이 어디든 끝까지 가겠다고 결심한 채 그의 뒤에 붙어섰다. 아무것도 하는 일 없이 멍하니 서 있는 건 딱 질색이다. 내 앞에 자리한 이 사람도 비슷한 생각을 했던 건지, 문득 뒤를 돌아 내게 말을 걸어왔다.

"근데, 여긴 어떻게 알고 왔어요? 보아하니 여기가 시험장인 것도 모르는 것 같던데."

오히려 내가 하고 싶은 질문이었다. 나는 다시 눈을 뜬 순간, 아무런 안내도 받지 못했다. 그런데 저자는 마치 다 알고 온 듯이 굴고 있다.

"그러는 그쪽은 여기가 뭐 하는 곳인지 알고 온 겁니까?"

그는 자신의 질문에 돌아온 것이 대답이 아닌 신경질적인 투의 질문이라 기분이 상했는지, 괜히 헛기침을 몇 번 한다.

"대충은 알고 왔죠. 표지판에 시험장이라고 적혀 있었으니… 전 그걸 보고 따라왔어요."

그래, 표지판. 나도 똑같이 표지판을 봤는데, 왜 아무 글자도 쓰여 있지 않았던 건지. 생전에 이 세계의 존재를 비웃은 업보일까. 그래도 이건 불공평하잖아. 생각들이 머릿속을 난잡하게 헤집는 탓에 짜증스레 머리칼을 흩트렸다.

"그 표지판, 저도 봤습니다. 근데, 그냥 검은 바탕에 하얀 화살표가 다였어요. 글씨 같은 거 보이지도 않았다고요."

"그래요? 이상하네. 뭐, 서로 다른 쪽에서 왔겠죠."

그는 가볍게 어깨를 으쓱이고는 그새 줄어든 줄을 따라 앞으로 걸음을 옮겼다. 하긴, 저 사람은 나와 같은 영혼일 뿐이다. 진실에 대해 아는 것이 있을 리가 없다. 아무래도 다시 깨어난 뒤로는 맘 편히 쉬어본 적이 없어서 예민해진 듯하다. 별것도 아닌 일에 이렇게 날을 세우는 꼴이 한심해 실없는 웃음을 지었다.

"… 최악이야."

잔뜩 잠긴 목소리가 조용히 머릿속을 울렸다. 회복된 줄만 알았던 영혼의 무게가 다시 나를 무겁게 짓누르기 시작했다. 자의식에 집중할수록, 그것은 나를 집어삼킨다. 이대로면 나 자신을 잃어버릴지도 모른다. 이럴수록 정신을 바짝 차려야 한다. 어느덧 내 앞에는 세 명밖에 남지 않았다. 시험 접수 절차를 밟는 모습이 보이고, 말소리가 들려온다. 죽음과 어울리지 않는 새하얀 책상, 그리고 온통 새하얀 옷을 입은 존재. 그것은 검은 갓을 얼굴이 제대로 보이지 않을 정도로 눌러쓰고 있었다. 맨 앞의 사람이 접수를 시작했다. 귀를 기울여봤지만, 아쉽게도 모든 과정이 필담으로 이루어져 아무 정보도 얻을 수 없었다.

얼마 지나지 않아 내 차례가 다가왔다. 하얀 책상을 사이에 두고 마주하고 있는 그 존재는 종이를 내밀며 고개를 들어 나를 똑바로 응시했다. 눈이 가려져 잘 보이지는 않지만, 그것의 눈빛이 내 쪽을 향하고 있는 것 정도는 확실히 알 수 있었다. 아까 필담이라고 했던가, 이건 필담 같은 것이 아니었다. 그보다 좀더 비과학적이고, 믿을 수 없는 일이었다. 그 존재는 보이지 않는 시선을 맞춰오며 내게 자신의 음성을 전달했다. 입 모양 하나 변하지 않고서.

"천국 입국 자격시험은 누구에게나 열려 있습니다. 단 합격 여부는 저희 책임이 아닙니다. 동의하신다면 조용히 서류를 작성해 주시기 바랍니다."

기계적인 억양의 건조한 목소리는 응시자에 대한 무관심을 진하게 풍겼다. 그러나 나도 주최측에 관심이 없는 것은 마찬가지니 별 신경이 쓰이진 않는다. 눈앞에 놓인 펜을 집어들고 서류를 훑어보았다. 생각보다 기입란이 많지 않았다. 고작 죽은 날과 이름 정도. 작성을 완료하자 서류는 희미한 빛을 내며 사라졌다.

"접수가 완료되었습니다. 좌측의 문으로 가세요."

시험 날짜나 장소 같은 건 조금도 알려주지 않았는데, 벌써 접수가 완료되었다. 도대체 어떻게 하라는 거야. 이 점에 대해 항의를 하고 싶었으나, 막상 입이 잘 떨어지지 않았다. 옆에 서서 다음 차례의 사람이 접수하는 것을 바라만 보다 아무런 성과 없이 발걸음을 돌렸다.

"나중에 가르쳐 주겠지, 뭐. 아까 보니까 입 한 번 안 떼고도 말 잘만 하던데."

괜히 혼잣말을 작지 않은 소리로 뱉어냈다. 마치 말로 직접 들어야만 안심할 수 있는 어린아이처럼, 나의 목소리에 스스로 위로를 받았다. 이 문으로 나가면 또 어디가 나올지 짐작도 가지 않는다. 상식을 벗어난 곳이다. 괜찮아, 어차피 죽은 몸인데. 떨리는 목소리를 애써 진정시키고 나지막이 중얼거렸다. 걸음을 얼마 옮기지 않았는데도 도착한 문 앞에서 한번 심호흡을 했다. 차라리 여기가 최악이라는 말을 듣는 것이 나았을지도 모른다. 무지는 생각보다 인간에게 큰 공포로 작용한다. 그렇지만 여기서 떨고만 있다고 해결되는 일은 없다. 저 이상한 것이랑 남은 시간을 보내는 것보단 어디로든 나가는 게 낫겠지. 마음을 굳히고는 문고리를 돌려 문을 활짝 열었다. 조금 더 죽음에 가까워지는 기분이 들었다. 빠른 속도로 정신이 아득해지는 게 느껴졌다.

감은 눈을 떴을 때는 주변이 온통 낯설고도 익숙한 풍경으로 변해 있었다. 내 몸 하나 누이면 끝일 정도로 좁아터진 방, 침대와 딱 붙어 있다 못해 침대를 침범한 책상. 그 위에 놓인 구식 컴퓨터. 그래, 마치 고시원 같았다.

"나, 참. 살아 있을 때도 아니고. 이게 뭐야."

좀 잘해 줄 수도 있잖아. 아쉬운 소리를 하며 방을 둘러보고 있는데, 책상 위에 자리한 모니터가 별안간 켜졌다.

"시험 교재 구매는 유료. 자금 마련 상담 가능? 진짜 뭐 이런 게 다 있어.

교재도 내 돈 내야 해? 죽은 마당에 돈이 어디 있다고.”

모니터에 쓰인 내용을 읽고 있자니 헛웃음이 흘러나온다. 뭐야, 저 불친절한 안내는. 무언가 정보를 얻으려면 상담만이 유일한 방법인 듯하다. 그러나 짧은 안내문에는 상담을 할 수 있는 방법도 정확히 적혀 있지 않았다. 어쩔수 없다, 직접 찾아보는 수밖에. 책상 앞의 의자에 앉아 모니터를 가만히 노려보았다. 자세히 살펴보니 왼쪽 구석에 갓 모양이 조그마하게 그려져 있다.

“… 설마 이게?”

책상에 올려져 있던 마우스를 잡고 버튼을 눌렀다. 그러자 익숙한 형상이 모니터에 홀로그램처럼 투영된다. 그래, 시험 접수를 담당하던 그 존재였다. 그것은 내게 먼저 말을 걸어왔다. 여전히 입 모양 하나 변하지 않은 채로.

“상담을 원하시나요?”

“이 시험이 어떤 식으로 진행되는지, 언제인지. 그런 것도 안 알려줘 놓고 시험 교재가 유료라니. 말이 됩니까?”

“아아, 시험 진행은 제 담당이 아닙니다. 전 자금 관련 상담 전문입니다. 목적에 맞는 질문을 해주세요.”

분명히 그것과 똑같이 생겼다. 그런데 그것이 아니라니. 똑같이 생긴 것들이 여러 명 있는 건가, 기분 나쁘게. 일단은 교재 구매 비용을 마련할 방법도 궁금하던 참이니 한숨을 한 번 내쉬고는 고개를 끄덕였다.

“그래, 그 교재 비용은 어떻게 마련하죠?”

“아, 네. 일하는 만큼 합당한 급여를 드립니다. 고시원 밖으로 나가셔서 일자리를 구하세요.”

이래서는, 살아 있는 거랑 다를 게 없잖아. 상담을 강제 종료한 뒤 자리를 박차고 일어섰다.

‘그래, 일단 나가서 생각하자.’

고시원을 나와서 제일 먼저 마주친 건 목적을 잃은 공허한 눈들. 아마 모두 같은 상황에 맞닥뜨려 있겠지. 그들을 신경써 줄 여유는 없다. 나도 다른 사람의 눈에는 저렇게 보일 게 뻔하다. 일자리를 구해야 한다. 모두가 주변을 살피고 있다. 나는 일단 앞으로 걷기 시작했다. 가만히 있어선 아무것도 되지 않는다. 가게 같은 것이 보이면 일단 들어가 보는 게 좋겠지. 그러나 주변에는 가게라고 칭할 만한 것이 없었다. 아니, 제대로 된 건물은 고시원이 전부였다. 아까의 장소에서 꽤 멀어졌는데도 줄어들지 않는 인기척에 뒤를 돌아보았다. 다른 사람들도 느릿느릿 길을 걷고 있었다. 군중 심리란 참 대단하다. 한 사람이 걷고, 그것에 동요한 사람이 또 걷기 시작하고. 이를 반복하면 걸음의 목적을 모르는 자들도 걸음을 옮기기 시작한다. 나는 이것처럼 자신의 주관 따위는 가질 수 없는 사회의 분위기가 싫었다. 그래서, 마음대로 살기로 마음을 먹었으나 번번이 사회의 엄격한 잣대에 막혀 버렸다. 뭐, 어차피 과거일 뿐이니까 이젠 아무래도 좋다.

어느새 주변이 어두워져 간다. 오늘은 포기할까, 하는 생각이 들던 차에 희미한 불빛이 눈에 띈다. 시선이 겨우 닿는 거리인 탓에 눈을 찌푸려가며 불빛의 정체가 무엇인지 살폈다. 빛에 묻혀 그 형체가 잘 보이진 않았지만, 그것은 분명히 건물이었다. 다른 사람들도 저 빛을 봤을까. 뒤를 슬쩍 돌아보니 아까보다 조금 더 작은 수의 사람들이 있었고, 아직은 다들 영문을 모르는 눈빛이었다. 내가 맨 앞이라서 다행이다. 이 사람들이 다 일자리를 구할 수는 없을 테니. 전력으로 앞을 향해 뛰었다. 다른 사람들에게 저 일자리를 빼앗길까 두려웠다. 몇몇 눈치 빠른 사람들은 나를 따라 뛰기 시작했다. 혹시나 따라 잡힐까 싶어 뒤를 돌아볼 수는 없지만 들려오는 웅성거림으로 충분히 알 수 있다. 고작 남의 눈치나 보며 움직이는 사람들에게 질 수 없다. 나는 저들과 다르다. 주변의 시선 같은 건 내 행동에 영향을 줄 수 없다.

불빛과 제법 가까워졌을 때쯤, 또다시 영혼이 무거워진다. 걸음을 디딜 때마다 점점 더 깊은 지하로 집어 삼켜지는 기분이 든다. 어차피 다른 사람들도 마찬가지일 테니 동요하지 않고 그저 걷는 속도를 늦추었다. 서른 걸음 정도 걸으니 건물 앞에 다다랐고, 그제야 조금 편해진 마음으로 뒤를 돌아보았다.

"이건, 뭐. 시체가 몸부림치는 것 같잖아. 사실이지만."

잘 움직여지지 않는 다리를 이끌고 다가오는 꼴이 기괴하고도 우스꽝스럽다. 나도 다른 사람들 눈에는 저렇게 비쳤을 것이란 생각을 하니 나 자신도 우스워 보인다. 그렇지만 지금은 이런 생각이나 할 때가 아니지. 사람들이 더 가까워지기 전에 건물 안으로 들어섰다. 벽의 경계선이 잘 구분되지 않을 만큼 흰색으로 깔끔하게 도배된 실내, 중앙에 놓여 있는 긴 테이블. 그 공간을 지키는 것은 우리와 별다를 것 없는 생김새를 하고 있다. 이미 일자리를 찾은 인간인 걸까. 설마, 이렇게 빨리. 일그러지려는 표정을 감추고 애써 웃으며 친근하게 말을 걸었다.

"저기요, 여기서 일하십니까? 가게 주인은 어디에 있죠?"

그는 고개를 살짝 기울인 채 눈살을 찌푸리고 나를 응시한다.

"제가 주인입니다만."

거리 차이가 별로 크지 않던 사람들이 가게 안을 침범하기 시작한다. 여기는 내 공간이 되어야 한다. 나는 불안한 마음만큼 위태로워진 걸음걸이로 그에게 다가갔다.

"여기서 일하게 해주세요, 돈이 필요합니다."

그는 일단 진정하라며 나의 어깨를 지그시 잡았다.

"안 그래도 그럴 줄 알았습니다. 이맘때면 항상 당신 같은 자들이 찾아오지. 자신이 저 사람들보다 나은 사람이라는 보장이 있습니까?"

나를 증명할 수 있는 도구쯤은 이미 충분하다. 나는 그의 질문에 망설이지 않고 자만에 취해 대답했다.

"일자리를 찾기 위해 걸음을 먼저 옮긴 것도, 이 가게를 제일 먼저 발견한 것도 접니다. 그리고 보다시피 제일 먼저 도착했습니다. 이 정도면 충분하지 않습니까?"

그는 내 어깨를 잡고 있던 손을 들어 가볍게 두드렸다.

"돈은 딱 교재 살 만큼밖에 못 드려요. 이쪽이라고 사정이 그렇게 좋은 게 아니라…. 대신 시급으로 바로 드리죠."

그의 말에 고개를 끄덕였다.

"괜찮습니다. 열심히 하겠습니다."

그리고는 뒤를 돌아 사람들을 구경했다. 표정들이 제각각인 것이 꽤 볼 만한 광경이었다. 절망적인 표정으로 정면을 응시하는 사람, 나를 원망스러운 눈으로 바라보는 사람. 그리고 일찍 단념하고 다른 가게를 찾아 떠나는 사람들까지. 저들의 패배감은 내 승리의 상징이다. 우월감에 취해 한참 저들을 바라보고 있는데, 내 등을 툭 두드리는 손길이 느껴져 흠칫하며 뒤를 돌아보았다.

"당신이 뭐라도 된 것 같나 봐요? 아무리 발버둥 쳐 봐도 저들과 근본적으로 같은 인간일 뿐인데."

그의 한 마디는 잠시나마 느낀 나의 행복을 완벽히 깨버렸다. 엉망이 된 내 기분을 아는지 모르는지, 그는 유유히 가게 문을 닫을 준비를 하며 말을 이었다.

"고시원에서 이곳까지 오는 지름길이 있어요. 시간이 그리 많이 걸리지 않을 겁니다. 매일 오전 아홉 시까지 출근해서 오후 일곱 시에 퇴근하세요. 나머지 시간은 제가 하면 되니까."

그가 지름길이 그려진 약도를 내게 내민다. 일단 약도를 받아들긴 했으나 기분은 이미 바닥을 친다. 기분을 조금이라도 풀어보려 그에게 한 마디 쏘아주려 했으나, 악의 없는 저 표정을 보니 막상 말이 잘 나오지 않는다. 이럴 땐 기분이 나쁘다며 말을 꺼내도, 정작 말을 한 사람을 이상하게 쳐다보곤 하니까. 피해자가 악인이 되어버리는 상황은 이제 질린다. 이번에만 참아

주는 거라며 스스로 합리화를 하고는 발길을 돌린다.

알람을 맞출 도구라고는 단 하나도 없어 온전히 나의 의지에 아침을 맡길 수밖에 없었다. 첫날부터 늦을 수 없다는 일념 하에 다행히 성공적인 아침을 맞이한다. 대충 접어 주머니에 구겨 넣었던 약도를 펼쳐 들었다. 어제의 기분처럼, 약도의 상태는 엉망이었다. 접힌 부분의 잉크가 흐릿해진 탓에 가끔 멈춰서 자세히 들여다보며 가게를 향해 걸음을 옮긴다. 사실 약도가 진짜인지 의구심을 가지기도 했다. 영 신뢰가 가지 않는 사람이란 말이야. 그러나 실제로 어제보다 확연히 빠른 속도에 도착했고, 그저 내 기분에 휩쓸려 사람을 의심하는 짓은 그만두기로 했다. 가게의 벽면에 걸린 시계가 보여 주는 현재 시각은 오전 아홉 시 오 분 전. 홀로 가게를 지키고 있는 가게 주인에게 형식적 인사를 건네었다.

"좋은 아침입니다."

그는 목소리를 듣고 나서야 내가 온 것을 알아챈 건지, 테이블에 고정되어 있던 시선을 돌려 이쪽을 바라보았다.

"아, 시간 내에 잘 찾아오셨네요?"

대수롭지 않은 표정으로 건네는 저 말이 왜 이리 거슬리는지. 역시 사람은 첫인상이 중요한 법이다. 그렇지만 일단은 그에게 고용된 입장이라 일단은 숙이고 들어가야 한다. 돈도 받지 못하고 하루 만에 해고당할 수는 없으니. 나도 그와 같이 무심한 표정을 지으려 노력하며 말을 붙였다.

"어떤 일을 하면 되는 겁니까?"

그는 구석에 놓여 있던 천 재질의 낡은 가방을 들며 대답했다.

"이곳에서, 손님의 말 상대가 되어 주시면 됩니다. 상당히 어려운 일이죠."

말 상대라, 이곳에 있는 것은 나와 같은 영혼뿐일 텐데 여기까지 찾아와서 수다 따위나 떨 사람이 있을지가 의문이다. 그는 나의 표정을 읽기라도 한 것인지 작은 미소를 지었다.

"답답하고 힘들 때면 말 상대가 필요한 법이죠. 인간들은 원래 상대의 힘든 감정을 떠안기 싫어하고, 무거운 말을 함께 들어주는 일을 꺼리잖아요."

나의 존재 자체를 부정당하는 느낌이다. 나는 그런 이기적인 생물체가 아니라고, 정말 그들과는 다르다며 한 마디 쏘아 주고 싶었다. 그러나 안타깝게도 그의 말은 허구 하나 섞이지 않은 사실이다. 인간 사회를 살아온 그 누구도 반박할 수 없다. 우리는 주변의 그 누구에게도 제대로 된 위로와 공감을 기대할 수 없다. 설령 그것이 사랑해 마지않는 사람이라 해도 말이다. 그는 내가 잠시 생각에 잠겨 있는 사이 이미 가게를 나섰고, 나는 테이블에 걸터앉아 손님이 오기를 기다린다. 약속된 퇴근 시간까지 자리를 지켰는데도 손님은 단 한 명도 오지 않는다. 이렇게 장사가 안 되어서야 이곳을 가게라고 칭할 수 있을까. 하루분의 시급을 받고는 미련 없이 가게에서 발을 돌린다.

매일 어제와 같은 오늘을 반복해 왔다. 한 달이라는 시간이 지났고, 변화라고는 받은 시급으로 교재 다섯 권을 구매한 것이 전부이다. 시간이 무색할 정도로, 여전히 손님이라고는 영혼 한 조각도 보이지 않는다. 그저 가만히 공부나 하며 무료한 시간을 보내다, 약속된 시급을 받고 퇴근을 하는 것이 내 일상의 전부가 되었다. 처음에는 일하지 않고도 돈을 받을 수 있다는 것이 마냥 좋다고만 생각했다. 그러나 아무 목적 없이 순백의 공간을 홀로 지키고 있자면, 누군가가 내게 너는 어떠한 일도 맡을 자격이 없다고 속삭이는 소리가 들려오는 듯했다. 시간이 지날수록 정체 모를 목소리는 점차 선명해졌다. 시작은 온 신경을 집중해야만 겨우 소리를 구분할 수 있는 정도였다. 그러나 지금은 다른 일을 하고 있어도 내 정신을 제멋대로 침범해 온다. 그 목소리를 외면해 보려 공부에 힘을 쏟아 보기도 했지만, 쌓여가는 지식과는 무관하게 나의 자아가 잠식되어 갈 때의 그 무력감이란. 무너지려는 정신을 애써 바로잡으며, 이 시험만 끝나면 모든 것이 괜찮아질 것이라고 나 자신을 세뇌했다.

"고생했어요. 퇴근하셔도 됩니다."

끊임없이 나를 집어삼키려는 우울과 한창 사투를 벌이는데, 어느새 익숙해진 가게 주인의 목소리가 나를 무의식의 수렁 속에서 끌어낸다. 고개를 까닥이며 인사를 하고는 무거운 발걸음을 옮긴다. 오늘따라 퇴근길을 비추는 시린 달빛이 유난히 밝다.

어둠이 만월을 갉아먹을수록 나의 정신은 더욱더 피폐해진다. 달이 빛을 완전히 잃은 날, 나는 한계에 부딪혔다는 것을 깨달았다. 더는 자신을 몰아세울 수 없다. 이대로는 시험이란 것을 치기 전에 내가 사라질 것만 같다. 실제로 나의 영혼이 흐려지고 있다는 느낌을 받는다. 고시원으로 돌아와서는 곧장 컴퓨터를 켰다. 다급한 손길로 마우스를 잡고 자금 마련 상담 프로그램을 클릭했다. 단조로운 연결음이 네 번 울리고, 그 존재가 모니터 가득 모습을 드러내었다.

"상담을 원하시나요?"

처음과 다름없는 그 모습에 문득 화가 치밀어 올랐다. 나는 이렇게나 망가졌는데, 저들은 여전히 웃는 낯짝으로 나를 맞이한다. 마치 내가 어떻게 되던, 그것은 이쪽에서 상관할 일이 아니라는 듯. 내뱉는 말의 억양이 점점 격해지는 것이 느껴졌으나 스스로 제어할 수 있는 수준이 아니었다.

"당신들은 대체 하는 일이 뭐야? 우리를 이 좁아터진 방구석에 밀어 넣어놓고, 언제든지 도와줄 것처럼 굴면서 정작 해주는 건 아무것도 없어. 대체 언제까지 이러고 있어야 하냐고!"

애꿎은 책상을 주먹으로 세게 내리쳤다. 그런데도 저것은 여전히 입꼬리 하나 떨지 않고서 화면을 똑바로 응시한다.

"그것은 제 담당이 아닙니다. 저는 당신이 의뢰한 부분을 해결해 드릴 수 없습니다. 다른 질문을 해주시겠습니까?"

그래, 그놈의 담당. 상담자 응대 지침이라도 있는 건가. 늘 한결같은 대답을 내놓는 것이 차가운 기계를 상대하는 것만 같아 상당히 불쾌하다. 저것을 상대하며 감정을 소비하는 것은 손해가 아닐까 하는 생각이 든다. 아까보단 조금 진정된 투로 말하며 모니터를 노려보았다.

"생활 관리하는 작자가 누굽니까? 그 사람을 불러요."

물론 쉽게 들어줄 것이라는 기대 따윈 하지 않았다. 그러나 나의 예상을 깨고, 잠시만 기다려달라는 친절한 음성과 함께 화면이 꺼진다. 얼마 지나지 않아 화면이 다시 켜졌고, 화면 속엔 아까와 같은 존재가 앉아 있다.

"뭡니까, 바뀐 거 맞아요?"

그 존재는 입가에 가식적인 웃음을 띤 채 고개를 끄덕였다.

"네, 생활 관리 담당입니다. 문의할 사항이 있으시다고요."

나는 아까 쏟아내듯 뱉었던 말을 다시 한번 반복했다. 그것은 내 말이 끝날 동안 간간이 고개를 끄덕이며 잠자코 들어주었다. 나는 하고 싶은 말을 다 쏟아내고 지친 표정으로 화면을 바라보았다. 그것은 웃는 낯으로 차근차근 내 말에 답했다.

"말씀의 의도는 잘 알겠습니다. 요약하자면 현재의 생활을 더는 견딜 수 없다, 맞나요?"

내가 고개를 끄덕이자 화면이 전환되고, 짧은 영상이 재생된다. 영상 속의 등장인물은 분명히 나의 모습이었고, 아마 시험을 접수할 시절의 영상인 듯하다.

"… 단, 합격 여부는 저희 책임이 아닙니다."

영상은 이 말을 끝으로 종료되었고, 그 존재가 다시 모습을 드러냈다.

"당신은 이 안내를 숙지하고 시험에 참여했습니다. 즉, 시험 준비 과정에서 비롯되는 응시자의 정신적, 신체적 고통은 저희가 책임져야 하는 부분이 아닙니다."

"억지 부리지 마시죠. 합격 여부를 책임지지 않는다고 했지, 기본적인 생활 보장이 되지 않는다는 소리는 없었잖습니까?"

"그렇지요. 그러나 보장해 드린다는 말도 하지 않았습니다. 저희 쪽에서는 생활을 보장해 드릴 의무가 없습니다. 원하는 대답을 드리지 못해 죄송합니다. 상담을 종료하겠습니다."

"누구 맘대로 상담을 종료해!"

앉아 있던 몸을 일으켜 가며 한창 열을 내는데 뚝, 하는 소리와 함께 화면이 검게 물든다. 다시 연결해야 한다. 아직 나는 해답을 얻지 못했다. 마우스로 화면을 구석구석 헤집어도 상담 프로그램은 보이지 않는다. 온몸에 힘이 빠져 바닥에 주저앉고는 자조적인 투로 작게 중얼거렸다.

"그래, 이딴 걸 믿은 내가 잘못이지. 애초에 천국 같은 게 진짜 있을 리가 없는데."

절박한 마음에 휩쓸려 어울리지도 않는 길을 걸어오지 말았어야 했다. 내가 구축한 세계가 깨어지고, 그 잔해에 앞이 가려진 탓에 판단력이 흐려졌었다. 그래, 그러니까 언제나 그래왔듯 모두 나의 잘못인 것이다. 영혼이 한없이 무겁게 느껴진다.

바닥에 주저앉은 채로 한참을 자책에 빠져 있었다. 다리가 저릴 때쯤, 문득 마음 한구석에서 의문 한 가지가 피어오른다. 이 길이 나의 구원이 아닌 파멸이란 것도 모르는 채로, 주어진 상황에 떠밀려 성급하게 선택을 한 것. 그것이 정말 선택을 한 자의 잘못일까. 항상 마지막에 피해자가 되는 것은 오직 한 사람, 선택의 당사자이다. 그런데 피해 하나 입지 않은 사람들이 그를 비난할 수 있는 자격 같은 것을 가질 수 있을 리가 없잖아. 그래, 나는 그저 피해자일 뿐이다. 자신을 책망할 이유가 전혀 없는, 가련한 사람일 뿐이다.

그래, 정답은 모두가 알고 있다. 단지, 사회가 이상과 같이 움직일 수 없을 뿐이다. 생전에 겪어왔던 나의 사회는, 나락으로 떨어진 인간을 더 깊은 곳으로 묻어버렸다. 그를 나락으로 밀어버린 것이 무엇인지는 알려고 하지도 않은 채, 표면으로 드러난 것에만 목숨을 걸고 달려들었다. 그래, 나는 이것을 사회의 장례식이라고 불렀다. 약자의 위에서 군림하는 그 추악한 모습은, 인간이 짐승과 다를 것 하나 없다는 것을 보여 주는 단적인 예시였다. 나는 그런 사회를 혐오하였으며, 동시에 정화하고자 했다. 그러나 한 사람이 거대한 사회에 맞서서 이룰 수 있는 업적은 존재하지 않았다. 나는 처참하게 실패했고, 그 대가로 사회의 장례식을 치렀다.

여기서부터 사회 부적응자 따위로 낙인을 찍히는 것은 정말 상상조차 되지 않을 정도로 끔찍한 일이다. 나는 이 더러운 체제에 맞서, 당당히 시험에 합격한 뒤에 그들을 향해 침을 뱉을 것이다. 그때까지는 몸을 사려야 한다. 섣불리 나섰다간 아무것도 이루지 못한 채로 생전의 굴욕을 반복할 테니. 그저, 꾹 참고 시험 준비에 매진하는 것이 현재 내 위치에서의 유일한 답이다. 나의 결정에 확신을 가지자 영혼의 무게가 가벼워진다. 그제야 자리를 털고 일어나 새로이 다진 각오를 마음속에 선명히 새기려 눈을 지그시 감았다.

그날 이후, 달이 가득 차오르는 것을 두 번 정도 더 볼 만큼의 시간이 지났다. 그동안 가게를 찾는 손님은 단 한 명도 없었다. 다른 곳으로 출근하는 사람들이 간간이 보이던 가게 앞의 사거리도 확연히 한산해졌다. 다들 이곳의 생활을 견디지 못하고 떠난 걸지도 모르지. 내겐 좋은 일이다. 그 사람들의 사정이 어쨌건 일단은 경쟁자가 줄어들 테니. 홀로 이곳을 지키는 것도 제법 익숙해졌다. 지금 이대로만 시간이 흘러간다면 나름 평화로운 시간을 보낼 수 있을 것이다. 속은 곪아 터져가지만, 겉으로는 아무렇지 않게 세상을 살아가는 그런 평화 말이다. 그나저나 늘 창밖에 보이는 사람 하나 없었는데, 웬일인지 낯선 자가 가게 근처를 주인 잃은 강아지처럼 빙빙 돌고 있다. 도대체 무슨 일일까 싶어 그에게서 눈을 떼지 않았다. 몇 주 만에 마주하는 나와 다른 사람. 조금 무료하던 차에 꽤 흥미 있는 볼거리가 생겼다. 그런데 어째 그 사람이 점점 크게 보인다. 설마, 아니겠지.

"진짜야…?"

내 눈이 보고 있는 장면이 도저히 믿기지를 않아 눈을 두어 번 깜박여 보았지만, 변하는 것은 아무것도 없었다. 그는 점점 나에게로 가까워진다. 그래, 저 유리문을 넘겨와서 말이다. 물론 이대로는 홀로 남겨져 미쳐갈 것 같다는 불평 섞인 생각을 했던 것은 사실이다. 그렇지만 이렇게 갑자기, 그것도 이 생활에 나름 적응했다고 생각하자마자 나타나는 건 반칙이잖아. 오늘은 영업을 쉰다며 돌려보낼까 하는 생각도 해보았지만, 나를 담고 있는 그의 눈이 간절하게 도움을 요청하는 듯해 차마 생각을 입 밖으로 뱉을 수 없었다.

"무슨 일로 방문하셨어요?"

그는 형식적으로 던진 나의 물음에 눈물로 대답을 대신한다. 휘청거리며 기댈 곳을 찾는 꼴이 상당히 안쓰러워 보인다. 그를 달래주려다가도 문득 짜증이 치밀어올라 다가가던 걸음을 멈추었다. 아무 말도 하지 않을 거면서, 대체 왜 이곳을 찾아온 거야.

"계속 아무 말씀 안 하실 거면 나가주세요."

그는 나의 말에 더 크게 울음을 터뜨린다. 약간의 안쓰러움은 이미 짜증으로 돌아섰다. 가게의 시계로 정확히 10분을 더 기다려 주고는 여전히 말없이 울기만 하는 그를 강제로 쫓아낸다. 아마 이곳이 그의 마지막 희망이었겠지만, 나와는 상관없는 일이다. 아니, 경쟁자가 한 명 더 줄어들 수 있으니 내겐 좋은 일이라고 할 수 있다. 경쟁 앞에서 양심의 가책 따위는 방해만 될 뿐이다. 내 손으로 경쟁자를 처리했다는 생각에, 이 일을 맡은 이래 처음으로 희열을 느낀다.

하늘에 군림하던 해가 달에게 자신의 자리를 내줄 때, 나는 여전히 들뜬 기분으로 고시원을 향해 느긋하게 걸어갔다. 나의 방에 도착하자, 두 번째 상담 이후로 먹통이 되었던 모니터가 어두운 방 속에서 빛나고 있다. 서둘러 책상 앞 의자에 앉자 모니터는 화면 가득 하얀 글씨를 띄운다.

"수험번호 0302. 일주일 뒤 오전 아홉 시, 각자의 방에서 시험 시작? 뭐야, 책이라도 펼쳐놓고 치면 어쩌려고."

나의 혼잣말을 듣기라도 한 건지, 때마침 화면에 하나의 문장이 더 생긴다. 문장이 타이핑되는 속도에 맞추어 그것을 천천히 따라 읽었다.

"실시간, 감시 중. 부정행위 제재."

하긴, 어련히 알아서 대비하셨겠지. 그렇게나 잘나신 주최 측이니. 시답잖은 생각을 고이 접어두고는 교재와 함께 밤을 보낸다.

시간은 그 어느 때 보다 빠르게 지나갔고, 안내받은 날도 그만큼 빠르게 다가왔다. 나는 시험 안내를 받은 후, 당장 다음 날부터 가게에 나가지 않고 오로지 고시원에서만 틀어박혀 시험을 준비했다. 바로 오늘, 시험날을 위해서 말이다. 시험 시작 10분 전, 나는 책상 앞에 앉아 조용히 눈을 감았다. 미묘하게 빨라진 나의 심장 박동이 선명하게 들려온다.

"알립니다, 지금부터 시험을 시작합니다. 교재를 모두 바닥에 내려놓으세요. 합격 여부는 시험이 끝난 직후 발표됩니다."

그 지시를 따라 바닥에 책을 내려놓자, 모니터에 시험 문제가 뜬다. 분명히 교재와 연계된 문제들이라고는 하지만, 연계되는 점 같은 건 눈을 씻고 찾아봐도 보이지 않는다.

'이게 교재랑 무슨 상관이 있다는 거야, 대체. 개념 빼고는 완전히 다른 문제들인데.'

그렇지만 공부를 워낙 악착같이 해놓은 탓에 일단은 큰 어려움 없이 문제를 풀어나갔다. 시작이 나름 좋았다.

페이스를 유지해가며 다섯 시간 동안 시험을 치르고, 책상 위에 그대로 엎어졌다. 시험 시간 내내 이어졌던 긴장 상태가 풀린 탓이다. 무언가 허무하기도 하고, 기쁘기도 한 느낌이다. 끝났다는 생각에 자꾸만 웃음이 비실비실 새어 나온다. 예고했던 대로 합격자 발표가 바로 진행된다. 도대체 어떤 시스템으로 운영되는 건지 신기할 따름이다. 시험 문제로 가득하던 화면은 익숙하고도 이질적인 그 존재의 얼굴로 채워진다.

"지금부터 합격자 발표를 시작하겠습니다. 호명된 분들은 즉시 고시원을 나와 출입구 앞에 대기해주세요."

엎드려 있던 몸을 황급히 일으키고는 떨리는 마음을 애써 진정시킨다. 모니터만 애타게 쳐다보고 있자니 처음 들어본 듯한 이름들이 세 명이나 지나갔다. 이제 네 번째 합격자가 호명될 차례이다.

"수험번호 0302, 사인은 사형으로 인한 사망. 수석합격입니다."

나는 자리에서 일어나며 기쁨에 차 웃음을 터뜨렸다. 수석합격이라, 경쟁자가 많이 줄어들었기에 가능한 일이겠지. 그나저나 사망원인을 저렇게나 공공연하게 발표하다니. 기분이 상했지만, 이젠 다 지난 일이라는 생각이 들자 기분이 훨씬 나아졌다. 이렇게 좋은 날에 고작 저런 일로 기분을 망치긴 싫었다. 그래, 과거 따위는 이곳에서 장애가 되지 않는다. 게다가 무려 수석합격인데, 그게 무슨 상관이야. 이젠 내가 나설 차례다. 고시원 앞으로 나가면 저 존재 중 하나가 기다리고 있을 것이다. 생전에는 쓰레기 같은 것들을 치우다 범법자라는 낙인이 찍혀 이렇게 인간 사회에서 쫓겨났지만, 이번에는 다르다. 이곳에서는 무엇이 진정으로 옳은 일인지도 모르는 멍청한 인간들 따위가 날 막을 수는 없다. 그러니 쓰레기들을 마저 치워버리고, 이 세계를 완전히 나의 세상으로 만들 것이다.

연희

전시은

눈을 반쯤 떴다. 연두색 블라인드 사이로 들어오는 흐릿한 빛을 보고 날이 밝았음을 깨달, 아니다. 아직 밝아오고 있는 걸까. 새벽치곤 밝은 듯하고 아침치곤 어두운 듯했다. 다시 닫히는 눈꺼풀을 어렵사리 들어올렸다. 고개를 돌리자 가느다랗게 벌어지는 시야로 거센 빗줄기가 창문을 두드리는 모습이 나타났다.

"지금이 몇 시야?"

그제야 정신이 든 나는 꽤 푹신한 침대에서 용수철처럼 벌떡 일어나 핸드폰 시계를 확인했다. 검은 잠금 화면에 흰색 숫자 세 개가 나란히 찍혀 있었다. 7 : 32. 정확히 등교 시간까지 28분 남았다.

"엄마. 왜 나 안 깨웠어!"

나는 고양이 세수를 하고 잠옷을 교복으로 갈아입으며 안방에 있는 엄마를 향해 소리를 질렀다. 안방 문이 열리는 소리가 들렸다.

"엄마 나 아침 안 먹고 가도 돼. 그냥 학교 가서 매점에서 사먹을게"

"그래."

어젯밤부터 세차게 내린 비에 쌀쌀해진 날씨 탓인지 목이 쉬었나 보다. 엄마의 목소리가 파르르 떨렸다. 엄마를 닮아 유난히 추위에 약한 나는 싸구려 양털로 잔뜩 푹신해 보이는 후리스를 입으며 책상 위에 검정 지갑을 주머니에 넣었다. 가방을 다 챙기고 방에서 나와 현관에 섰다. 신발장에 처음 보는 검은색 운동화가 놓여 있었다. 가만 보니 밑창 모양이 타이어와 비슷한 독특한 스타일이었다. 신고 나가 볼까 생각도 했지만, 괜히 내 신발도 아닌데 신고 나갔다가 더럽힐까 내 운동화를 신었다. 핸드폰을 켜 버스정류장 시간표를 확인했더니 5분 후에 버스가 정류장에 도착한다고 표시되어 있었고 시간은 7시 42분이었다. 난 버스정류장 시간표를 캡처한 후 엄마에게 인사했다.

"다녀오겠습니다."

작년 추석 고모에게 빌린 부엉이 그림의 장우산을 가지고 집에서 나온 지 20초쯤 지났으려나. 텀블러를 주방에 놓고 온 걸 깨달았다. 하지만 다시 집으로 돌아갔다간 지각할 것 같아 관뒀다.

목에서 피 맛이 느껴질 만큼 달리고 달려 버스정류장에 도착했다. 올해 들어 최고로 열심히 달린 것 같았다. 양말은 홀딱 젖었고 버스정류장 벤치는 빗물로 흥건했지만, 교통카드를 꺼내기 위해 벤치에 앉았다.

"잠시만, 차분하게 생각해 보자. 가방 앞주머니에 있겠지."

믿기 힘든 현실이었다. 등 뒤에 있던 가방을 앞으로 돌려 이리저리 뒤적여도 보고 텅 빈 지갑을 의미 없이 뚫어져라 쳐다봤지만 지갑에 있는 내용물이라곤 만원 지폐 2장뿐이었다. 그제야 배배 꼬는 걸음걸이로 집에 오자마자 화장실로 직행했던 어제의 내가, 화장실 선반에 교통카드를 올려두고 한숨 돌리며 변기에 앉던 내가 기억났다. 항상 엄마가 학교에서 집으로 출발하기 전 화장실에 들르라 했는데… 역시 사람은 급하게 살면 안 된다.

"버스가 방금 전 전 정류장에서 출발했습니다."라는 알림은 전광판에서 들려오고 내 머릿속은 '버스는 천 원인데 만 원 지폐를 낼 수도 없고.'라는 생각으로 가득 찼다.

열 발자국만 큰 보폭으로 뛰면 닿을 거리인 편의점에 들어가 직원 아저씨께 말씀 드렸다.

"저 만 원 좀 천 원짜리 10개로 바꿔주세요"

"학생 안 되는데. 우리 편의점은 뭐라도 하나 사야 돼."

아저씨는 내 꼴이 우스운지 피식 웃으며 한껏 안타까운 표정으로 단호하게 말했다. 양 팔꿈치를 계산대 위에 올린 채 날 올려다보는 모양새가 아니꼽게 느껴졌다. 계산대에서 가장 가까운 상품진열대에서 아무 빵이나 집어 계산한 후 잔돈을 받고 편의점에서 나왔다. 그 순간 버스가 내 눈 앞을 지나갔다. 시계는 7시 48분을 가리키고 있었다.

등교하지 말고 집에 가 쉬라는 신의 뜻인가 하며 체념하는 순간 버스가 전전정류장에서 출발했다는 알림이 전광판에 떴다. 불행한 상황들은 대개 당사자가 마음을 내려놓고 체념하는 순간 호전된다. 배차시간 평일 20분, 주말 28분을 자랑하는 '725'가 무슨 일이래 라며 생각하는 순간 드디어 빗물들을 여기저기 튀기며 다가오는 한 버스가 보였다. 아스팔트 도로와 타이어가 만나 내지르는 비명은 쓸데없이 날카로웠다. 천 원 지폐를 당당하게 내고 버스에 오른 나는 왼손엔 노란 우산을, 오른손엔 지갑을 꼭 쥐고 내리는 문 바로 옆 좌석에 앉았다. 버스 문이 닫히기 일보직전, 남학생 두 명도 비에 홀딱 젖은 생쥐 꼴로 버스에 탑승했다. 버스 안은 출근시간대의 아침 버스답지 않게 널널했고 라디오 소리는 빗소리와 도로 소음에 가려 들리지 않았다. 바로 내 뒷 좌석에 그 남학생 두 명이 앉았는데 우리 집 피아노 색깔과 비슷한 진갈색 교복 마이를 걸치고 있었다. 낙화고등학교는 벌써 동복이 허용된 모양이었다.

흘러내리는 빗물이 창문에 희뿌연 습기를 지우듯 흐릿한 내 머릿속으로 두 남학생의 대화 소리가 파고들었다.

"야, 승찬아. 피는 닦았냐."

"그게 생각보다 잘 안 지워지더라. 비누로 빡빡 닦아도 영 시원찮아."

"뒷수습은 잘했고? 사체 치우는 일 여간 힘든 일이 아닐 텐데."

"치우려고 하다가 시간이 애매해서 그냥 두고 왔어."

"아오. 답답한 새끼. 나한테 전화를 했으면 내가 좀 더 일찍 갔잖아."

내가 지금 무슨 얘길 듣고 있는 걸가 싶었다. 피와 사체라는 단어가 왜 등장하는 거지? 장의사도 아니고 사체를 왜 치워? 납득되지 않는 문제들이 질문으로 탈바꿈해 머릿속에 가득 찼다.

"근데 들키면 어떡하지. 들통날 것 같은데."

"들통나면 들통나는 거지. 모 아니면 도야. 벌써 쫄기는."

순간 목구멍에 커다란 가래떡이 꽂힌 것 같이 숨이 턱 막혔다. 온몸이 뻣뻣하게 얼어붙는 것 같았다. 들키긴 뭘 들킨다는 거야. 얼굴이 시뻘게진 채 숨죽이며 대화를 엿듣고 있는데 알림소리가 들려왔다.

"이번 정류장은 유수여고, 유수여고입니다."

나는 티 나게 경직된 자세로 의자에서 일어나 내리는 문 앞에 선 채 후리스 모자를 머리에 푹 뒤집어썼다. 심장 박동소리가 온 버스를 둥둥 울리는 듯했다. 내가 이대로 버스에서 내려 버리면 끔찍한 사건의 범인을 놓쳐 버리는 건 아닐까 라는 생각이 떠올랐다. 그렇다고 바로 고개를 돌려 뚫어지게 쳐다보면 내가 그 쪽들 얘기 다 들었소 하고 광고하는 것과 마찬가지니 내리면서 은근슬쩍. 말 그대로 은근슬쩍 얼굴을 확인할까 싶었다.

점점 정류장에 가까워짐에 따라 버스 바퀴의 회전속도도 느려졌다. 3, 2, 1. 내리는 문이 열렸다. 괜한 긴장감에 숨이 차올라 어깨가 들썩거렸다. 한 발자국씩 버스에서 내리며 최대한 자연스럽게 오른쪽으로 고개를 돌렸다. 그 3초도 되지 않는 찰나의 순간, 눈이 마주쳤다. 의자에 앉아 있던 두 남학생 중 창가에 앉아 있는 학생이었다. 그때, 내 눈동자는 폭풍 치는 바다 위의 파도처럼 크게 일렁였다. 그 학생도 내 눈동자 속 파도를 눈치챘는지 내가 버스에서 내리자마자 옆자리 친구에게 무어라 속삭였다. 내가 대화를 엿들은 걸 눈치챈 건 아니겠지. 침을 꼴깍 삼켰다. 아니 나도 모르게 꼴깍 삼켜졌다.

핸드폰 시계를 확인해 보니 8시 5분이었다. 정규 수업 7교시는 물론 야자까지 끝낸 듯한 같은 피로감이 몰려왔다. 그와 동시에, 가벼운 왼손이 시야에 들어왔다. 나는 고개를 뒤로 젖히고 하늘을 바라보며 깊은 한숨을 내쉬었다. 노란 우산이 버스 안전 손잡이에 퍼즐처럼 딱 맞는 모양새로 걸려 있는 모습이 상상됐다.

"엄마, 전화 안 받네. 다시 잠든 거야? 오늘 야자 안 하고 집 갈 거라 6시에 마치는데 그때 좀 데리러 와 줘. 우산을 버스에 놓고 내려서. 조금 이따가 봐."

엄마에게 음성을 남긴 후 나는 학교로 들어갔다. 교문에는 아무도 없었다. 그럼 뭐해. 1학년 교실 앞에서 학생 주임 선생님께서 두 눈 시퍼렇게 뜨고 날 기다리고 계실 텐데.

우리 학교는 지각에 엄격하다. 솔직하게 말하자면 모든 것에 엄격하다. 선생님들은 우리가 본인의 기준에서 조금이라도 벗어나면 학기 말 통지표에 무슨 짓이든 저지를 분들이다. 어느새 버스에서의 일들은 지각 걱정 덕분에 2순위로 보류됐고 여느 때와 같이 평범하게 하루를 보냈다. 친구들과 새로 나온 가수의 신곡을 부르고, 어제 본 드라마를 얘기하고, 좋아하는 선생님 얘기로 3번의 쉬는 시간을 채웠다. 물론 나는 좋아하는 남자 선생님이 없다. 아, 6교시 자습시간에 친구가 보는 소설 표지에 노란 우산이 그려져 있는 걸 봤었다. 그걸 보고 버스가 떠오르면서 동시다발적으로 두 남학생도 함께 떠올랐지만 생각할수록 꺼림칙해 무시하고 다시 수업에 집중했다.

방과 후 수업의 끝을 알리는 종소리가 경쾌하게 온 학교에 퍼졌다. 나는 종이 치자마자 부랴부랴 책들을 챙겨 가방에 넣었다. 부실장이 핸드폰 가방을 가져와 교탁 위에 올리자마자 달려나가 핸드폰을 꺼내들고 교문을 향해 달려갔다. 달려가면서 핸드폰을 확인했는데 아직도 엄마가 답장이 없었다. 불필요한 '응' '그래' 등의 감탄사도 꼬박꼬박 보내는 엄만데… 교문 밖을 나와 엄마가 항상 날 기다리는 도로까지 나가봤지만 차가 보이지 않았다.

양말과 운동화가 빗물로 점점 물들기 시작했다. 불안감도 서서히 내 마음을 물들여갔다. 왠지 모를 초조함이 온몸을 주물렀다. 수 많은 학생들이 내 옆을 오가고 똑같은 버스가 3번이나 지나가고, 횡단보도가 8번이나 바뀌었지만, 엄마는 오지 않았다. 통화 연결음이 끝나고 음성 메시지 안내가 나올 때까지 난 전화를 끊지 못했다. 나쁜 상상들이 몰려와 빗줄기와 함께 내 머릿속을 무자비하게 찔러댔다. 버스를 타고 버스에서 내려 아파트 입구로 들어가는 길에도 전화를 놓지 못했다. 15분가량 소요되는 그 짧다면 짧은 거리가 마치 끝이 없는 터널을 기약도 없이 걸어가는 것 같았다. 201동, 202동, 203동 우리 집인 207동이 가까워질수록 걸음걸이가 빨라졌다. 206동에서는 이 악물게 뛰게 되었다. 불안감은 점차 확신이 되었고 뺨에 흐르는 차가운 빗물과는 상반되게 얼굴은 불붙은 듯 확 달아올랐다.

1층 현관을 지나 엘리베이터 앞에 섰지만 빨간 디지털 숫자는 28에서 꿈쩍도 하지 않았다. 난 붉으락푸르락한 얼굴로 16층 높이를 단숨에 올라갔다. 9층 계단에 가방을 던져놓고 올라온 사실을 말하면 그 때문에 몸이 가벼워서 단숨에 올라올 수 있었던 거라고 말할 수도 있겠지만 아니었다. 두려움이 술통처럼 무겁게 나를 짓누르고 있었다. 결코 가벼운 몸뚱어리로 계단을 성큼성큼 올라갔던 것이 아니었다. 현관문을 열고 거실 옆에 조명 버튼을 누르자 LED 등의 백색광이 켜졌다. 피 냄새가 온 집안을 들쑤시고 있었다. 혼란스럽고 무서웠다.

피 냄새를 따라가 안방 안을 돌아보는 순간, 숨이 목구멍에 턱 걸렸다. 침이 목구멍으로 훌떡 넘어가 사레가 들리고 기침이 났다. 주먹으로 가슴을 퍽퍽 치며 눈물을 찔끔 흘리다 안방 침대 위에 주저앉았다. 턱 끝까지 차올라 있던 숨을 내쉬며 감았던 눈을 뜨자 피가 말라 뻣뻣해진 방안의 벽지들이 매섭게 내게로 달려들었다. 등에선 땀이 줄줄 흐르고 오한이 순식간에 내 몸을 지배했다. 얼굴은 정면에 둔 채 눈동자만 오른쪽으로 돌렸다. 다이너마이트를 다루듯 조심조심, 천천히. 약간의 움직임도 없이 옷장에 기대 앉아 있는 엄마의 실루엣이 눈에 들어왔고 이명이 내 양쪽 귀를 섬뜩하게 가로질렀다. 아직도 집에 범인이 있을지도 모른다는 두려움과 엄마 혼자 독단적으로 저지른 일인가라는 더 끔찍한 서사가 눈앞에 펼쳐졌다.

난 호흡이 뒤엉킨 채 흐르는 눈물을 닦지도 못하고 전화기를 들었다. 경찰과 전화를 하는 중에도 꿈을 꾸는 듯한 몽롱한 기분이 들었다. 얼굴은 콧물인지 눈물인지 분간할 수 없는 끈적한 액체들로 범벅 되었고 눈이 미친 듯이 따가웠다. 자고 일어나면 다 괜찮아질 것 같았다. 침대에 드러누워 한숨 푹 자고 나면 평소와 같은 아침을 맞을 수 있을 것 같았다.

다시 안방으로 들어가 엄마의 얼굴을 마주했다. 손이 사시나무처럼 떨리고 목에서 뜨거운 무언가가 자꾸 치밀어 올랐다. 피 웅덩이에 잠긴 손가락과 두 번째 손가락에 끼워진 얇은 실반지. 이제라도 몸을 돌려 다시 거실로 나가고 싶었다. 세상이 왈칵 뒤집히고 온몸이 와르르 무너져 내리는 것만 같았다.

'땡동' 벨 소리가 들리고 경찰과 구급대원이 들어왔다. 난 이모에게 걸던 전화를 끊고 눈물을 닦은 뒤 엄마와 함께 구급차에 올라탔다. 환각처럼 핏물로 시뻘겋게 물든 벽지와 가닥가닥 흘러내린 핏줄기가 자꾸만 눈앞에 아른거렸다. 병원에 도착해 엄마를 태운 환자이송 침대가 응급실로 들어가고 나도 쫓아 달려가다 속도를 따라잡지 못해 병원 복도 의자에 주저앉았다. 사실 앉았다기보다는 털썩 쓰러졌다는 편이 맞을 것 같다. 대체 누가, 하필 엄마에게 그런 짓을 저지른 걸까. 의문이 커질수록 당혹감도 점점 커졌다. 머릿속이 정리되지 않은 감정들로 복잡하게 뒤엉켜 아무 생각도 나지 않고, 아무 소리도 들리지 않는 게 당혹감이 맞다면.

리스트의 라 캄파넬라 피아노 선율이 내 핸드폰에서부터 복도까지 울려 퍼졌다. 그날 그 복도에서 들은 라 캄파넬라는 쟁반 위에 옥구슬이 굴러가는 듯한 아름다운 피아노 선율이 결코 아니었다. 녹슨 냄비를 숟가락으로 긁는 듯한 소름 돋고 불쾌한 소리였다. 그 소음을 끝내기 위해 서둘러 전화를 받았다. 방과 후 수학 선생님과 비슷한 목소리의 경찰이었다.

"지금 병원 정문으로 가면 경찰차 한 대가 서 있을 거예요. 그거 타고 서에 와서 조사받으시면 되고요. 학생은 아직 미성년자라 수술 시 법적인 보호자가 될 수 없어요. 이모님께서 병원으로 출발했으니 곧 보호자 동의해서 수술 들어갈 거예요. 그 부분은 걱정 마시고요."

"네. 근데 혹시 김성민 씨께 연락하셨어요?"

"학생 아버지 말씀하시는 거 맞죠? 연락 드렸었는데 통화가 안 돼서 이모님께 연락드린 거예요."

"그분한텐 연락드릴 필요 없어요. 그분한테 다시 연락 오면… 그냥 경찰서에서 말씀드릴게요."

전화를 끊고 사람 탈을 쓴 곰처럼 어기적대며 정문으로 걸어갔다. 저 멀리서 빨간색 빛과 파란색 빛이 교차하고 있는 모습이 보였다. 167cm 정도 되어 보이는 단발머리의 여경이 차 앞에 서 있었다. 내가 경찰차로 다가가자 여경이 물었다.

"혹시 김연희 학생 맞나요?"

"네…."

"어서 타요. 강북지구대 심은주 순경입니다."

여순경은 웃으며 지갑에서 경찰 신분증을 꺼내 보였다. 형광 경찰 조끼를 입고 있는 여순경의 가지런한 이빨이 드러나는 웃음은 상대방에게 편안한 인상을 심어줬다. 선탠이 약한 조수석 창문으로 남자 순경이 핸드폰을 하며 앉아 있는 모습이 보였다. 50대쯤 되어 보였으며 스도쿠 게임을 하고 있었다. 나는 뒷좌석에 앉아 멍하니 바깥을 쳐다봤다. 차창에 비친 내 모습은 눈에 눈물이 그렁그렁 차올라 있었다. 나는 어금니를 꽉 깨물었다. 엄지손톱으로 검지 첫째 마디를 꾹꾹 눌렀다. 울음을 참는 내 습관이다. 라디오 단축키 아래에 있는 시계를 보니 시간은 7시 5분을 향해 가고 있었다.

라디오에선 빌 에반스의 'Peri's Scope'가 흘러나오고 있었다. 이 음악은 1959년에 만들어진 재즈풍의 음악으로 고1 3월 영어 모의고사 28번 지문에 나왔었다. 그때 'Peri's Scope'를 처음 알게 됐었는데 부드러우면서도 완고한 느낌을 주는 피아노와 드럼의 조합에 놀랐던 기억이 있다. 그때 그 3월 모의고사의 32번 지문에 그런 문장이 있었다.

'Misfortunes never come at once' '불행은 한꺼번에 찾아온다'

어느 미 해군 4성 장군의 연설에서 인용한 문구였던 것 같다. 그 문구가 뜬금없이 생각났다. 지금의 나를 위해 만들어진 말 같았다.

경찰서에 도착해 차에서 내리자 쐐기를 박힌 느낌이었다. 그 공간은 마치 이 상황이 꿈이 아니라는 걸 내게 상기시켜 주는 것만 같았다. 경찰서 앞 도로는 여느 때처럼 북적했고 경적과 자동차 엔진소리만이 거리를 가득 채우고 있었다. 그 평범함이 날 더 비참하게 만들었다. 현실에 농락당하는 기분이었다.

사건 담당 경감은 40대 후반에서 50대 초반으로 보이는 여자분이셨는데 단단한 눈빛에서 연차가 드러났다. 퇴근하기 직전에 내가 등장한 건지, 퇴근하는 도중에 내가 등장해 차를 돌리신 것인지 사복을 입고 있었다. 어찌되었든 내가 불청객이란 건 확실했다. 경감은 흰색 와이셔츠에 검은색 슬랙스를 입고 있었는데 와이셔츠 브랜드는 얼마 전 사내 여성 차별로 논란이 된 브랜드였다.

"17살. 김연희. 도담마을 2단지 207동 1606호 사는 유수여고 재학생이네. 많이 놀랐지. CCTV를 확인해 봤는데 어젯밤 너를 기점으로 아무도 집에 들어간 흔적이 없어. 아마도 계단을 이용한 모양이더라. 아파트 1층 현관 CCTV는 수리 중이라 어떤 영상도 구할 수가 없었고."

경감은 귀찮은 듯 코를 쓱 만지며 나와 우리 가족에 관련된 서류들을 살펴봤다.

"어머니랑 아버지가 이혼하셨네. 언제 이혼하셨어?"

고장난 수도꼭지처럼 쉴 새 없이 눈물을 흘려대는 나에게 휴지를 건네며 질문도 건넸다.

"제가 13살 때요."

"아버지가 전과자시네. 아, 알고 있었지?"

"그거 엄마랑 저 때리다가 감방 간 거예요."

사유는 몰랐는지 경감은 고개를 살짝 들어서 나와 눈을 맞췄다.

"그렇구나. 오늘 아침엔 엄마 어떠셨니?"

오늘. '오늘'이라니. 웃음이 나왔다. 이 모든 일이 오늘 일어난 일들이라고? 저 지구 반대편까지 이어지는 길고 긴 우물을 쳐다보는 느낌이었다. 공허하고 헛됐다. 그러고 보니 오늘 엄마 얼굴을 본 적이 있었던가.

"아침에 늦잠을 자서 허겁지겁 나온다고 엄마 얼굴은 못 보고 목소리만 들었어요."

"그럼 그때까진 어머니가 괜찮으셨단 얘기니까… 네가 학교에 가 있는 사이에 그런 일을 당하셨단 말이네."

경감은 마치 CSI의 수사관이라도 된 마냥 인상을 찌푸린 채 고뇌하는 표정을 지었다.

"이모 말고 다른 가족은 없어? 아버지랑은 연락 끊었니?"

"네. 다른 가족은 없고 그 사람이랑 연락 끊은 지는 꽤 됐어요."

"세상에 무너진 가정들이 이렇게나 많아요. 아휴, 안타까워라."

경감이 나지막한 목소리로 중얼거렸다. 묘한 우월감이 드러나는 말투였다. 불쌍하고 안타까운 사람들을 보며 상대적 우월감을 느끼기 위해 경찰을 직업으로 삼은 사람 같았다. 내가 꼬인 건가. 그런 것 같기도 하다.

그녀는 시간 나는 틈틈이 나를 동정의 눈빛으로 쳐다봤다. 내가 눈물을 멈추면 그 눈빛을 거둘까. 차라리 대놓고 쳐다볼 것이지 힐끔힐끔 쳐다보니 더 불쾌했다.

"평소에 수상쩍거나 어머니 주변을 얼쩡거리는 사람은 없었어?"

온 종일 학교에 있다가 밤 11시에 집으로 돌아와 엄마와 이야기를 나눌 30분도 없는 나다. 그런 내가 엄마 주변에 얼쩡거리는 사람이 누구이고 뭐 하는 사람인지 알기나 할까. 그런 사람이 있는지 눈치라도 챘으면 다행이다. 참 질문다운 질문을 하시네.

"아니요."

경찰에 대한 신뢰가 바닥으로 떨어지고 있던 순간, 머릿속에 섬광이 번뜩했다. 내 심장 박동 소리가 점층적으로 커지는 걸 느낄 수 있었다. 주마등처럼 아침의 기억이 스쳐 지나갔다. 몸에 힘을 너무 세게 실은 나머지 벌떡 일어나는 과정에서 의자를 넘어뜨렸다.

"경감님. 학생이었어요. 낙화고등학교 다니는 남학생이었어요. 걔네인 것 같아요. 아니요. 걔네예요!"

"잠시만. 마음을 가라앉히고 앉아서 차분히 이야기해 봐."

경감의 눈빛이 먹잇감을 찾은 하이에나처럼 순간 빛났다.

"아침에 버스 뒷좌석에 앉아 있던 낙화고 남학생들이 피는 닦았냐 시체는 치웠냐 들통나면 어쩌냐 그런 이야기들을 했어요. 제가 725를 탔는데 버스 문이 닫히기 직전에 제 뒤를 따라 겨우 탑승했었어요. 제가 집에서 나오, 나오고 난 후 뒤이어 나온 게 분명해요."

너무 화가 난 나머지 눈이 시뻘겋게 충혈돼 실핏줄이 금방이라도 터질 것 같았다. 눈물이 다시 나오려는지 코끝에 찡하게 시동을 걸어왔다. 나는 마른세수를 하며 몰래 눈물을 닦으려고 했지만 그러기엔 벌써 목까지 눈물이 흘러내렸다. 엄마를 해친 범인을 눈앞에서 보고도 놓쳤다니. 다시는 엄마의 얼굴을 마주 보지 못할 내가 훤히 보였다. 그 인간들은 본인들이 죽이려고 한 사람의 딸이 버스 앞자리에 앉아 있었다는 사실을 알까.

"그 학생들이 진짜 범인이라면 네가 집에서 나온 직후에 어머니를 죽이려고 했거나 걔네도 아침에 함께 집에 있었을지도 모르겠구나. 하지만 아직

심증도 물증도 명확하지 않은 상황이니 속단하지 말고."

경감의 말을 한 귀로 듣고 한 귀로 흘리며 한참을 씩씩대던 나는 기억의 미로를 헤매다 막다른 길목에서 운동화를 발견했다.

"처음 보는 검은색 운동화가 현관에 있었어요. 집에 범인이 있었던 것 같아요."

"어제까진 없었던 운동화니?"

"네. 분명 어젯밤에 학교에서 돌아왔을 땐 현관에 검은색 운동화가 없었어요. 그, 그 밑창이 타이어 모양인 운동화였어요. 학생 둘 중 한 명이 분명 그 운동화를 가지고 있을 거예요."

"운동화가 한 켤레밖에 없었니?"

"네. 검은색 운동화 한 켤레만 현관에 있었는데."

그 두 학생이 공범이라면 왜 운동화는 한 켤레만 있었지? 한 명을 망을 보고 있었나? 경감도 나와 같은 생각을 하는지 나에게 그 두 학생의 이름과 얼굴을 아느냐고 물었다. 그때의 그 대화들이 가물가물했다. 버스 안으로 다시 돌아가 그들의 대화를 엿들었다.

"한 명이 다른 한 명에게 '찬'이 들어간 이름을 불렀고, 누군가가 피와 사체 얘기를 꺼냈어요."

경감은 무언가 찾아보는 듯 몇 번 마우스를 클릭하더니 이름들은 읊조렸다.

"강찬혁. 곽찬수. 마찬형, 백승찬, 이혁…"

"승찬, 승찬이었어요. 성은 모르겠는데 승찬아 라고 불렀어요. 맞아요."

"이 학교에 승찬은 백승찬 하나뿐이네. 낙화 고등학교 1학년 5반 백승찬."

피가 거꾸로 솟는 듯한 기분이었다. 내 이성의 회로는 끊어진 지 오래고 머릿속으론 골백번도 넘게 그 아이를 죽였다.

경감님이 백승찬에게 전화를 걸어 경찰서로 출석 요청을 하는 동안 나는 의자에 앉아 어떤 말을 그에게 퍼부어야 할지 생각했다. 경감님은 다시 말하지만, 그 친구가 범인이 아닐지도 모르니 정확한 단서와 알리바이가 나오기 전까진 확신하지 말라 했다. 경감님이 통화를 끊었다. 백승찬이 지금 바로 경찰서로 온단다. 무엇이 그를 그토록 뻔뻔하게 만들었는지는 모르겠지만 전화를 받지 않고 숨는 상황보다는 낫다고 생각하며 자신을 위로했다.

한 20분쯤 지났을까 경찰서 문이 허겁지겁 열렸다. 그의 다급함이 손잡이를 지나 도어벨을 울렸다.

"안녕하세요. 전화 받고 온 낙화고 학생입니다."

"네가 승찬이니?

나는 의자에서 천천히 일어났다. 그는 나와 눈이 마주쳤던 학생이었다. 손이 파르르 떨리고 멈췄던 눈물이 다시 흐르기 시작했다. 얼굴이 일그러지기 시작했다. 왜 그랬냐고. 왜 죽였냐고. 수천 가지 질문들이 목구멍까지 튀어나왔다. 내 몸은 입 밖으로 내보내 달라고 아우성치는 문장들 뒤로 한 채별 욕심 없어 뵈는 조용한 문장을 입 밖으로 내보냈다.

"진짜예요?"

나는 큰 키의 그를 올려다보며 물었다.

"네?"

"진짜냐고요. 진짜면 왜 그랬어요? 왜 우리 엄마를."

"학생. 이리 와요. 연희 학생은 거기 앉아 있고."

그는 어리둥절해 하며 경감을 따라 방에 들어갔다. 나는 그가 내 시야에서 벗어날 때까지 그에게서 시선을 떼지 않았다. 시간을 8시를 조금 넘어가고 있었다. 계속 눈물이 났다.

그렇게 엄마는 항상 뜨겁고 치열했다. 내가 초등학교 6학년 때 아빠와 이혼한 후 엄마는 항상 나와 함께였다. 나와 함께일 수밖에 없었다. 엄마는 고등학생 때부터 부모님이 마련해 놓은 길을 따라 걸어가는 것이 아닌 자신의 길을 개척해야 하는 상황이었다. 그러던 중 대학교에서 아빠를 만나 나를 가졌고 십몇 년간 폭력적인 그에게 시달려 왔다. 그런 그가 처음 나에게 손댄 날 엄마는 이혼을 결심했다. 엄마가 이혼하지 못한 이유는 한 가지, 나였다. 나의 미래를 위해 경제적인 부분을 포기할 수 없었던 엄마는 아빠를 놓지 못했다. 엄마 생각에 빠져 허우적대고 있던 나를 문 열리는 소리가 깨웠다.

"연희야. 잠시 들어와 볼래?"

방에 들어갔더니 그 아이는 의자에 앉아 나를 올려다보며 옆 의자를 빼주었다. 나는 그 의자가 아닌 다른 의자를 빼서 앉았다.

"연희야. 이 학생은 범인이 아니야. 알리바이도 다 확실하고. 사체랑 피는 그 전날 유기견 봉사활동 갔다가 유기견 한 마리가 아사했나 봐."

"네? 그럼 얘가 했던 말들은 뭔데요? 들통난다 어쩐다 했던 말들은 뭔데요?"

"그건 학교 빼고 유기견 봉사활동 갔던 거라 엄마한테 들킬까 봐 말했던 거야. 놀라게 해서 미안."

헛웃음이 튀어나왔다. 지치고 힘들었다. 겨우 붙잡고 있던 실낱같은 희망이 끊겨 버렸다. 나는 어쩌면 처음부터 알고 있었을지도 모른다. 사체라고 사람 사체만 있는 것도 아니고 설령 사람 사체라고 한들 그런 얘기를 버스에서 크게 떠들고 다닐 사람은 없으니까. 나는 나 편하자고 그 아이가 범인이길 내심 바라고 있었다.

"병원에서 엄마 수술로 연락 온 거 있어요?

"아직은. 집도 지금 조사 중이니까 집에 가서 잘 순 없고, 친척들은 아. 없다고 했지."

평소 같았으면 아주 그냥 내 마음을 쿡쿡 찌르는 비수들이었겠지만 그날은 타격감이 제로에 불과했다.

"병원에 가 있을게요. 그럼 진범은 따로 있는 거죠?"

"그렇지. 아침에 집에서 몇 시에 나갔어?"

"7시 30분 그 언저리 였던 것 같은데. 아. 집에서 나갈 때 버스정류장 시간표 캡처해 놨어요."

나는 핸드폰을 꺼내 캡처본을 보여드렸다. 시간은 7시 42분을 가리키고 있었다.

"신발은 밑창이 타이어 모양이랬나?"

"네. 검은색이요."

"그럼 곧 연락해 주마. 학생도 귀가해도 돼."

나는 핸드폰과 경감이 준 택시비를 손에 쥐고 터덜터덜 경찰서에서 나왔다. 밥을 먹고 병원에 갈까 싶다가도 이런 날 밥이 목구멍으로 넘어가는 게 가당키나 한 일인가 싶었다. 그때 그 아이가 말을 걸었다.

"혹시 너 나 기억 안 나?"

"뭐?"

"나 백승찬. 낙화 초등학교 2학년 7반."

"너 나랑 같은 학교였어?"

"그래. 하긴. 기억하는 게 신기하지. 초등학교 2학년 때 1년 내내 너랑 짝꿍이었잖아. 키 비슷해서."

"아. 그랬었나. 반갑네. 그럼 잘 가."

하필 내가 오해했던 사람이 초등학교 동창이라니.

"김연희. 밥 먹었어?"

"지금 먹으러 갈려고."

"아. 그래. 같이 갈, 아니다. 잘 가. 밥 맛있게 먹고."

딱 봐도 같이 먹으려고 물어본 거네. 그러고 보니 떠올랐다. 초등학교 2학년 때 매번 맨 뒤에 같이 앉아서 몰래 떠들던 남자애. 연필 뚜껑 힘줘서 빼다가 쟤가 방귀 뀌는 바람에 비웃다 싸웠었는데. 갑자기 누군가에게 위로받고 싶단 생각이 들었다. 나에게 일어난 일이지만 이해되지 않는 일투성이인 오늘, 그냥 아무나 붙잡고 울고 싶었다. 수술 중인 엄마를 깨워서 위로받을 순 없지 않은가.

"그냥 같이 밥 먹어도 되냐고 말해. 내가 말할까? 같이 먹을래?"

백승찬은 놀란 토끼 눈이 되더니 입을 앙다물곤 내 옆으로 왔다.

"뭐 먹을래? 너 먹고 싶은 거 먹자."

"잠시만 걷자. 뭐라 해야 되지. 그냥 정처없이 걷고 싶어."

"정처없이 걷는 건 위험하니까 저기 공원 한 바퀴 돌래? 그리고 버스에 놓고 간 우산 내가 가지고 있어. 다음에 챙겨 줄게."

그 아이가 가리킨 손가락의 끝에는 우리 동네에서 유일한 공원인 낙화유수 공원이 있었다. 우린 한참을 말없이 공원을 돌다가 꽃잎들이 흩뿌려진 작은 연못 앞 벤치에 앉았다. 새처럼 날아다니는 꽃잎들이 나의 상황과는 상반되게 참 평화로웠다.

"나 오늘 진짜 힘들었거든. 단 1그램도 빠짐없이 온종일 너무 힘들었거든."

그 순간의 분위기에 취해, 그 아이의 눈빛이 너무 깊고 따뜻해서 속에 있는 얘기까지 탈탈 털어내야 할 것만 같았다. 미친 듯이 위로받고 싶었다.

"지금부터 내가 하는 말들 다 한 귀로 듣고 한 귀로 흘려. 지금부터 너한테 진짜 다 얘기할 거야."

"근데 너 뭘 믿고 나한테 이렇게 다 얘기하는 거냐? 나는 당연히 아무한테도 얘기 안 한다고 하지만, 넌 괜찮겠어?"

"오늘은 누군가한테 이렇게 얘기 안 하면 내가 미쳐버릴 것 같아서 그래. 그리고 너 옛날에 착했잖아."

백승찬은 피식 웃으며 나를 바라봤다.

"너 지금 우는데. 그냥 한번 펑펑 울고 시작해. 안 울면 그거 쌓여서 너만 힘들어진다."

"그래?"

"그래. 그러니까 울고 싶은 만큼 울어도 돼."

그 말을 듣자마자 감당하기 어려운 감정들이 소용돌이쳤다. 숨이 턱턱 막히고 머리가 띵해질 만큼 울었다. 내 옷은 온통 눈물범벅이 되어 젖어 버렸고 옆에서 누가 위로해 주니 감정이 주체할 수 없을 만큼 커져 40분 가까이 울어 댔다. 다 울고 나니 부끄러움과 민망함이 몰려왔다. 그는 묵묵히 옆에서 어깨를 쓰다듬어 줬다. 그 눈빛은 동정이 아닌 공감이었다.

밥은 먹지도 못한 채 전화번호를 교환하고 나는 병원으로 왔다. 엄마는 수술이 끝나고 병동으로 이동해 있었다. 아직 깊은 잠에 빠진 엄마의 옆으로 가 간이침대를 빼 누웠다. 머리를 붙이자마자 잠이 들어 시간이 얼마쯤 지났을까. 해가 중천에 떠 있었고 엄마는 여전히 잠들어 있었다. 라 캄파넬라 피아노 선율이 병실에 울려 퍼졌다.

"여보세요. 네. 경감님. 진범이 잡혔다고요? 네. 지금 바로 갈게요. 네."

전화를 끊고 웃옷과 지갑을 챙겨 황급히 밖으로 나섰다. 날카로운 칼바람에 잠이 확 달아났다. 나는 야생마처럼 활기를 띠기 시작함과 동시에 먹잇감이 될 동물처럼 두려움에 떨기 시작했다. 진범이 누굴까. 대체 왜 우리 엄마에게 그런 짓을 저지른 걸까. 경찰서 앞에 택시가 멈췄다. 성큼성큼 경찰서 문 앞까진 다가갔지만, 그 손잡이를 눌러 문을 열고 들어가기란 참 어려운 일이었다. 숨을 고르고 문을 여는 순간, 익숙한 뒷모습이 내 눈에 들어왔다.

"연희야."

아빠, 아니 김성민이었다.

'나를 찾아

가는 길'

조혜민

한밤의 고요함을 깨는 시끄러운 소리가 어김없이 소라네 집에는 들렸다.

"엄마는 왜 내 마음을 이해 못 해주는 거야? 엄마는 항상 엄마 방식대로잖아."

"엄마한테 따박따박 말대꾸나 하고…."

"엄마는 항상 그런 식이야. 내가 무슨 말만하면 말대꾸한대."

"너는 엄마가 그렇게 만만하니?"

"나 너무 힘들어서 더이상은 참을 수가 없어! 나 집 나갈 거야. 엄마랑 같이 살기 싫어!"

"애가 못하는 소리가 없어!"

"싫어! 집 나갈 거야."

소라네 집에선 종종 일어나는 익숙한 장면들이다.

소라를 걱정하는 소라 엄마의 염려는 사춘기 소녀인 열일곱 살의 소라에게 그저 성가신 잔소리마냥 귀찮게밖에 들리지 않았다.

소라는 항상 아침 일찍 학교에 가서 밤늦게 집으로 돌아오는데 잔소리까지 하는 엄마가 싫게만 느껴졌다.

소라는 자기의 꿈과 부모님의 기대에 어긋나지 않게 열심히 노력하고 있다고 생각하는데 엄마가 자신의 마음을 너무 몰라 주는 것 같아 화를 내기 일쑤였다.

그래도 항상 대화를 통해 곧잘 해결하곤 했다.

그렇게 하루하루를 보내던 소라에게 다른 꿈이 하나 생겼다.

바로 음악을 하는 것이었다.

소라는 며칠 전에 길거리에서 한 밴드부가 공연하는 것을 보고 자신도 저렇게 악기를 연주하면 멋있을 것이라는 생각에 악기를 배우기로 마음을 먹었다.

그래서 엄마한테 악기를 배우고 싶다고 말하자 엄마는 소라에게 크게 화를 내며 소리쳤다.

"고등학생이 하라는 공부는 안 하고 어디서 악기 타령이야? 그리고 악기는 아무나 하는 건 줄 아니? 다 재능이 있어야 하는 거라고!"

무턱대고 화를 내는 엄마 때문에 화가 난 소라는 엄마와 크게 말다툼을 하기 시작했다.

그런데 오늘따라 소라는 화가 치밀어 오르고 엄마한테 정이 뚝뚝 떨어지기 시작했다.

그래서 엄마와 말다툼을 한 후 맘이 크게 상한 소라는 집을 나와 버렸다.

집을 나설 때 소라는 절대 다시 집으로 돌아오지 않겠다고 굳게 마음먹었다.

그렇게 집을 나간 소라는 엄마의 잔소리를 듣지 않아도 되는 자유의 몸이 되었다고 생각해 밤늦게까지 재미있게 놀고 있었다.

집으로 돌아가야 한다는 생각은 까맣게 잊어 버렸다.

소라 엄마는 소라가 잘못했다고 하면서 늦게라도 돌아올 줄 알고 무작정 기다렸다.

하지만 소라가 밤 11시가 넘어서도 돌아오지 않자 서서히 초조해 지기 시작한 엄마는 밖으로 나가 동네 이곳저곳으로 소라를 찾아다녔다.

그 시각 소라는 동네의 어두컴컴하고 매캐한 담배 냄새가 나는 PC방에서 잔뜩 신이 난 채 게임을 하고 있었다.

소라가 특히 좋아하는 게임은 '리그 오브 레전드'이다.

소라가 처음부터 게임을 좋아했던 것은 아니었다.

고등학생이 된 후 언제부터인가 소라는 열심히 한 만큼 성적이 나오지 않자 자기에게 실망을 하게 되었다.

그런데 항상 소라편이 되어 줄 것 같았던 엄마까지 성적에 대해 이야기를 하자 탈출구를 찾고 싶어졌다.

어느 날 우연히 집에서 동생이 게임을 하는 것을 보고 동생을 졸라 게임을 배우게 되었던 것이다.

"야, 이 게임 좀 가르쳐 주면 안 돼?"하고 소라가 퉁명스럽게 말했다.

동생은 휘둥그레진 눈으로 "누나가 웬일이야? 해가 서쪽에서 뜨겠네."라며 놀란 듯이 말했다.

소라는 "그냥…."이라고 얼버무리며 동생에게 게임을 배우기 시작했다.

소라는 게임을 하면 답답한 가슴이 뻥 뚫리는 기분에 몰래 PC방에 드나들기도 하였다.

한참 게임에 열중하고 있던 소라에게 갑자기, 정장 차림의 한 중년 남자가 다가와 낮고 굵은 목소리로 소라에게 말을 걸어왔다.

그 남자는 턱에 수염이 듬성듬성 나 있었고, 이마에는 가로로 쭈글쭈글

한 주름이 몇 가닥 잡혀 있었다.

눈빛은 독수리 같이 날카로워 언뜻 무서운 느낌이 들었다.

"학생, 너무 늦게까지 게임 하는 거 아니냐?"

소라는 순간 낯선 사람이 말을 걸어오자 무서웠지만 침착하게 대답했다.

"괜찮아요."

"너 이 게임 되게 잘하는구나! 아저씨 집에 가서 아저씨 컴퓨터로도 좀 해주겠니? 아저씨가 돈도 줄께!"

소라는 걱정이 되긴 했지만 지금 당장 돈이 필요하기도 하고 별일이야 있겠냐는 생각에 그 남자를 따라 나섰다.

한편, 정신이 멍한 상태로 두 시간 정도 소라를 찾아다니던 소라 엄마는 아무리 찾아도 소라가 보이질 않자 불안한 마음에 경찰서로 가서 실종 신고를 하였다.

경찰은 우선 소라 엄마를 진정시킨 후 어떻게 된 일인지 아이가 언제 집을 나갔는지 등 자초지종을 확인한 후에 소라를 찾아 나섰다.

그 시각 중년 남자를 따라 나섰던 소라는 그 남자의 집 앞에 다다랐다.

어두컴컴한 가로등 불빛 아래라 분간은 잘 되지 않았지만 담쟁이덩굴에 파묻히다시피한 빨간 벽돌로 된 정원이 있는 2층 양옥집이었다.

현관을 지나 거실에 들어서자 음산한 분위기가 물씬 풍겼다.

소라는 순간 눈을 껌뻑이며 사람의 흔적이 느껴지지 않는다는 것을 느꼈다.

그 남자는 소라를 컴퓨터가 있는 1층 방으로 데리고 갔다.

방안에 들어서자 오래된 낡은 전축과 컴퓨터가 눈에 들어왔다.

그리고 작은 항아리, 유리병 따위가 층층이 진열된 선반이 소라의 시선을 사로잡았다.

남자가 먹을 것을 좀 가져오겠다며 나간 뒤 소라는 귀를 쫑긋 세우고 방 안을 이곳저곳 돌아다니며 남자를 기다렸다.

"아저씨는 왜 안 오시지?"

기다리다 지친 소라는 컴퓨터 게임을 시작했다.

게임을 시작한 지 얼마 되지 않아 남자가 방으로 돌아왔다.

그런데 갑자기 그 남자는 태도가 돌변하기 시작했다.

소라의 입을 틀어막고 손발을 꽁꽁 묶어둔 채 방에다 감금을 시켰다.

두려움과 공포감에 놀란 소라는 소리치고 싶었지만 그럴 수 없었다.

밀려오는 공포감에 소라의 숨소리는 점점 거칠어지고 온몸에 땀이 송글송글 맺혔다.

얼마간의 시간이 흐르자 소라는 마음을 다 잡고 차분히 생각하기 시작했다.

'그렇게 막돼먹은 아저씨 같지는 않은데…'

이때부터 소라는 집을 나온 것을 후회하기 시작했다.

'엄마 말 들을 걸… 아까 집에 들어갈 걸…'

하지만 시간을 되돌리기엔 이미 늦어버린 상태였다.

한편, 경찰은 CCTV를 통해 소라가 PC방에서 한 남자를 따라간 것을 확인했고 그 남자에 대해 조사하기 시작했다.

경찰은 유사범죄 경력이 있는 인근의 유력한 용의자들을 한 명 한 명 특정하기 시작했다.

마침내 경찰은 유력한 용의자를 특정하고, 그 남자의 주소를 알아내어 남자 집으로 출동을 하였다.

경찰이 그 집에 도착했을 때 낌새를 알아차린 그 남자가 도주를 하려고 했지만 경찰에게 가로막혀 달아나지 못하자 소라를 인질로 삼아 칼을 들고 인질극을 벌였다. 소라는 너무 무서워서 눈물을 흘렸다. 이 상황에서 경찰들이 침착하게 그 남자와 대화를 하며 몇몇 경찰들이 그 남자 뒤로 가서 기습적으로 체포하였고 소라도 무사히 구출되었다.

기적적으로 구조된 소라는 경찰서에서 자신을 애타게 기다리고 있던 엄마를 보고 한걸음에 달려와 안기면서 말했다.

"엄마, 미안해… 내가 잘못했어….'

그러자 엄마는 소라를 꼭 안아 주며 따뜻한 목소리로 말했다.

"괜찮아, 어디 다친 데는 없니? 항상 잔소리만 해서 엄마가 미안해. 네가 가진 장점을 칭찬해 줘야 되는데….'

소라도 응석부리는 어린아이처럼 말을 했다,

"응, 나 이제 괜찮아. 빨리 집에 가자. 집에 가고 싶어.'

"그래 착한 우리 딸! 다음부터는 그러면 안 된다.'

그리고 소라는 집에 가기 전 아까 자신을 구해 주었던 경찰아저씨들한테 가서 감사의 인사를 전하였다.

"아저씨들, 아까는 구해 주셔서 감사해요. 덕분에 이렇게 집에 돌아갈 수 있게 되었어요. 정말 감사합니다.'

그러자 경찰 아저씨는 "아저씨는 소라가 이렇게 무사히 집으로 돌아갈 수 있는 게 더 고맙단다. 조심히 들어가거라." 라고 말씀하셨다.

집에 돌아온 소라는 그렇게 평범한 일상들을 보내고 있었다. 그러던 어느 날 소라의 학교 담임 선생님께서 자신의 진로와 희망 사유에 대해 적어 오라는 숙제를 내어 주었다. 소라는 집에 돌아와서 곰곰이 생각해 보았다.

'내가 하고 싶은 게 뭘까?'

한참 고민하던 소라는 그렇게 잠이 들어버렸다.

다음날이 되고 주말동안 소라는 꿈을 찾기로 하였다.

'내가 어릴 때는 뭐가 되고 싶었더라? 아 맞아! 의사가 되고 싶어 했었지. 하지만 지금은 의사가 되고 싶진 않은 걸… 부모님께 한번 도움을 요청해 보아야겠다.'

그렇게 소라는 엄마와 아빠가 있는 방으로 갔다.

"엄마! 아빠! 학교 선생님이 숙제로 제 진로에 대해서 적어오라고 하셨는데 저는 아직 하고 싶은 것을 찾지 못했어요. 어떻게 하면 좋을까요? 도무지 제가 무엇이 되고 싶은지 모르겠어요."

소라의 이야기를 들은 부모님들은 소라와 함께 고민해 보더니 소라의 엄마가 말문을 열었다.

"혹시 니가 어떠한 직업을 가진 사람들에게 도움을 받아본 적이 있거나 크게 감명 받았던 직업이 있니?"

엄마의 질문을 들은 소라는 다시 곰곰이 생각해 보았다. 그러자 저번에 집을 나와서 고생했을 때 자신을 구해 준 경찰 아저씨가 생각났다. 그때 경찰 아저씨에게 고마움을 느꼈던 소라는 자신도 나중에 경찰이 된다면 아저씨처럼 위험에 처한 사람들을 구해주고 싶다는 생각이 들었다.

"저 경찰이 될래요!"

그렇게 소라는 경찰이 되기로 마음을 먹었다. 그렇게 월요일이 되어 소라는 숙제를 제출하였다. 선생님은 학생들의 숙제를 읽어보다가 유독 눈에 띄는 소라의 글이 눈에 들어왔다. 선생님은 소라를 교무실로 불렀다.

"소라야, 갑자기 꿈이 생긴 것 같은데 이뤄낼 자신이 있니? 엄청 열심히 해야 한단다."

그러자 소라가 대답했다.

"그럼요 선생님 저 할 수 있어요."

그날 이후 소라는 공부도 열심히 하고 저녁에 시간이 될 때마다 운동을 하며 체력을 길렀다.

2년 후, 드디어 소라의 입시 결과가 발표되는 날이다. 소라는 경찰대학교를 가고 싶었다. 그 꿈을 이루기 위해 지난 2년간 열심히 노력한 것들을 다 쏟아부었다. 드디어 결과가 나와서 소라는 인터넷을 확인하였다.

"우와… 엄마 나 합격했어요!!"

소라는 그렇게 경찰대학교를 합격하였다.

입학 첫 날 소라는 이제부터는 진짜 경찰이 되기 위해 열심히 해야겠다고 다짐했다. 그렇게 소라는 4년 동안 경찰이 되기 위해 훈련을 받고 수업을 들으면서 경찰로써의 자질을 길러나갔다. 졸업 후 소라는 서울지방경찰청 교통 안전과에서 첫 근무를 하게 되었다.

출근 첫 날 소라는 복잡한 감정을 추스르고 경찰청으로 향했다. 대학교에서 다 배우고 왔지만 그래도 경찰로써 첫 출근을 하니 기쁘기도 하고 긴장되기도 했다. 그렇게 소라는 처음으로 교통 순찰을 나가게 되었다. 순찰을 하던 중 근처에서 여자 아이의 비명 소리가 들려 신고 전화가 들어왔다는 보고를 받게 되었다. 그 소식을 들은 즉시 현장으로 출동하였다. 그곳은 오래전에 폐허된 한 건물이었다. 소라는 떨렸지만 침착하게 행동하였다. 건물을 수색하던 도중 한 남자가 여자 아이를 납치해 데려와 폭행을 저지르고 있었다. 그 남자는 경찰이 온 것을 알게 되자 여자 아이를 인질로 잡아 인질극을 하기 시작하였다. 소라는 그 순간 어렸을 때 자신이 겪었던 일이 생각이 났다. 자신도 경찰의 도움을 받아 살 수 있었던 걸 기억하며 마음속으로 저 여자 아이를 꼭 구해 주겠다고 약속했다. 소라는 일단 침착하게 범인과 대화를 시도하였고 범인을 진정시킬 때쯤 다른 경찰이 범인이 방심한 틈을 타서 체포하고 소라가 가서 그 여자 아이를 구해냈다.

"괜찮니?"라고 묻자 그 여자 아이가 울면서 대답하였다.

"네, 괜찮아요. 구해 주셔서 감사합니다."

"아니야. 끝까지 버텨줘서 내가 더 고마워."

그렇게 같이 경찰청으로 향하던 중 소라는 범인이 예전에 자신을 납치해 갔었던 남자라는 것을 알게 되었다. 옛날에 경찰에 잡혔지만 미수에 그쳐 6년 형을 선고받고 출소하여 또 똑같은 짓을 저지른 것이다. 이에 무척 화가 난 소라는 우리나라의 법이 개선되어야 할 필요성을 절실히 느꼈다. 소라와 같은 생각을 하는 사람은 수없이 많고 법 개정이 끊임없이 요구되고 있지만 정작 현실은 그렇지 않다. 이에 소라는 법이 하루빨리 개정되기를 바라며 경찰로써의 책임과 의무를 다해야겠다고 다짐했다.

학생,

혜나

주예지

1

'따르르르릉 따르르르릉' 아침 7시. 혜나의 알람을 맞춰둔 폰이 울린다. 혜나는 항상 하던 대로 반쯤 뜬 눈으로 폰을 뒤집고는 사람의 온기가 가시지 않은 이불을 자신의 몸 쪽으로 끌어당긴다. 물론 두 눈은 다시 감은 채로 말이다. 정확히 5분 뒤 혜나의 엄마는 어젯밤 먹다 남긴 된장이 부글부글 끓어 냄비가 넘칠 때쯤 혜나의 방으로 들어온다.

"혜나야! 지금이 몇 시인 줄 알아? 빨리 일어나서 밥 먹어!"

그놈의 밥, 밥을 재촉하는 엄마에 밥이 괜히 원망스럽다. 혜나의 엄마는 항상 새벽마다 일어나 자신의 출근이 바쁘지만 항상 딸의 밥은 챙긴다.

"오늘 아침 춥다는데 든든하게 밥 먹고 가."

그 마음을 알지만 혜나는 조금만 더 자고 싶다고 툴툴거리며 식탁 앞에 앉는다.

"혜나야 눈은 뜨고 먹으렴."

엄마가 식탁 앞에 산발된 머리로 앉은 혜나를 안쓰러운 듯 보며 얘기하였다. 분명 어제 먹었던 것 같은 된장찌개와 언제부터 먹었는지 모르는 김치 그리고 콩자반 하나. 오늘의 아침메뉴를 보고 혜나는 싫은 기색이 역력하였다.

"내일은 꼭 고기 해줄게."

딸이 싫어하는 것을 눈치챘는지 혜나의 엄마는 혜나의 기분을 고기로 달랜다. 혜나는 마지못해 끄덕거리며 된장찌개 한술을 맛보고는 시계를 본다. 그런데 헉! 7시 15분. 버스를 타려면 버스정류장에 20분까지는 가야 한다. 그 이상은 버스를 제시간에 탈 수 없다. 혜나는 어느 때부턴가 버스정류장에 여유롭게 도착하는 법이 없다. 늦게 혹은 딱 알맞게 둘 중 하나. 이 습관은 친구를 만날 때나 혹은 학원을 갈 때 또한 나온다. 항상 이 습관 때문에 엄마에게 혼이 나지만 "세 살 때 습관이 여든까지 간다."그랬던가 혜나에게 꼭 붙어 떨어지지가 않았다.

"엄마 나 빨리 준비해야 돼!"

혜나는 밥을 입에다가 우겨넣고는 방으로 빠른 걸음으로 간다. 어젯밤 대충 가방을 정리해놓은 터라 가방에 책을 막 쓸어 넣다시피 넣고는 어제 어떻게 벗었는지 기억도 안 나는 바닥에 널브러져 있는 교복들을 마구잡이로 입는다. 그리고 밖으로 나와 며칠 전 엄마를 조르고 졸라서 새로 산 롱패딩을 대충 걸쳐 입은 후 "엄마 나 갔다올게!"라는 짧은 인사와 함께 신발을 구겨 신고 버스정류장까지 뛰어간다. 혜나는 언제부턴가 아침의 자신의 모습을 볼 시간이 없다. 머리스타일이 어떤지. 교복은 똑바로 입었는지. 이런 것들은 언제부턴가 혜나에게 중요하지 않게 되었다.

'늦지만 않게 학교에 가기'

혜나의 목적은 오직 하나가 되었다.

2

　다행히 혜나는 버스를 놓치지 않고 탔다. 버스카드를 찍은 후 버스 안을 둘러보지만 역시나 자리는 없다. 아침의 버스는 전혀 활기를 띄지 않는다. 버스 승객들은 하나같이 고개를 아래로 처박고는 손바닥보다도 작은 혹은 손바닥만한 스마트폰을 보고 있다. '저것은 정말 스마트폰일까? 사람들을 바보로 만들고 있는데 풀(fool)폰이 아닌가.'라고 잠시 생각하지만 곧, 그것이 무슨 소용 있겠는가 싶다 어차피 자신 또한 만질 것인데, 혜나는 주머니에 손을 집어넣어 스마트폰을 꺼낸 후 이어폰을 연결시켜 귓구멍에 쑤셔 넣다시피 넣고 창밖을 바라본다. 귀에서는 신나는 최신 아이돌 곡이 나오고 있지만 혜나의 마음은 그저 그렇다. 창밖의 풍경은 특별할 일이 없다. 시커먼 시멘트 건물과 꼭대기가 보일 둥 말 둥한 아파트들, 그리고 갑자기 생겼다가 사라지는 가게들. 모든 것이 새롭지가 않다. 하얀 아파트들을 보면서 인생이 왜 이렇게 무미건조한지 이따금 생각해 본다. 여전히 귀에서는 아이돌들이 노래하고 있다. 가사는 무슨 말인지 도통 모르겠다. 사랑을 해서 좋다는 건지 싫다는 건지.

3

　"저번주에 국어 쌤이 내주신 숙제 했어?"
　교실에 도착하자마자 옆에 짝꿍이 혜나를 보며 묻는다. 혜나는 그런 숙제가 있어냐는 듯한 표정으로 화들짝 놀라며 "숙제 있었어?"라고 되묻는다.
　"역시나."
　짝꿍이 혜나를 쳐다보며 대답하였다. 역시나? 그 말에 갑자기 혜나의 머리카락이 곧추서는 느낌이었다. 친구가 자신을 무시한다는 느낌에 혜나는 너무 기분이 나빴다. 혜나는 티를 안 내려고 노력하였지만 약간의 까칠한 투로 짝꿍을 대하였다. 그것을 눈치챘는지 짝꿍은 슬쩍 혜나를 쳐다보면서 "너 오늘 기분 안 좋은 일 있어?"라는 말을 던진다.

　요즘 혜나는 상대방 말 한마디 한마디에 너무 예민해진 자신을 느낀다. 평소와 같은 말인데도 옛날과 다르게 자신을 무시하고 깔보는 듯 느껴졌다. 옛날도 아니다 불과 1, 2년 전에 비해서 말이다. 1, 2년 전 혜나는 사람 한마디 한마디에 신경쓰는 예민한 아이가 아니었다. 지금과 다른 부분이 있다면 하나 공부를 좀 잘했다는 것이다. 그 사소한 한 개의 차이가 과거와 현재의 혜나를 갈라놓았다. 옛날에는 혜나가 무엇을 하던 주변 사람들이 다 좋게 봐주었다. 지금보다 공부를 10분의 1 아니 100분의 1만큼 하였지만 성적이 잘 나온다는 이유 하나만으로 혜나를 모범생 취급해 주었다. 학교에 가면 선생님들은 혜나를 항상 존중해 주었고 칭찬과 관심이 끊이질 않았다. 성적 표에 숫자 그 하나만으로 말이다. 물론 그 당시에는 그렇게 생각하지 않았 다. 성적이 좋긴 하였지만 혜나의 성격 또한 밝고 명랑하였기 때문이다. 부모님도 혜나에게 칭찬과 격려를 멈추지 않았다. 우리 혜나는 머리가 좋으니 까, 우리 혜나는 공부를 잘 하니까 그때 당시의 혜나는 뭐든지 될 수 있었고 모든 것이 자신의 것이었다. 노력을 하지 않으면 고등학교 때 성적이 떨어 진다는 그 말. 혜나도 많이 들었었고 알고 있었다. 그리고 그 말을 믿었다. 하지만 그 일이 혜나에게 큰 충격은 아니었고 '그까짓 노력하면 되지.'라고 생각하였다. 정말 혜나는 자신이 고등학생이 되면 열심히 노력할 것이라고 믿어 의심치 않았다. 중학교와 같은 생활을 할 것이라는 생각을 1도 해본 적 이 없었다. 주변에서 국어학원과 영어학원을 다니라고 혜나를 끈질기게 설 득하였지만 자신의 고집대로 "나는 혼자 공부할 거예요."라고 했었던 적이 있었다. 자신의 의견을 굽히지 않아 멋져보였던 자신이 그때 자신 스스로를 이렇게나 원망하게 될지 몰랐다.

한번씩 혜나는 자신의 초·중학교 성적표를 본다. 100점, 100점, 97점 그 당시에는 어떻게 이렇게 공부를 잘 했었나 생각해 보지만 항상 답은 못 찾았다. 운이 좋았나? 하지만 6년 동안 운이 좋을 수는 없지. 학교 애들이 바보였나? 에이, 말도 안 돼. 도대체 왜 자신 100점을 받았을까? 그 이유를 혜나는 찾지 못하였다. 초등학교 통지표를 펼쳐보니 선생님의 말씀에 '미래가 기대된다'는 문구가 보인다. 바로 어제 아빠가 혜나의 성적표를 보더니 너는 전문대도 못 간다고 펄펄 뛰던 게 기억나면서 "푸흡" 웃음이 지어지지만 이내 슬퍼진다. 어릴 때의 혜나는 미래가 기대되던 아이였다. 하지만 지금은 이게 뭔가. 미래는 무슨, 전문대도 못 가는 아이에게 미래가 있을까. 점점 우울의 구덩이 속으로 빠지는 자신을 발견한 혜나는 도망치듯 통지표를 접고는 옛 추억의 성적표들을 종이쪼가리 대하듯 둘둘 말아 책장 한구석에 구겨 넣는다. 옛날의 나는 밝고 희망차고 공부 잘하던 아이였는데 혜나는 책장을 바라보며 옛날과 다른 자신의 모습을 원망하곤 한다.

4

"야 혜나야!"

멍하니 있던 혜나를 단짝친구 혜수가 흔들어 깨운다.

"무슨 생각을 그리 오래하냐?"

혜수는 혜나의 얼빠진 얼굴을 바라보며 장난 끼 가득한 목소리로 물어본다.

"어? 아니야."

혜나는 차마 자신이 생각하던 얘기를 할 수 없다.

"우리 매점 갈래? 나 오늘 아침 안 먹고 왔거든."

사실 혜나는 매점을 즐겨 가지 않는다. 살 것이 없음은 물론이거니와 가격 또한 시중에 비해 비싸기 때문이다. 하지만 혜나는 혜수의 눈치를 살피며 마지못해 고개를 끄덕인다. 거절 뒤의 삐짐. 혜나는 삐지는 것이 가장 무섭다. 특히 혜수는 자신의 부탁을 안 들어줄시 가장 잘 삐지는 친구기에 혜나는 순순히 혜수의 의사에 맞춰 주곤 한다.

'아, 가기 싫다'

마음속으로 외치지만 이미 혜수의 팔짱을 끼고 있고 발을 맞춰 걷고 있다. 혜나는 억지웃음을 지어 보이며 혜수의 비위를 맞춰 줄 뿐이었다. 이것이 진정한 친구관계라고 할 수 있을지 혜나는 의식하고 있지 못하던 고민이 하나 더 는 기분이 들었다.

5

바흐의 사계 중 봄. 클래식음악을 즐겨듣는다던 교장선생님의 애창곡이다. 이 곡을 수업시간 종으로 택할 생각을 하다니 정말 대단하다는 생각이 혜나는 새삼 든다. 이 곡의 최고의 장점은 음악이 길다는 것이다. 학생들끼리 우스갯소리로 종 치고 반으로 걸어가도 20초가 남는다고 하는데 정확한 종 길이를 재본이가 없다.

'한번 재볼까?'

혜나는 진지하게 고민을 하였다. 흥미롭던 수업시간 종이 끝나고 아이들은 어수선하다. 책을 안 빌린 아이. 책이 사물함에 있는 아이 모두 제각각이다. 이번 수업시간은 지구과학이다. 과학이 좋아 자연계열을 선택한 혜나에게 과학은 가장 싫은 시간이 되었다. 물리, 생물, 화학, 지구과학. 과학만 4과목이다. 중학교 때 혜나에게 과학은 공부를 안 해도 성적이 잘 나오는 과목이었다. 그러니 좋아질 수밖에. 수업시간만 열심히 들으면 거의 만점에 가까운 점수가 나왔었다. 혜나 스스로도 매우 신기하였다.

'나 과학에 소질이 있는 걸까?'

혜나는 스스로를 은근히 자만했었는지도 모르겠다. 자만은 혜나가 가장 싫어했던 말이었다.

'자만하지 마라'

자만은 절대 안한다고 생각했던 혜나에게 아빠는 귀에 딱지가 앉도록 말하였다. 아마도 공부를 안 해도 성적이 잘 나오는 딸을 위한 말이었을 것이라 생각되지만 그 당시에는 그 말이 정말 싫었다.

"저는 자만 절대 안 해요."라고 강력하게 부인하였고 진심으로 그렇게 믿었다. 하지만 지금 와서 생각해 보니 자신이 정말 자만했던 것인지 헷갈린다. 고등학교에 진학 한 후 1학년까지는 과학 성적이 괜찮게 나왔었다. 하지만 2학년이 된 지금 과학이 4개로 늘어버린 후 혜나는 지금의 진도를 따라가기도 벅차다.

"인사하자."

선생님의 짧은 한마디와 함께 수업은 시작되었다. 적평 어쩌고 저쩌고를 저번 시간에 배웠다는데 혜나의 머릿속에는 기억이 전혀 없다. 아마 저번시간 또한 잤으리라. 옛날의 혜나 같으면 자버린 자신을 원망하였겠지만 이런 일이 반복되자 자신에게 화도 나지 않는다. 점점 무덤덤해질 뿐이었다. 칠판에 원을 그리며 아이들에게 가르쳐주기에 너무나도 열정적인 선생님과 반대로 혜나는 시간이 지날수록 식어가고만 있다. 한번 진도를 놓쳐 버린 후 도미노 무너지듯 스르르 그 다음 시간도 그 다 다음 시간도 무너져 버렸다. 몸은 마음을 따라간다고 하였던가. 분명 어제 일찍 잔 것 같은데 모든 것을 포기한 마음을 따르는 듯 몸은 노곤노곤해져 갔고 진심인지 아닌지 모를 잠만이 몰려올 뿐이었다. 깨려고 노력하지도 않았다. 잠에 저항 하지도 않았다. 혜나는 그저 잠이 오면 자고 오지 않으면 수업을 듣는 척 고개를 끄덕이고 둘 중 하나를 선택하는 나날이 늘어가고 있을 뿐이었다.

6

슬슬 몰려오는 잠에 눈을 반쯤 감을락말락 할 때였다.

"혜나야! 일어나!"

짝꿍이었다. 혜나는 그 말을 듣자마자 잠이 확 깨는 기분이었다. 잔 것이 부끄러워서일까? 아니다. 기분이 나빴기 때문이다. 잠을 깨우는 행동이 기분을 상할 수 있게 하는 것일까 라는 의문이 들 수 있다. 물론 혜나는 잠을 깨워 준 행동 자체는 싫어하지 않았다. 하지만 일어나라는 말에 숨겨진 '또 자?' 또 자냐는 것이 느껴지는 짝꿍의 기묘한 말투와 표정. 그것이 혜나의 심기를 불편하게 만든 것이다. 그 애매한 말투와 표정을 혜나는 읽어낸다. 하지만 혜나는 티를 내지 않는다. 괜히 티를 냈다가 사이만 나빠지면 어쩔 도리가 없었고 잠을 깨워 준 행동에 대해서 화를 내기엔 스스로 생각해도 말이 안 되기 때문이었다. 그렇다고 친구에게 "좀 착하게 깨워 주면 안 돼?"라고 권유하는 것은 스스로 생각해도 웃겼다. 혜나는 말 못할 복잡한 심정의 감정이 자신을 덮쳐오는 것 같았다.

혜나는 요즘 자신이 너무 부정적으로 변해가고 있다는 것을 느낀다. 다른 사람이 그런 의도로 말했는지 모르지만 모든 것이 날카롭게 들리고 친구의 말 한마디 한마디에 부정적인 의미를 부여해 가고 있는 자신을 한번 씩 발견하곤 하였기 때문이다. 남이 아무렇지 않게 한 말이 자신한테는 날카로운 비수를 꽂는 말로 들리는 나날이 늘어갔다. 혜나도 그런 자신이 매우 싫었다. 하지만 날이 가면 갈수록 학교에 있으면 있을수록 남과의 벽을 쳐 가곤 했다. 모든 게 싫어졌고 불편해져 갔다. 남에게 상처를 받을 때면 자신은 고슴도치가 되어가는 것 같았다. 자꾸만 가시를 뻗쳐 남과의 거리를 두고 자신을 꽁꽁 싸매어 갔다. 자신을 지키기 위한 행동이라 자신도 알았지만 가시는 자꾸만 많아지고 날카로워지는 듯하였다.

7

혜나는 겨울을 싫어한다. 해가 일찍 떨어지는 겨울밤이 되면 혜나의 마음은 더욱 울적해진다. 저녁 야자시간이 되고 혜나의 우울은 극치에 달하였다. 이틀 전 혜나는 엄마와 크게 다투었다. 그 중심 화제는 당연히 '공부' 공부를 하지 않는 딸을 한심하게 본 것인지 안타깝게 본 것인지는 모르겠지만 유난히 그날 혜나는 크게 혼났다. 공부에 관한 언쟁이 계속 오갔고 끝에는 옛날 그 누구보다 부드러웠던 엄마가 혜나에게 집을 나가라며 등을 떠밀었다. 딸에게 집을 나가라니 그 누구보다 자상했던 엄마였기에 혜나에게 더욱 충격으로 다가왔다. 홧김에 집을 나가 근처 산책로라도 돌고 싶었지만 그때 시간은 밤 11시. 홧김에 화가 나서 나가기에는 너무나도 늦은 시간이었다. 결국 혜나는 방으로 들어가 방문을 잠그고 밤새우는 것밖에 하지 못하였다. 그날을 떠올리면 야자를 하지 않고 집에 가는 것은 불가능이었다. 야자는 하기 싫고 그렇다고 집에는 가지 못하고 혜나는 이러지도 저러지도 못하는 처지가 되었다. 울컥하였다.

'나는 도대체 어디로 가야 하는 것인가?'

혜나는 도저히 갈피를 못 잡는 듯하였다. 집에는 못가고 공부는 하기 싫고 카페를 가기에는 마땅한 돈이 없고 혜나는 '죽어버릴까?'라는 생각을 잠시 하였다가 이윽고 고개를 흔들었다.

그러고 보니 요즘 혜나는 '죽음'에 관한 생각을 많이 한다. 마음이 우울하니 죽는다는 것이 쉽게 생각된 탓도 있었다. 우울증에 걸려 자살을 하는 사람에 대해 '상담사를 찾아가 상담하는 방법이 있는데 무슨 이유로 자살을 선택하는 것일까?'라고 안일하게 생각했던 때가 있었지만 막상 자신이 깊은 우울에 빠져 보니 자살을 택하는 사람들의 심정이 이해가 되는 것 같았다. 주변에 자신의 고민을 상담할 만큼의 신뢰가 가는 사람이 없다. 부모님에게 말씀드리기에는 그 시간에 공부나 하라는 답변이 돌아올까 두려워 말하지 못한다. 친구? 딱히 진솔한 친구를 혜나는 아직 사귀지 못하였다. 자신이 상대방에게 마음을 활짝 여는 스타일이 아니었기도 하였지만 자신 주변에 그렇게 생각이 깊어 보이는 친구가 있다고 생각해 보지도 않았다. 그렇다고 상담사를 찾아갈 만큼의 자신감은 혜나에게 있지 않았다. 그리고 오늘은 죽고 싶다가도 내일이 되면 괜찮아지기도 하였다.

8

이쯤 되면 혜나에게 궁금증이 든다.

"저렇게 우울해 하지 말고 그냥 공부를 하면 안 되나?"

이 질문을 혜나가 듣는다면 혜나 또한 고개를 끄덕일 것이다.

'공부를 하면 된다'

그 말이 맞다. 이렇게 힘들어 할 바에 공부를 하면 된다. 혜나도 공부를 해야겠다고 다짐한 것이 한두 번이 아니다. 공부를 하겠다고 스터디 플래너에 돈을 쏟은 적도 많고 공부를 해보겠다고 독서실을 끊은 적도 많다. 하지만 혜나의 의지는 종이 한 장만큼 약하였다. 오늘은 공부 좀 했는데 하루 정도는 쉬어야지라는 등의 말로 자기합리화를 해갔고, 그 하루는 쌓이고 쌓여한 달 두 달 1년이 되어갔다. 혜나 스스로도 의지가 약한 자신이 미웠다. 스스로에게 화가 났고 자책을 한 적도 많았다. 하지만 옛날 습관이 너무나도 강력한지 공부는 손에 잘 잡히지 않았고 문제가 조금이라도 풀리지 않으면 스마트폰으로 손이 가거나 잠을 청하였고, 그것은 또 다른 습관이 되어 혜나를 괴롭혔다. 공부 안 하는 스스로를 위로하며 자기 합리화를 하는 일도 한두 번이 아니게 되었다. 공부는 영 손에 잡히지 않게 되었다. 해야 할 양은 눈더미처럼 불어나 도대체 어디부터 손을 봐야 하는 것인지 모를 정도가 되었다. 손을 대기가 어려웠고 남들은 이미 저 멀리 가 있는데 혜나만 제자리에 머무는 듯했다. 혜나는 자신의 상황을 부정하기를 택했고 부정을 하면 할수록 그 다음날이 힘들어지기 일쑤였다. 인생의 굴곡이 있다면 지금이 최하점이리라. 그리고 자신은 이 최하에서 극복을 해야 하리라. 혜나는 항상 마음속에 생각을 하고 있었고 이런 자신을 바꾸고 싶어 하였다.

마지막 장

5년 뒤, 혜나는 고등학교에서 자신의 고등학교 이야기를 한다. 3년 전 고등학교 생활. 혜나는 그 생활에서 지옥을 맛보았다고 자기 스스로 표현한다. 인생의 굴곡이 있다면 그 시기가 가장 최하였고 끝없는 추락에 혜나는 좌절할 뻔하였다. 고등학교 2년을 혜나는 자포자기로 살았었다.

그 시절 고등학교 3학년의 혜나는 그 누구보다 빛이 났다. 다른 사람보다 늦은 만큼 다른 사람의 배를 노력하였고 노력한 만큼 결과는 빛이 났다. 친구들은 처음에 혜나를 보면서 지금해서 되겠냐는 등의 부정적인 소리를 마구 뱉어냈었다. 하지만 혜나는 그 말보다 더 상처를 받아봤었기에 아프지 않았다. 상처 난 자리에 스스로가 새살 연고를 발라 놓았었기에 누구의 말에도 흔들리지 않았다. 오직 자신만을 볼 수 있었다. 그렇게 1년이 지났다. 몇몇은 혜나에게 말하였다. 고1 때부터 했으면 얼마나 좋겠냐고 그러면 서울대는 갔을 것이라고. 하지만 혜나는 그렇게 생각하지 않았다. 이미 독서실에 가장 먼저 가서 맨 마지막으로 나올 때 대학의 네임은 혜나에게 그리 중요한 요소가 아니게 되었다. 열심히 하는 스스로가 멋졌고 대견할 뿐이었다. 이 태도로 세상을 살면 어디에 가도 잘하는 사람이 되리라. 혜나는 그리 생각하였다.

또한 공부를 하지 않은 과거의 혜나에게 고마움이 들었다. 비록 공부는 하지 않았지만 과거의 혜나가 공부를 포기하지 않았기에 항상 공부를 해야 한다고 생각해 주었기에 어려운 순간 자신을 포기하지 않았기에 지금 고3의 혜나가 있음에 혜나는 과거의 혜나에게 감사하였고 자신이 대견하였다. 공부를 하면서 얻은 것이라고는 오직 하나밖에 없다. 자신감. '처음에는 남들보다 못해도 노력만 하면 남들만큼 할 수 있게 될 것이다'라는 자신감. 그 하나가 혜나에게 모든 것을 충족시켜 주었다. 혜나는 인생의 굴곡의 최하점에서 체념하지 않고 의지로 극복하였다. 정확히 말하면 극복하려 노력하였다. 이 점은 혜나에게 큰 자부심으로 자리잡았다.

혜나는 서울의 좋은 대학을 나왔고 그 후 고등학교 선생님이 되었다. 학생들의 눈빛을 보고 있을 때면 혜나는 자신의 고등학교 생활이 생각났고 학생들에게 해줄 말이 매우 많았다. 인생의 굴곡은 항상 찾아온다. 자신이 상승기류를 탔을 때 그것에 대해 당연하게 생각하고 안일하게 행동할 수 있다. 하지만 신은 공평하다고 하였던가. 항상 좋은 일만 주지 않는다. 시련. 신은 기쁨 뒤에 항상 시련을 준다. 그 시련을 이겨내지 못하고 주저앉느냐 혹은 의지로 극복하고 일어서냐. 그 선택은 분명 '나'에게 달려 있다. 고등학교의 혜나는 시련을 겪었고 처음에는 일어나지 못하였다. 하지만 항상 이겨내야지라는 생각을 가지고 있었고 그 생각을 행동으로 옮긴 후 성공을 맛보게 되었다. 아무것도 하지 않는 지금의 자신을 원망하고 미워하지 말자. 무엇이라도 해야지 라는 생각만 가지고 있다면 그것이 쌓이고 쌓여 행동으로 옮겨지는 순간 당신은 이미 시련을 받은 극복한 것이다. 오늘과 내일은 분명 같지 않다. 사소한 것이라도 오늘과 내일은 다르다. 내가 생각하기에 당신은 당신에게 닥친 시련을 극복할 힘을 가지고 있음이 보인다.

서로 다른

우리

채바름

"오! 역시 전교 1등~ 얘들아! 한지혜 만점이래? 만점!!"

아… 역시나 이런 얘기를 듣고 있다. 나는 송이여자고등학교에 다니는 한지혜. 나이는 풋풋한 17살. 사실 얼마 전 배치 고사를 쳤는데 만점이라고 난리가 났다. 당연히 이건 내 얘기다. 아침부터 무슨 만점이라나 뭐라나 하는 이야기를 들으면 괜스레 한심스러워진다. 책을 펴야지. 새로 받은 국어 책부터 봐야겠다. 국어 책을 보니까 책의 목차가 펼쳐져 있다. 중학교 때보다 더 두껍다. 이 책의 목차는 유난히도 많았다. 대화법인 공손한 대화부터 시작해서 문학의 맛까지 쭉 펼쳐져 있다.

"저기 지혜라고… 해? ㄴ… 나랑 교과서 바꿀래?"

뭐? 어이없는 상황이 다 있다. 그 아이의 책을 힐끗 보니 누군가 대담하게 욕을 적어 놓고 앞표지를 찢어놨다. 아침부터 자기 얘기에 욕도 하고 싶었던 차인데 잘됐다. 이 아이에게 욕이라도 퍼붓고 싶었지만 참았다. 내 공부 시간이 1분씩 줄어든다.

후…. 그래… 내가 미쳤지.

교과서야 내가 주면 되니까.

책을 주고 그 아이에게 빼앗다시피 책을 받아들었다. 가까이서 보니까 낙서가 더 눈에 띄었다. 처음엔 꽃으로 제 친구들이 그린 그림인지 예쁜 그림이 있었지만 목차 쪽을 보니 연필로 찢어 놓고 군데군데 구멍이 나 있었다.

아… 왕따다.

그 순간, 우리 반 일진인 혜리가 말했다.

"야. 한지혜… 걔 냄새 나. 가까이 가지 마! 우욱… 토 나와….”

그 아이가 고개를 푹 숙이고 눈물을 흘리기 시작한다. 눈물이 그 아이의 볼을 타고 흐르기를 반복했다.

계속 터지는 눈물을 닦고 닦다 나를 쳐다보고는 입 모양으로 무슨 말을 한 거 같다. 그렇지만 신경쓰지 않을 거다.

"ㅈ… 지혜야.”

조그마한 목소리로 나를 부른다. 억지로 신경쓰지 않으려고 가방을 보니 아까 풀다 만 새 수학 책이 보인다. 막 닥치는 대로 풀기 시작했다. a는 a의 제곱 여기서 c를 구해라. 그래 맞아. 답은 5야. 혹시나 하는 마음에 답지를 슬쩍 보니 5라고 적혀 있었다.

후… 5구나. 5 맞구나.

나는 언제부턴가 답지를 확인하는 습관이 생겼다. 문제를 풀고 다시 확인하고 틀렸으면 괜스레 체면이 안 선다. 내가 이런 습관이 든 이유는 내가 수학은 잘한다고 자신하고 중2 때 친구의 수학 문제를 풀어 주다가 잘 모르는 풀이 방법이라 계산 실수를 해버린 것부터였다.

"야… 한지혜 아니잖아. 너는 30이라며? 여기 답지는 45인데? 전교 1등이 이것도 몰라?”

어? 그럴 리 없는데 왜 45지?

책을 다시 펼쳐보았다. 분명 맞는데? 어?

분명 학원에서 가르쳐 준 대로인데? 혹시나 하는 마음에 다시 천천히 문제를 친구 앞에서 조용히 풀었다. 아! 실수다. 내가 곱하기 3을 해야 하는데 나누기 3을 해버린 것이다.

"아 미안. 내가 실수했나 봐. 나누기 3이 아니라 여기서는 곱하기 3을 해야 해. 나도 앞으론 이 공식으로 응용해서 풀면 될 거야."

친구의 공책에 틀렸던 부분만 풀어 주자 친구가 미심쩍어하면서 빼앗다시피 공책을 휙 챙겨갔다.

아! 또… 실수하다니!

나는 이를 악물고 울기 시작했다. 누구보다 열심히 했는데 계산 실수도 자주 하고 내가 미웠다. 게다가 그 공식은 내가 수도 없이 학원에서 안 외워지기에 물어물어 터득한 공식이었다. 그걸 틀려 버렸으니 선생님껜 어떡하지 싶었다. 학원 선생님이 알아버리면 어쩌지? 그때부터 나는 한 문제를 풀고 다시 문제 답을 확인하는 습관이 들었다.

그때, 혜리가 그 아이의 이름을 불렀다.

"야! 이희연!! 누가 내 자리 옆에 서 있으랬어?! 너 진짜 죽고 싶어?"

희연이라 불린 아이는 그 말에 고개를 저었다. 싫다는 눈치로 울면서 도리질쳤다. 혜리는 왜 저래 진상인지 정말 알고 싶다. 나는 그런 욕구를 억누르고 다시 책을 보려는 순간 갑자기 내 책을 빼앗았다.

"와 모범생 납셨네? 아아~ 맞다. 넌 친구보다 공부가 더 중요하지? 허… 누구는 문제아인데 누군 공부 천재고? 아주 부럽다?"

나를 비꼬는 말투다.

하… 누군 노력 없이 여기 온 줄 아는 건가?

화가 치밀어 올랐다. 마침 희연이라는 애도 무서워하겠다. 둘 다 손 봐줘야겠다. 귀찮아라는 마음을 억누르고 희연의 앞에 섰다. 손 봐 줄 거야. 내가 만점 맞기까지 얼마나 공부했는지 알지도 못하면서. 주먹을 꽉 쥐고 혜리를 노려보았다. 허… 날 보며 혜리가 깔깔 웃는다. 정말 날 칠 기세다. 살짝도 긴장되지 않았다. 왜냐하면 희연의 힘 때문이었다. 뒤에 숨겨 주니까 무서웠는지 나를 꽉 껴안는다.

"ㅈ… 지혜야 나 무서워…. 혜리가 나보고… 책을 빌려 달랬는데 흑… 이렇게."

희연이가 그제야 책이 그렇게 된 이유를 말했다. 그러나 점차 목소리가 울먹이더니 끝까지 말을 맺지 못하고 다시 울어 버렸다. 눈물을 닦는지 내 어깨에 얼굴을 비비는지 따뜻해져 온다. 내 키는 161㎝고 희연이는 157cm 정도로 추정되는 듯한 크기. 당연히 어깨꽉이겠지.

으… 축축해. 집 가면 빨아 달라고 해야지.

옷이 축축해져 오는 가운데 점차 기분이 나빠진다. 주먹을 날리려 하자 희연이 어느새 앞에 와서 팔을 꽉 잡았다.

"ㅎ… 한지혜! 그만해! 화내지 마! 나… 안 그러면 ㅈ… 죽는단 말이야!! 쟤한테 죽고 싶지 않다고!!"

저벅저벅.

아, 망했다. 이희연, 너 이제 큰일 났다. 내 책은 찢길 거야 덤으로. 그리고 갈기갈기 형체도 없이 문제들은 흩어지겠지…. 더는 못 풀게 될 거….

"이희연 너 미쳤어? 어?! 진짜로 나한테 죽어볼래?!"

그때 화가 난 혜리는 희연의 멱살을 잡았다. 희연이 겁에 질려 그만 하라고 하지만 그녀의 귀에는 들리지 않는다.

"헐? 그만두라고? 내가 왜? 너 18살이면 다야? 왕따 주제에!"

희연이 언니답게 나서려는 듯 주먹을 꽉 쥐고 내 뒤에서 나왔다. 18살… 그랬구나. 희연이는 연도 자체가 다르구나…. 나도 모르게 주먹을 꽉 쥐었다.

분해. 나이가 1살 적은 게 희연에게 그렇게 분할 수가 없었다. 나는 17이지만 전교 1등이다.

그래… 전교 1등이잖아…? 네가 아니라 내가… 이제야 조금 진정이 되기 시작했다. 혜리는 지칠 기미가 안 보인다. 헉… 나는 순간 내 눈을 의심했다. 희연의 목을 잡아 누르려고 하는 것이 보였다. 그만! 나는 소리치려 했지만 너무 무서워서 목소리가 순간 나오지 않았다. 이대로 공부를 계속하기엔 혜리가 희연을 죽일 것만 같고, 안 하자니 전교 1등에서 물러나야 할 것만 같다. 혜리를 말려야겠다. 판단이 섰으니까 이젠 그만 말려야 되겠다. 다시 용기를 내어 소리쳤다.

"그만해! 너 정말 왜 그래! 혜리 너 진짜 희연이 죽일 거야?"

희연이 그런 내 모습을 보고 안심한 듯 울음을 터뜨리며 캑캑댔다. 자기도 살고 싶은 눈치인지 혜리의 힘에 압도 당해 허우적거리며 빠져나오려고 노력했다. 희연은 자신도 모르게 애들 눈치를 보고 왜 말하지 않는 거겠냐고 생각하는 눈빛이었다.

적어도 나만큼은 느낄 수 있었다. 그 아이가 무슨 생각을 하는지 그리고 얼마나 두려울까 봐 자신이 죽을지도 모른다는 불안감이 들었을 거다.

"싫어. 내가 왜?"

그런 희연의 눈빛을 모른 채 목을 꾹 누르던 힘을 풀고 다시 내게 다가오려 했다. 이제야 숨 좀 돌린 듯 누운 상태로 캑캑 거리며 희연이 눈물을 흘릴 뿐 옆의 친구들은 도와주지 않았다. 나는 그 모습을 보다가 보다 만 사회 교과서를 친구들에게 들어서 던지려 했다. 내 공부를 방해하다니 감히 너희 같은 애들이… 내가 얼마나 노력하고 있는지도 모르면서 희연이는 얼마나 힘들고 아플지 생각하지도 않으면서… 이기적인 녀석들. 나도 모르게 한숨을 쉬었다. 전교 1등은 정말 냉철한 거다. 그렇게 생각하며 교과서들을 손에 집히는 대로 던졌다. 친구들이 던진 교과서에 싹 굳어 버렸다. 어떡하지 이런 눈빛이 오가는 듯했다. 나는 그에 화답이라도 하듯 수학 교과서를 세게 던져버렸다. 울분이 터져 넘친다. 이것들이 반 친구라고 웃으면서 문제를 가르쳐 줬나. 자괴감이 들었다. 난 꽥 소리를 내질렀다.

"혜리 너 그만하라고! 왜 너희는 보고만 있냐고! 희연이가 우스워 보여? 하… 너희들 진짜 인간말종이다… 나 진짜 너희들한테 실망했어! 어떻게 사람들이 이런 걸 보고 선생님 하나 안 불러 와? 미친 거 아냐?"

그때 딱 맞춰 들어온 선생님의 모습에 당황하는 친구들이 나를 말리려고 팔을 붙잡았다. 그러나 난 멈출 생각 따위 없었다. 이미 오늘 수업 때 풀 수학 문제도 다 풀었고, 사회 교과서 분야도 봤다. 이제 충분하다. 1교시도 물 건너갔다. 국어는 들을 기분도 안 난다. 사실 국어 시간이 제일 설렌다. 재밌다. 선생님의 수업을 들으면 마치 내가 그 소설 속 주인공이 되어 여행한다. 김유정 작가 님의 동백꽃이 제일 좋다. 그 어린아이들끼리 너희 집에 감자 없지 이러면서 남자의 거절에 여자가 얼굴 빨개지고 정말 재밌는 이야기다. 난 그 책이 제일 좋아서 매일매일 한 번씩 꺼내 들어 읽는다. 그러면 엄마가 다가와서 전교 1등이 책도 예쁘게 잘 읽는다면서 웃어 주신다. 좋다. 그런데 그런 국어 시간을 망친 친구들이 정말 싫다. 선생님이 당황한 기색으로 묻는다.

"지혜야, 너 왜 그래? 화난 거야? 희연이는 다친 데 없고?"

나는 그 자리에서 뛰쳐나갈 뻔했다.

희연이 팔을 붙잡았다. 금세 일어났나 보다 하고 팔을 뿌리치려고 했으나, 그 자리에서 안아 버렸다. 그 아이의 체온이 따뜻해서 안심되어 갔다. 점점 진정되고 내 손에 들려 있던 사회 교과서와 수학 교과서가 떨어질 즈음 나는 희연을 안고 지켜 주겠다고 결심했다.

그 일이 있은 다음 날. 1교시는 국어다. 국어 1 교과서에 있는 소설들을 훑었다. 천천히 스캔을 뜨듯 예쁘게 한 글자 한 글자 세듯이 읽었다. 희연이 옆에 있었지만, 교과서에만 집중하기로 하고 소설 황순원의 소나기를 읽었다. 혜리가 희연을 살짝 흘기듯이 보았다. 희연이 혜리의 눈빛을 보고 언제나처럼 움츠러들었다.

"지… 지혜야… 너 소나기 재밌어…? ㄴ… 나도 읽었었는데 정말 재밌더라. 거기에 나오는 소녀 정말 예쁘지 않아? ㄴ… 나도 예쁜 흰 피부를 가졌으면 좋겠다."

새삼 희연의 말에 눈빛으로 희연을 대충 보았다.

"너도 예뻐. 교과서 읽어야 하니까 이제 그만 얘기해. 자리에 가서 있어."

희연을 스캔하고 다시 교과서로 시선을 두었다. 드륵 소리가 들린다. 그러더니 내 교과서가 다시 하늘로 올랐다. 아. 재밌는 부분에서 끊겼다. 진짜 공부하려는데 도움이 안 된다. 혜리가 역시나 오늘도 책을 들어올려 국어 책을 보더니 소나기 부분을 찢기 시작했다.

"야, 한지혜 넌 지치지도 않는구나? 공부가 친구보다 좋다며? 그럼 이 책도 네 남자친구냐? 하하하! 얘들아, 진짜 얘 책하고 결혼할 생각인가 봐."

한계다. 책과는 결혼할 생각이 전혀 들지도 않았다. 남자친구는 관심도 없다. 혜리는 정말 얄밉다. 결혼이라는 단어에 나는 책을 다시 빼앗아 들었다. 희연은 책을 보더니 걱정스러운 말투로 되물었다.

"지… 지혜 너 책 어떡해… 너 소녀 죽은 소식 쪽 보고 있었잖아. ㄴ… 내 책 봐."

희연이 무서움에 떨면서도 자신의 교과서를 내밀었다. 교과서를 슬쩍 봤더니 깨끗하다. 다시 바꾸긴 싫었다. 희연의 책이 조금이라도 깨끗하길 바랐다. 그 순간 혜리가 나의 멱살을 잡아올렸다. 옷자락이 구겨졌다. 친구들은 이 상황이 신기하기라도 한 듯이 구경이다. 진짜 구역질이 올라온다. 토하고 싶은 욕구를 겨우 참고 희연을 바라보았다. 희연의 뒤에서 휴지를 막 던진다. 더러워 목소리가 희연을 감쌌다. 울분이 터졌는지 화가 났는지 희연이 울어 버렸다.

희연아. 울지 마. 맞서. 제발. 이 짜증나는 상황에서 나를 구해줘. 희연아. 눈을 질끈 감았다. 혜리의 주먹이 날아오겠지. 기다렸다. 아프길. 머리 구석구석 통증이 퍼지길… 그런데 믿을 수 없는 일이 일어났다. 희연이 자리를 박차고 일어서서 소리쳤다.

"야! 혜리 너 진짜 왜 그러는데! 내가 뭘 잘못했는데!!! 내가 그렇게 마음에 안 들어? 내가 태어난 거조차도 혐오해? 어, 그래 혐오해! 마음껏 해! 그래도 지혜는 건들지 마! 내 유일한 친구라고! 아무도 안 도와줄 때 지혜만은 도와줬어! 이제 나도 싫어! 너 쭉 유치원 때부터 나 괴롭혔잖아! 안 그래도 재수 없는 읔…!"

화가 났는지 막 때리기 시작했다. 혜리의 알 수 없는 속에 그만 화가 울컥 차올랐다. 또 시비다. 희연이가 뭘 잘못했는데. 희연은 계속 맞았다. 짜증난다. 유치원 때부터라니 얼마나 아팠을까? 나는 이성적으로 판단해 희연이 맞은 명치를 의식하며 교과서를 집어들었다. 희연의 교과서 저 옆 친구의 교과서 반 친구들의 교과서를 던지고 싶지만 참으려고 애썼다. 하… 공부 좀 하자! 너희들 진짜 싫다.

"야! 이제 나도 지쳤어. 이제 상관 안 할 거야! 벌써 3월 세 번째 주인데 공부 안 할 거야?"

다시 자리에 앉아 희연의 교과서로 다시 보기 시작했다. 곧 4월 말이면 시험이다. 그걸 아는 애들이 저렇게 생각이 없을까.

사실 국어는 나를 구해 준 과목이다. 중학교 시절 공부 법을 몰라 헤매고 있었을 때 울고 있었다. 국어 성적이 그나마 나왔는데 이러다가 바닥으로 곤두박질칠 거다. 두려움에 휩싸였고, 사실 하고 싶은 건 하나도 없었다. 굳이 하고 싶었다면 국어 선생님 정도다. 국어 교과서를 계속 보고 또 봤다. 이제 읽는 것도 토할 때까지 세속 봤던 국어 시험에서 사상 최고로 낮은 점수인 30점을 맞았다. 그 순간 나의 머리에는 정말로 생각해서도 안 될 생각이 떠올랐다. 매일매일 다니던 거리를 보며 나도 잘하고 싶다. 꼭 국어 성적을 올릴 거라고 생각하면서 울었다. 매일 집에 와서 국어 교과서를 보고 또 봤다. 다른 과목은 정말 포기 상태였다. 사회는 봐도 재미없고, 과학은 매일매일 실험만 하고 몇 번이고 원리를 이해하려고 노력했으나 과학을 초등학교 때부터 놔버린 나는 계속 헤맸다. 최고로 암울했다. 과학 점수는 10점에 웃돌았고, 사회 점수는 30점, 국어도 30점, 수학은 5점, 도덕도 20점 정도… 정말 최악이었다. 처음엔 정말 충격을 받았다. 초등학교 다닐 적엔 그래도 어느 정도 하는 70점대가 깔렸었는데 어쩌다 이렇게 된 걸까. 국어 교과서를 보며 계속 울었다. 하루하루가 고역이었다. 아플 때도 국어 교과서를 놓지 않았고, 시험을 보지 않는 평상시에도 교과서를 계속 읽고 인터넷 강의를 들었다. 정말 잘하고 싶었다. 그나마 꿈인 국어 선생님을 위해 힘내자 하고 이 악물고 버텼다. 국어는 재밌으니까… 꼭 국어교육과에 들어가서 선생님이 되겠다고 결심했다. 그러자 조금씩 교과서들이 읽히기 시작했다. 그러면서 자연스럽게 국어 점수가 40점대로 올라가더니, 마지막 중3에는 100점으로 훅 올랐다. 학교 대표로 상도 받았다. 정말 기뻤다. 과학도 사회도 점점 열심히 하기 시작했고, 교과서를 매일매일 보니 시험지엔 익숙하고, 학원도 그즈음 10개 정도를 다니고 있었으니, 미술도 음악도 체육도 다 잘해서 대박이었다는 소리를 들을 정도였다. 이렇게 땀 흘리며 공부한 결과 나의 목표였던 송이여자고등학교에 가게 되었다. 그렇게 매일 노력한 결과로 나는 이 학교에 왔다. 그렇게 온 학교가 이렇게나 문제가 많은 녀석밖에 없을 줄 몰랐다. 다시 현재로 돌아오자면 3월의 화창한 벚꽃이 경쟁하듯 서로서로 예쁘다는 듯이 피어 있다. 여러 그루의 예쁜 벚꽃 나무가 좋은 향기를 내며 교과서를 보는 나를 감쌌다. 기분 좋은 오전이다. 따뜻하게 햇살이 비춘다. 교과서에 따뜻한 햇볕까지 더하니 좋은 수업 시간이다.

　"여러분 오늘은 김유정의 봄봄을 배워볼 거예요. 여기선…."

나는 이미 아는 내용이라 고개를 젓고는 창밖을 바라보았다. 와… 예쁘다. 이제 벚꽃이 핀 것을 보니 아직은 3월 중순인가 보다 요새는 시간이 빨리 가는 것 같다. 벌써 3주가 남다니 이제 곧 시험을 칠 거다. 시험 결과가 안 좋으면 어쩌지… 아직 나는 공부를 반도 못 했다. 원래 이쯤 됐으면 시험 대비를 하러 들어가야 하는 시기이지만 아직도 나는 교과서를 반도 보지 못했다. 그런 마음을 아는지 모르게 희연이 슬쩍 다가와서 나의 볼을 찌르는 감촉이 느껴진다. 난 공부를 해야 한다. 반드시. 다시 한번 교과서 눈길을 주었다. 그러자 봄봄 부분이 뜯겨 있다는 걸 알게 되었다.

"선생님."

이상한 낌새를 차린 나는 선생님을 불렀고, 선생님께선 아무 얘기 못 들었단 듯 계속 수업을 진행하셨다. 허연이 교과서를 들이밀었지만 필기하고 싶은 생각도 없었다. 또다시 불안함이 울컥 올라왔다. 봄봄을 시작으로 계속 진도를 놓치면 예전의 쓸모없던 나로 돌아갈지도 모른다고…. 사실 잘하는 게 하나 없는 나는 평범한 학생이다. 그냥 공부를 많이 하여 전교 1등을 유지하는 한지혜. 희연을 지켜주기로 결심도 했다. 이렇게 수확 없는 수업 시간이 계속 지나가고 있었다. 하루가 지나서 야자를 끝나갈 때 난 울컥해서 울고 말았다.

"무서워… 다시는 돌아가고 싶지 않아… 제발… 그러지 말아줘…."

희연이 훌쩍임을 들었는지 뒤에 앉아 있던 나를 돌아보았다. 희연의 책상 위치는 내 앞이고 우리는 마주 볼 수밖에 없는 위치였다. 혜리도 내 옆이라 내가 책을 넘기는 소리와 지우개를 터는 소리에 핸드폰을 할 때 신경이 쓰인다고 여러 번 경고를 하였다. 이제 더는 안 되겠다 싶어서 희연에게 눈물을 싹 닦고 쪽지를 적었다.

'나 사실은 희연이 너처럼 공부 안 해도 신경 안 쓸 수 있음 좋겠어.'

희연이 쪽지를 보더니 끄덕였다. 희연도 같은 마음이었는지 몰라도 그 말은 나를 다시금 울게 했다.

'지혜야, 너 충분히 잘해. 그리고 전교 1등을 꼭 하지 않아도 되는 거잖아. 전교 2등이면 어때?'

고개를 저었다. 말도 안 된다. 전교 1등이 아니면 내가 되고 싶은 꿈도 못 이룰 가능성도 크고 행복을 바라는 것도 아닌데… 바보같이 울음이 새어나올 것 같아서 쪽지를 들고 그대로 엎드려버렸다. 무섭다. 전교 1등이 아니면 다시 나를 봐주지 않을 것만 같아서 그랬다. 토닥토닥. 손이 나의 등을 조용히 다독여주었다. 중학교 때부터 아무도 봐주지 않았던 내 모습과 중학교 때 순수했던 나의 모습을 그 속에서 보았다. 중학교 때 나는 현재의 나에게 속삭였다. 너는 왜 공부를 하는 거야? 무시 받지 않기 위해서? 아니면 너의 한계를 보고 싶어서? 나는 대답했다. 아니, 난 중학교 때 내가 너무 싫었어. 공부도 못하고 체육도 꽝이었고, 미술도 못했어. 나는 그저 공부에 매달렸어. 너무너무 어려운 길이었지만 지금이 더 행복해. 넌 아무것도 못하는데 왜 아무 얘기도 안 하는 거야? 그 아이가 대답 대신 안아주었다.

그동안의 수고에 보상을 받는 기분이었고, 그동안의 모든 일이 떠올라서 눈물이 앞을 가렸다.

"미안해… 미안해…."

그 소리가 자습실 전체에 들렸는지 조용했다. 야 누구 우냐? 하고 혜리의 장난스러운 말을 시작으로 희연을 수색하더니, 설마? 하는 눈치로 내 등을 노려보는 듯했다. 고개를 들지 못하겠다. 선생님이 다가오시는 듯했다. 질문을 던지려는 눈치지만 나의 미안하다는 말만 야자실을 고요하게 만들어 채웠고, 선생님은 그저 고개 들으라고 말하였다. 나는 고개를 들어 우는 걸 들키는 듯했으나, 희연이 재치 있게 웃으면서 말하며 위기를 넘겼다. 그 사이에 진정시키고 나의 울음을 삼켰다. 희연이 새삼 고맙게 느껴졌다. 희연의 마음씨는 진짜 고왔다. 평소 자신을 따돌리는 학생들의 준비물을 챙겨 주고,

항상 자기 일이 아닌데도 앞장서려고 노력했다. 무엇이든 열심히 하고 친절한 성격이었다. 그러니까 나를 감싸 주고 있었던 걸지도 모른다. 항상 공부를 해왔다. 친구들이 놀러 가자고 하면 거절하고, 학원에서 나눠준 프린트물을 벗삼아 공부를 시작한 뒤엔 그렇게 살았다. 매일매일 공부하고 프린트물 받아서 풀어보고 응용 문제 풀고 교과서를 훑고 그렇게 살아갔던 나에게 희연이라는 좋은 친구가 생겼다. 언젠가부터 나 혼자만의 착각이 아닌 게 느껴졌다. 점심시간이 되면 항상 웃으면서 밥 먹으러 가자 그랬다. 나는 지금 이 상황이 너무 바보 같게만 느껴져서 조금 감정을 식힌 뒤에 고개를 들었다. 새삼 고마운 마음이 들어 희연에게 간식을 내밀었다. 주머니에서 굴러다니는 초코바. 그게 엄청 좋았는지 희연이 웃었다. 지혜야 고마워. 너 덕분이야. 라고 입 모양으로 말했다. 야자가 끝나기 전까지는 고작 3분 남았다. 희연이 갈 때 같이 가자면서 새로운 쪽지를 적어 내밀었다. 나는 괜스레 희연이 귀여워져 그래. 라고 말했다. 혜리는 금방 다시 폰을 보고 만지작만지작 페이스북을 하는지 화면만 바라보고 있었다. 스크롤해서 내리고. 마침 종이 경쾌한 소리를 내며 울려 퍼졌다. 후련해. 희연의 앞에서 울고 전교생들 앞에서 그런 모습을 보인 것이 창피하기는 했지만, 선생님이 질문을 안 한 게 다행이었다. 만약 그랬다면 전교에 이런 애가 있다더라부터 시작해서 전교 1등을 하려는 이유가 고작 그거였어? 이럴 테니까….

"지혜야. 우리 곧 시험 3주 뒤라고 그랬지? 그러면 나 공부 좀 가르쳐 주면 안 될까?"

고개를 끄덕였다. 도와준 것도 있고 하니 도와주기로 마음먹고, 교과서를 다시 챙겼다.

책에 다행히 눈물 자국이 나진 않았다. 희연이 아까 내 모습을 보고 다독여 주었다. 괜스레 미안하기도 하고 그래서 집에 갈 때까지 아무 말도 할 수 없었다. 희연이 초코바 고맙다고 인사하고 이제 곧 시험이라고 하면서 나는 집에 올 수밖에 없었다. 속마음을 털어 놓고 우는 것은 좋았지만 이렇게 한 순간에 터질 줄은 몰랐다. 희연이 당황했을까 봐 괜히 딴청 피우며 듣고만 있었다. 이제 혜리가 괴롭히진 않는 듯이 보였다. 다만 내 앞에서만 친한 척 하는 게 보였지만 교과서를 보고 또 보아서 쓸데없는 생각을 줄였다. 하나하 나 교과서의 지문에 집중하면 문제를 만들 수 있었고, 그 문제를 머리로 풀 어보면서 생각을 비울 수 있었다. 그렇게 생각하며 집에 도착해 새벽 1시까 지 공부하고 잠을 청했다. 그렇게 몇 주가 가고 1주일이 남았다. 어느새 시 험이 우리 가까이에 성큼 다가와 있었다. 이제 정말 미룰 수 없겠다 싶어서 교과서를 다시 한번 훑었다. 국어, 수학, 사회, 과학, 영어 정말 이 5개의 교 과서를 총 7번이나 보았다. 오늘도 자습이다. 1교시 항상 하던 대로 국어 선 생님께서 들어오셨다. 오자마자 어제 새벽에 봐두었던 국어 자습서를 들고 앞에 나가서 전에 못 들었던 봄봄의 의도를 물었다. 선생님께서는 아주 잘 들으라며 핀잔을 주시기는커녕 그때 괜찮았냐고 물으셨다. 괜찮다. 정말로? 그러나 선생님께서 걱정하실까 싶어 괜찮습니다. 라고 말하자, 웃으시며 국 어 공부 열심히 하고, 질문 있음 찾아오라고 하실 뿐 더는 묻지 않았다. 그 래. 이거야. 이젠 아무 상관도 쓰지 않았고, 따스한 4월 중순의 공기가 나를 훑고 지나갈 정도로 여유를 챙겨 늘 하듯이 공부를 계속하였다.

그렇게 공부만 하다 지내다가 보니 시험 날이 다가왔다. 처음으로 치는 시험이니까 중학교 때처럼 침착하게 풀면 된다. 이렇게 생각하고 마음을 비 우고 풀었다. 국어는 역시 9번은 봤으니까 답이 잘 보였다. 봄봄도 아주 순 조롭게 잘 지나갔다. 일부러 봄봄 부분만 인터넷 자료를 보고 더 많이 공부 했던 게 도움이 되었다. 기쁘다. 이제 다음 시간은 사회다. 이 사회란 것은 경제에 능통해야 하는데 경제에 대한 소식도 뉴스에서 많이 접한 터라 잘 해결할 수 있었다. 문제 중에 환경 관련도 나왔는데, 긴가민가했다. 어? 이 러면 안 되는데… 하지만 다시 한번 눈을 질끈 감았다 뜨니 답이 나왔다. 다음 시간인 영어도 잘 넘어갔고, 그 다음 날의 수학도, 동아시아사, 기술·가정도 잘 넘어갔다. 그리고 대망의 마지막 날 나는 과학과 동아시아사도 순조롭게 쳤고 한문도 잘 외워서 최선을 다해쳤다. 항상 그랬듯이 시험은 재밌는 거 같다. 조금 성적이 떨어질까 불안하기도 하였지만 조금은 다른 이번 상황에 희연의 성적이 오르리라 그리고 성적이 유지되리라고 믿었다. 그렇게 시험이 끝나고 간만에 희연과 만나 노래방도 가고 웃으면서 떡볶이도 먹었다. 이렇게 지내다 곧 시험 결과가 나오겠지. 이제 희연도 점수가 올랐으면 좋겠다고 생각했다. 그리고 그렇게 시간이 흐르고 2주 뒤에 나의 결과와 희연의 결과는 둘 다 좋았다. 희연은 만족한 듯이 웃으면서 성적표 받기를 기다렸고, 나 역시도 긴장한 눈치로 기다렸다. 이번 시험엔 친구들이 많이 공부하진 않았지만, 옆 반에 전교 2등이 나를 노리고 열심히 공부했다는 소식을 들었기 때문이다. 괜스레 불안감이 다시 자리를 잡는 듯했다. 그 때 희연이 눈치챈 듯이 손을 꼭 잡고는 괜찮을 거라고 말했다. 고개를 끄덕였다. 맞는 말이다. 전교 1등은 이번에도 나일 거다. 나만큼 한다고 하는 사람은 나밖에 없기 때문이다. 그 때, 친구들 성적표를 나눠주다 말고 선생님께서 희연과 나의 성적표를 머리에 올리고, 이리 나와 보라는 눈치로 손짓을 했다. 왔구나. 나와 희연의 결과가! 선생님께선 마치 기다렸다는 듯이 친구들 앞에서 말했다.

"역시 이번에도 한지혜는 전교 1등, 희연이는 30점이나 성적이 올랐구나."

역시 떨어질 리가 없지. 희연도 점수가 올랐다. 우리 둘은 브이 자를 보이며 웃었다.

2030년

장연이

길고 긴 잠에서 깬 듯하였다. 시끄러운 알람 소리에 힘겹게 눈을 떴을 때는, 아직도 한참 어두웠다. 새벽인지 아침인지 구분할 수 없는 하늘이 옅은 회색빛의 커튼 사이로 보인다. 알람 소리보다 시끄럽게 새가 지저귄다. 그러다 캄캄한 어둠보다 더 고요한 총성이 울려 퍼진다. 새는 더이상 지저귀지 않는다. 여기는 2030년, 9월 1일의 대한민국이다.

싸늘하고 무엇보다도 냉혈한, 그 총성. 늘 들어도 적응이 되지 않는 나와는 다르게 귀는 이미 익숙해진 듯, 별 반응을 하지 않는다. 집 가까운 곳에 조류(鳥類) 발전소가 생긴 이후로, 끊임없이 들어온 소리이기에. 일주일에 한 번은 꼭 뉴스에 보도되는 '조류(鳥類) 식량화'에 관한 내용이 바로 우리 집 옆에서 들리리라곤 생각도 못했겠지.

몇 년 전부터인가 일찍 찾아온 겨울 탓에 자동 보일러 설정을 미리 해두고 지낸다. 봉급이 끊기면 이것조차 하지 못할 테지만 말이다. 차가운 냉기가 손끝을 얼리다 마침내 따뜻한 물이 감싸고 흐른다. 충혈된 눈과 잦은 두통이 반복되는 머리를 부여잡고 잠시나마 온화한 기운에 나를 맡긴다. 외출을 위해 억지로 꼭 맞추어 입은 무채색 제복은 마치 비가 쏟아지기 직전의 뉴욕 하늘처럼 칙칙하기 짝이 없다. 냉장고에 계란이 이미 다 떨어진 지 오래지만, 오더 시스템이 고장난 바람에 살 겨를이 없었다. 아니, 사실 깜빡 한 것이라고 할 수 있겠지. 결국 상했다고 알람이 몇 번이나 켜졌던 바나나 를 대충 까서 우물대며 산소 주입 마스크를 다시 체크했다. 시계를 보니 일 어난 지 31분 정도 지나 있었다. 31분. 꽤 많은 것들을 할 수 있는 시간이었 는데. 언제부터인가 지나간 시간을 보고 자주 후회를 한다. 아마 이 시대 사 람들은 일체형 홀로그램 시계로 전부 바꿨을 테지만, 나는 초침들이 움직여 온전하고도 일정한 소리를 만들어내는 벽 시계를 사랑한다. 어릴 적 피아노 학원에서 연습할 때 사용했던 낡은 메토로놈과 같이 반복되는 소리가 가끔 추억 속에 젖게 만든다. 그러다가도 째깍. 생각에 잠긴 사이에 어느새 시간 은 또 부지런히 흘러가고 있다. 어쩌면 내가 아직까지 벽 시계를 사용하는 이유가 이것이지 않을까 싶다.

마치 검은 바둑알을 연상케 하는 밑창이 단단한 신발을 신고, 얇은 일회용 마스크처럼 보이는 산소 주입 마스크를 착용한 뒤에야 집을 나설 수 있었다.

"문이 잠겼습니다. 문이…"

홍채 인식 잠금장치에서 나는 기계음만큼이나 삭막한 거리였다. 주위에 는 공장이 들어서고 제대로 빛을 받아 연명해 나가는 나무 하나조차 없는 거리 말이다. 탕! 푸드덕 거리던 비둘기 한 마리가 바닥으로 나뒹군다. 사 소한 생명체에 감정 소모를 하는 일은, 이 사회에서 가장 멍청한 짓일 테지.

"안녕하세요."

흰색으로 된 통제복 따위를 입은 남자가 별안간 나에게 말을 걸어왔다. 나는 목례로 꾸벅 인사를 한 뒤, 죽은 비둘기에게로 시선을 옮기다 결국 거 두고 고개를 돌렸다. 그 남자는 굵은 밧줄로 칭칭 묶여진 바구니에, 죽은 비 둘기를 넣는다. 이미 대 여섯 마리 정도가 죽은 듯 퀴퀴한 냄새가 코를 찔렀 다. 그 누가 이 비둘기들을 먹으리라 생각했을까. 혀를 쯧쯧 찬 뒤, 그럼. 다음에 뵙지요. 네, 다음에… 마지막 말의 끝을 흐리고 나서야 비로소 그는 자리를 떴다. 그 비둘기가 죽은 장소를 등지고, 나는 반대편으로 걸었다. 차가운 바람은 옷깃을 스며들어 피부에까지 닿는 듯했다.

집에서 나온 지 45분 정도가 흘렀을까. 끝이 조금 해진 갈색의 손목시계는 1분 정도 빨리 움직이기에, 45분이라 칭하는 것이 맞는다고 생각했지. 꽤나 먼 거리를 걸었다. 번화가 길거리에는 회색빛, 회색 거리 속에 공장에서 찍어낸 듯한 똑같은 사람들. 모두 외출용 제복을 입고서는, 산소 주입 마스크를 끼고 일정한 방향을 따라 걷는다. 겉모습으로 성별을 구분하기란 힘들어진 셈이다. 더군다나 타인에게 관심이 없는 사람들이기에, 아마 말을 건네지도 않을 것이다. 누군가 아주 먼 거리에서 이 상황을 지켜보고 있었을 때, 자신만은 그 속에 섞이기 싫어하겠지. 공장에서 찍어낸 로봇같이 똑같은 외형을 하고 거리를 활보하는 사람들 속에. 하지만 다들 생각조차 하지 않을 것이다. 그렇게 의식조차 하지 않고 살아갈 것이다.

번화가를 지나 좀더 굽어진 안쪽 골목으로 걸었다. 앞선 곳에서는 볼 수조차 없는 낡고 거무튀튀한 가로등이 있다. 그 가로등 아래 차디찬 겨울바람을 비집고 고개를 내민 작고도 푸른 새싹들이 있다. 암울한 흑백 영화를 보다 그 속에서 색채가 살아난 듯했다. 억압된 나 자신 속에서 꿈틀대는 또 다른 내가 있다. 살아 있다. 오랜만에 마주하는 잊고 있던, 잠들어있던 감정이다. 좁디좁은 골목길 사이에서 안정을 느낀다.

미세먼지 농도가 짙어졌는지, 골목길을 통과해 다시금 사람들 틈으로 들어가니 귀 아픈 경보음이 울린다. 골목길 틈에서 이러한 시끄러운 소음을 들었다면 아마도 자유를 방해받는다는 느낌을 받았겠지. 차라리 다행이라는 생각이 들었다. 물이 가득 섞인 검은색 물감처럼 늦은 낮 시간임에도 불구하고 내내 어둡다. 제자리를 찾은 듯 편안했던 마음은 오래가지 못했다. 멍하게 하늘을 바라보면 투명 모노레일 위로 바쁘게 달려가는 지상철, 큰 건물 위에 비치는 시끄러운 홀로그램 광고판, 그리고 백화점 창문 안으로 얼핏 보이는 멍청한 관리 로봇까지. 참으로 모순적이지 않을 수가 없다. 다들 목적을 위해 또 방향을 가지고 있는 듯하나, 그저 제자리에서 반복되는 것들을 행하고 있을 뿐이다. 목적을 위하여, 사람들의 편의를 위하여 만들어졌으나 결국 똑같을 뿐이라는 생각이 마음 한편을 뒤숭숭하게 만든다. 정신없는 움직임들 속에 내재된 우울이 있다. 목적성이 뚜렷하나 바보 같은 기계들에게 우울을 살피는 작자는 나뿐이라는 것을 단언할 수 있다.

무거운 생각에 잠겨 과묵한 발걸음을 한 발짝씩 옮기다 보니, 그 한 발짝이 몇 걸음이 되어 번화가에서 꽤 떨어진 방향으로 옮겨졌다. 여차하면 아무런 의미 없는 발걸음을 한 셈이 될 뻔했다. 의식이 없는 듯 여러 생각을 하며 걸어도 그 속에는, 기계들과 같은, 우울이 숨어 있다. 자택에서 말 한마디면 당일 내로 전달되는 시스템이 도입된 지 오래이다. 그래서 필요한 물건을 사러 외출을 한다는 것은 어느샌가 멍청한 일이 되어버렸다. 나는 그 멍청한 일을 하는 중이라 말할 수 있고.

10여 년은 더 되어 보이는 낡은 노점상 앞에 멈추었다. 아마도 덥지 않던 여름날 외출을 했을 때 집에 가기 전 잠시 들렀던 곳으로 기억한다. 기억해야만 했다. 딱히 구매한 것은 없었다. 계획에 어긋나지 않기 위해서는 그래야만 했다. 그리고 오늘, 계획에 맞추어 물건을 사고 신나는 마음으로 빨간색 취소선을 긋겠지. 아무리 미루는 일을 좋아하는 사람이라도 고대하던 순간을 성취하였을 때의 기분이란, 섣불리 짐작하기 어려울 것이다.

문짝은 더 낡아진 듯했다. 요란한 나무 문 소리가 귓가를 가득 메웠다. 차가운 공기와 다르게 밝고 따뜻한 가게였다. 비유를 하자면 인사는 하지 않지만 늘 마주치는 반가운 이웃 같은 곳이지. 그래서일까. 마음이 무겁지는 않았다. 과거 속으로 들어온 듯한 정감이 느껴지는 장소기에. 두렵지 않았다. 내가 내린 선택에 대해.

카운터 옆 작은 의자에는 허리를 숙인 점장인 늙은 노파가 있었다. 갈색 빵 모자에 조금 해진 재킷. 저번에 가게를 들렀을 때와 같이 제복은 눈에 보이지 않았다. 역시 외출을 자주 하지 않았나 보군.

"저기…."

답지 않게 말을 망설였다. 인기척을 감지했던 모양인지 노파의 시선은 나를 향했다. 저번에 봐두었던 물건을 찾기 위해 눈알을 빠르게 굴렸다. 저 위 칸은 아닐 테고… 아!

"찾는 물건이 있으면 말을 하지 그랬나."

갈라진 목소리, 그러나 온기가 느껴진다. 노파는 내 눈을 따라 좇았는지 찾고 있던 물건을 단번에 알아내어 건넸다. 주름지고, 세월의 흔적이 느껴지는, 나이테 같은 그런 손. 온화한 노파의 손에는 내가 찾던, 참으로 차가운, 밧줄이 쥐어져 있었다.

"감사합니다, 얼마면."

"돈은 받지 않겠네."

노파의 말을 들은 나는, 순간, 심장이 철렁 내려앉았다. 모든 것이 들통 난 기분이었다. 얼굴이 터질 듯 빨개졌다. 무슨 이유 때문인지는 정확히 짐작할 수 없었지만 말이다. 어쩌면 굳이 알아내고 싶지 않았기에 눈을 감아버린 걸 수도 있다. 문득 노파의 주름진 손등이 스쳐 지나갔다. 그래, 내가 그의 나이테를 어찌 속일 수 있겠는가. 사실 몇 미터의 긴 밧줄을 사 가는 고객이라면 한 번쯤은 예상 가능한 시나리오기에. 하지만 나는 시간이 없었다. 계획을 완수하기 위해, 지체할 시간이 없었다. 갑갑하고 삭막한 공간 속을 느리게 걸어오다 아주 큰 폭풍을 만났다는 생각이 들었다.

"이유는 묻지 않겠네. 먼 길을 돌아온 듯 보이군."

쉽게 대답할 수 없었다. 어떻게 보면 노파도 나의 행동을 지레 짐작하여 내린 불확실한 결론일 테니 말이다. 조금은 무례한 행동이라는 생각이 들었다. 내가 만약 그 밧줄로… 그 길고 긴 밧줄로… 더이상 다음 말이 생각나질 않았다. 사고가 얼어 붙은 듯했다. 만약이라는 가정이 나를 더욱 비참하게 만들었다.

"다만, 여기는 2030년일세."

"…"

"신기하지 않은가. 아무리 삭막하고 변화된 세상이라도, 참새는 새끼를 낳고 연어는 거슬러 올라가고 민들레는 홀씨를 뿌리지 않나."

노파는 헛기침을 하며 말을 이어갔다. 그리고 나는 어떠한 말도 꺼낼 수 없었다.

"변하는 것들 사이에서, 변하지 않는 것들이 있다네. 나는, 그리고 우리는. 그 희망을 믿고 살아가는 걸세."

그리고 노파는, 나에게 아주 점잖은 미소를 지어 보였다. 그제야 나는 뭔가 잃어버렸던 작고 꼭 맞는 조각을 찾아낸 기분이었다. 아침에 마주쳤던 통제복을 입은 남자에게 인사했던 것처럼, 작은 목례를 하고 가게를 나섰다. 손에 밧줄을 쥐고, 가게를 나오자, 엉켜 있던 실들이 더욱 단단히 풀 수 없을 정도로 다시 엉켰다가, 한순간에 가위로 툭 끊어진 듯한 기분이었다. 그러니까, 눈물이 흘렀다. 나를 억누르고 있던, 그 작지만 큰 억압 사이에 길이 트인 듯, 참을 수 없기에 엉엉 울었다. 감정을 통제할 수 없었다. 누군가의 신경조차 쓸 겨를 없이, 오롯이 나에게 집중해 감정을 표출했다. 나는 그렇게 서서, 한동안을, 내내, 울었다.

겨울이 지나간 듯 보였다. 여느 때와 나름없이 알람 소리에 귀를 부여잡으며 일어나고, 일어나 준비를 할 때 즈음엔 총성이 들린다. 또한 아직 채 가시지 않은 차가운 기운 때문에 자동 보일러 설정을 해두었고, 아침을 차려 먹을 시간이 없기에 간단한 과일들로 배를 채운다. 시간은 마치 나를 속이는 듯 천천히, 그리고 조용히, 꾸준하게 흘러만 가고 있다. 내 낡은 벽시계 또한 그러하다. 지루하고 특별했던 겨울날의 기억을 누군가 나에게 묻는다면, 과연 내가 대답을 할 수 있을까? 나는 '그렇다'라고 얘기할 것이다. 그러한 생각이 지나칠 때 즈음, 문득 창문을 보았다. 숨겨둔 기억을 다시금 꺼냈다. 노파의 말대로, 거짓말같이 작은 민들레 홀씨가 흩날렸다. 몇 달이 지난 지금에야 그의 말을 완벽히 이해한 듯했다. 그래. 또다시, 마냥 봄인 것이다. 그리고 여기는, 2031년, 3월 9일의 대한민국이다.

어디에도

있는

진수민

1

'공중전화 부스'

버스정류장 옆 새로 지어진 공중전화 부스는 존재만으로 음성 서비스를 하는 느낌이다. 격렬하게 자신을 '공중전화 부스'라고 소리치고 있는 듯 2018년에 새로 생긴 존재감을 드러내고 있다. 버스정류장의 신식 전광판 서비스와 대조되듯 바로 옆에 배치된 부스가 조금은 불쌍하다는 느낌이 들었다. 불과 10년 전 혹은 15년 전만 해도 주목받았을. 자주 사용되었을 존재일 텐데….

아, 836 버스가 왔다. 학교 가야지, 그래, 가야지.

학교는 늘 지루하다. 별 시답잖은 것들로 경쟁을 붙여놓고 삭막한 분위기 만들지 말라면서 서로 칭찬하는 편지쓰기 이런 거 과제로 낸다. 웃긴다. 그리고 취업이니 먹고 살게 어쩌니 이러면서 일명 '문송합니다' 만든 것도 학교인 것 같고 꿈이랍시고 나중에 뭐 해 먹고 살지나 써내라고 하고… 그렇다. 나는 아마 2년쯤 남은 여고 생활을 버텨내지 못할 거다.

그래도 학교에 가야 할 이유가 생겼다. 요즘 K와 자주 붙어 다닌다. 밥도 같이 먹고 야자도 옆자리에서 한다. 자꾸 둘만 붙어 다니다 보니 애들이 사귀냐고 놀린다. 난 그런 것들이 좋다. K도 싫지 않은 표정이었다.

나는 솔직히 K가 좋다. 친구라고 여겨지는 대상 이상의 무언가 존재를 자꾸 인지하게 해준다. 나는 아직 K와 아주 친한 사이는 아니다. 어쩌다 문자를 하면 서로 굉장히 어색해한다. 그래서 K를 보려면 학교에 가야 한다. 일단 내일도 나는 학교 가는 걸 좋아할 예정이다. 모레까지도. 아마.

K는 뭐든지 열심히 한다. 공부도 글 쓰는 것도. 항상 내가 멍때리고 있을 때 K는 글을 썼다. 소설을 쓴다고 하는데 항상 90년대 배경이랬다. 01년생이 90년대 소설을 쓴다니. 00년대만을 살아온 그 친구는 항상 90년대를 갈망해 왔다. 옛날 사람처럼 마치 그 시절에 살았던 사람처럼 그 시절을 잘 알았다. 그 시간 속에 살고 싶어 했고 자신이 아직 세포로조차 존재하지 않은 그 순간에 그녀는 녹아 있다.

그녀의 노래 취향은 특이했다. '여자친구'를 좋아하는 나와는 달리 밴드 'Mot', 'Nell' 그리고 '서태지'를 좋아했다. 취향 하나 죽여준다. 그래서 그런지 선생님들과 말이 잘 통했다. K는 부러운 구석이 많다.

2

어제보단 조금 이른 시간에 정류장에 도착했다. 내 옆으로 지나가는 '836'을 보고 반사적으로 달리긴 했지만, 휴대전화 시계를 한 번 확인하고 걸음을 늦췄다. 그래, 전화기를 살피려면 물건의 시간에 맞추어 다가가야 한다. 아주 느리게 천천히 부스 앞으로 갔다.

멀리서 보이는 붉은색 부스 안에 은회색 빛을 받는 은색 전화기. 셜록홈스에 등장해야 할 만한 느낌이었다. 왠지 마스크를 내리면 18세기 런던의 습기 묻은 먼지가 기관지를 헤집어야 할 것 같았다. 영국풍. 가까이서 보니 먼지가 쌓여 있었다. 실망스러웠다. 새로 지어진 부스에 먼지 쌓인 전화기. 괴리감이 더했다. 부스 안에 들어가 보고 싶었다. 하지만 오늘도 836 버스가 '학교'라는 글자를 내 머리에 박았기 때문에 나는 그 버스를 탔다. 그래, 학교 가야지.

집에 돌아오는 시간은 밤 11시 그러니까 23시쯤이다. 공중전화를 보는 시간이 항상 주위가 어두울 시간이다. 해가 지고 달과 별이 뜬 시간. 아니, 해가 져서 달과 별이 주목받는 시간. 은회색 빛 조명에 주목받는 전화기만 봤지 낮의 햇빛 속에 묻힌 전화기의 모습은 본 적이 없다. 부스 안으로 들어가 먼지 쌓인 숫자 버튼을 이리저리 눌러보고 수화기도 들어봤다. 아무런 소리가 나지 않았다. 왜일까….

사실 나는 공중전화 사용법을 모른다. K는 알고 있지 않을까? 생각해 보니 K가 공중전화 얘기를 했던 기억이 있다. 자신의 소설에 등장하는데 글에 그다지 관심이 있는 것은 아니라 주의 깊게 듣지 않았었다. 원망하려거든 과거의 나를 원망해야지.

휴대전화를 들어 K에게 전화했다. 공중전화 부스 안에서 휴대전화로 전화하다니….

"여보세요?"

"어, J야. 웬일이야?"

"K! 혹시 공중전화기 사용할 줄 알아?"

"어. 그런데 왜?"

"아니. 우리 집 앞 버스정류장에 공중전화 부스가 새로 생긴 거야. 너무 예쁘고 그래서 써 보고 싶어서."

"그래? 그거… 아니다. 내일 나도 같이 가서 볼래. 가서 알려 줄게. 우리 내일 야자 안 하잖아. 그치? 예쁘다니까 나도 보고 싶어서. 나 그런 거 좋아하는 거 알잖아."

"좋아. 내일 학교에서 보자."

"그래."

K에게 전화를 걸기 잘했다는 생각이 든다. 예상했던 대로 좋아했다. K의 목소리가 이렇게 들뜬 걸 들은 것도 오랜만이고. 전화기 같이 보자는 핑계로, 물론 K가 먼저 제안하긴 했지만, 오래 같이 있는 건 좋다.

3

우리는 학교가 마치자마자 달려 나왔다. 정확히 말하자면 들뜬 K의 손에 내가 끌려 나왔다. 겨울인데도 땀이 살짝 묻은 K의 손은 따뜻하고 좋았다.

나는 K가 웃는 모습이 좋다. 하지만 K는 자주 웃지 않는다. 전화기 얘기하길 정말 잘했다고 생각한다. K의 집과 우리 집이 조금 멀어서 조심스러웠지만 그렇게 좋아하니 데려오는 게 옳은 것 같다.

K와 우리 집 앞을 온다니. 익숙한 장소에서 낯선 느낌이 든다….

"J. 난 너도 이런 거 좋아하는지 몰랐어."

버스에서 내리며 K가 말을 붙여왔다. 계속 생각해 왔지만 들뜬 K의 목소리는 낯설다.

"나도 원래 이런 거 좋아해."

K가 웃어넘기며 주머니에서 동전을 꺼냈다.

"봐봐. 여기 동전을 넣잖아? 그리고 수화기를 들면 '뚜-' 소리가 난단 말이야."

"응응."

"번호를 누르면 이제 신호음이 갈 거야. 어디 전화 걸고 싶은데 없어?"

"음… 딱히?"

"나한테 걸어봐. 내가 저기서 받을게."

K는 웃으며 버스정류장 앞 학교 안으로 뛰어 들어갔다. K의 전화번호를 눌렀다. 자주 연락할 수 있을 것 같진 않았지만, 전화번호를 외우고 있었다. K의 번호를 누르자 통화 연결음 대신 잡음이 들렸다. 원래 그런 건가? 의문을 가지면서도 전화기를 계속 들고 있었다. 주변이 쥐 죽은 듯 고요해졌다. 전화기에서 중년 여자의 목소리가 들려왔다.

"여보세요?"

무언가 잘못된 것 같다. 주변을 둘러보니 부자연스럽게 멈춰있는 거리의 사람들, 차들, 바람에 휘날리다 멈춘 나뭇가지. 나는 계속해서 소리질러 불렀다. K….

아무리 불러도 답은 없었다. 휴대전화를 꺼내 들었지만, 화면이 들어오지 않는다. 수화기를 조심스럽게 들어 습기 찬 목소리로 말했다.

"도와주세요."

수화기 너머로 낯선 여성분은 픕- 소리를 내며 웃었다.

"무슨 상황인지 알 것 같으니까 진지하게 들어. 나 K야. 지금 공중전화 부스지?"

"어…? 무슨 얘기에요."

"아, 역시 안 믿네! 이거 이따 나한테 얘기해도 안 믿을 거야. 수화기 내려놓고 부스 밖으로 나오면 시간 다시 흐르니까 걱정하지 말고…."

"헉."

말을 듣다 말고 수화기를 내려두고 부스 밖으로 뛰어나왔다. K가 간 학교 쪽으로 가자 K는 나에게 왜 전활 걸지 않았냐고 물었다. 본인 말로는 한참 기다렸다고 한다. 휴대전화 시계를 보니 1분이 지나 있었다. 그걸 안 K는 굉장히 이상해 했다.

"내가 분명 '비록'도 3번이나 들었는데."

"K. 사실은… 아니다."

"뭔데?"

"아니야, 진짜."

"궁금하잖아."

"너한테 전화 걸었는데 어떤 아줌마가 받는 거야. 그래서 엄청 무섭고 막 그랬는데 옆에 사람도 안 움직이고 갑자기 바람도 안 불고 주변에 아무것도 안 움직이고 무서워서 부스 안에서 너 불렀는데 대답도 없고…."

"야, 뻥치지 마. 나 니 목소리 못 들었거든?"

"아니. 진짜. 막 무서웠다고."

"나 놀리는 거지? 됐어 내가 너한테 전화 걸어볼 게 너 여기 있어 봐."

나는 뻥져서 그 자리에 서 있었다. K가 부스로 달려가더니 내 전화기로 전화가 걸려왔다.

"여보세요."

"전화 잘 되는데?"

"어, 그러게."

그렇다면 아까 내가 들은, 본 것들은 무엇이었을까. 그냥 잠깐 홀린 것일까? 아니면 정말로 영화에서처럼 시간을 넘나들며 전화를 한 것일까? 아니, 말도 안 된다. 아니, 말이 안 되는 게 말이 되어야 말이 되는데? 아니. 그냥 말도 안 되는 게 말이 된다 치자. 아니라면 어떻게 받아들여야 할지 감이 안 온다….

K를 집에 보내고 홀로 전화 부스로 향했다. 그리고 동전을 넣고 K의 전화번호를 눌렀다. 주변이 고요해지고 다시 중년 여성의 목소리가 들렸다.

"J. 나한테 얘기했지? 믿을 리가 없다니까."

"아하하… 그렇네요."

도저히 모르겠다. 전활 받고 있는 게 진정 K일까? K가 맞다고 해도 이건… 이런 현상이 관측된다면 과학계를 뒤엎을 만한 건수가 아닌가? 나는 이제 억만장자인가?

"이거 너 혼자 있을 때만 되는 거라 말해 봤자 아무도 안 믿으니까 꿈 깨."

내 생각을 읽은 듯 K가 말했다. 슬슬 무서워지기 시작했다. 아니, 어쩌면 진실일지 모른다고도 생각이 든다. 나는 잠시 후에 K에게 부스 안에서 있던 모든 말을 전하고 그걸 들은 미래의 K가 나에게 말을 건네고 있다고. 그래서 지금 미래의 K는 나에게… 과거에 있었던 일을 떠올리며 말을 다시 건네는 중이라고 생각이 든다. 생각이. 그래 믿자.

"K. 그럼 몇 살인 거야?"

"나야… 마흔이지."

"결혼은 했어?"

"아니… 그게… 했다고 할 수도 있고 안 했다고 할 수도 있고."

"그게 무슨 얘기야?"

"그러게. 사실은…."

K의 목소리가 끊겼다. 전화기에선 아무런 소리가 나지 않았다. 공중전화기를 보니 요금이 다 되었다고 떴다. 묘하게 현실적이야. 우선 부스에서 나와 K에게 전화를 걸었다. K는 결혼하고 싶지 않은 걸까? 21년 뒤에 K가 본인 입으로 결혼을 했다고 할 수도 있고 안 했다고 할 수도 있다니. K에게 전화를 걸어 봐야겠다. 궁금해.

"K. 뭐해?"

"그냥 있어. 왜?"

"혹시 너 나중에 결혼할 거야?"

"음… 으음… 그게…."

"헐. 대박."

"왜?"

"21년 뒤에 K랑 똑같아."

"무슨 소리야."

"내가 다시 공중전화로 너한테 전화를 걸었는데 21년 뒤에 니가 받는 거 있지?"

"어? 정말로?"

"당연하지. 내가 어제도 말했잖아. 정말이라고. 두 번이나 연결되었어!"

"웃긴다. 정말. 사주 풀이 같은 것도 안 믿던 니가 그런 걸 믿다니."

"근데 정말 목소리만 늙었지 너랑 똑같애!"

"그래. 그래. 그렇겠지. 근데 갑자기 결혼 애긴 뭐야?"

"21년 뒤에 K가 결혼을 했다고 할 수도 있고 안 했다고 할 수도 있대."

"그게 무슨 얘기야."

"지금 너랑 대답이 똑같다니까."

"음… 그래. 그럴 수 있지. 잠깐 볼래?"

"어… 그럼 우리 독서실 앞으로 와."

"그래."

지금의 K와 전화를 끊고 독서실 앞으로 걸어갔다. 정말 K는 무슨 대답을 할지 알 수가 없다. 21년 후에 K도 똑같다. 그게 자꾸 마음에 걸리는 게 혹시 K가. 혹시. 아니, 아닐 거다. 내가 이런 쪽이라서 자꾸 사고방식이 이쪽으로… 흘러가는 거지. K는. 아니다.

'독서실 옆 놀이터로 와'

K에게 문자를 남기고 놀이터 그네에 앉았다. K와 나는 참 애매한 사이다. 학교 나오면 안 보는 애들과 달리 전화로 가끔 불러내어 이런저런 얘기도 하고. 가끔 농담이지만 학교 아이들이라면 절대 하지 않을 말들을 하고. 예를 들자면 '한남들 사귀는 거보다 널 만나는 게 나을 것 같아' 같은.

꿈 깨자. K는 날 좋아하시 않을 거다. 확률상. 좋아할 확률이 매우 낮다. 그래. 내가 K를 좋아해서 느끼는 감정일 거야. K에게 자꾸 어떤 기대를 품으니까 느끼는 감정일 거야.

"어, K!"

"J. 추운데 어디 안 들어갈래?"

"여기가 좋아. 우리 자주 같이 있었던 데잖아."

"나도. 여기가 좋아."

"너만 안 추우면 여기 좀 앉아 있자."

"그래."

K가 옆에 흔들거리던 그네에 앉았다. K와 함께 있으면 묘한 어색함과 긴장감이 있다. 무슨 말을 걸까. 무슨 얘길 해야 하나. 얘길 하다 혹시 내가… 내 진심을 말해 버리면 어쩌나. K는 이런 나도 괜찮다고 할까? 어렵다.

K가 결혼에 대해 대답을 애매하게 한 게 마음에 걸린다. 요즘 비혼주의자가 많으니까. 그냥 그런 게 아닐까? 연애만 하고 결혼은 복잡하니까 안 하고. 아이를 갖는 것도 경제적, 정신적 여유가 없으니까. 그런 생각을 이미 마친 게 K가 아닐까? K는 생각이 많은 친구니까.

K가 입술을 달달 떨며 말을 붙였다. 많이 추운가 보다. 어디라도 들어야 가야 할 것 같은데 괜히 미안하네. 따뜻한 핫초코라도 한 잔 쥐여 주고 싶은 마음이다.

"요즘 날씨도 춥고 외롭지 않냐?

"그러게. 외롭지."

최대한 차분하게 대답을 했다. K가 외롭다는 말을 하면 사귀자… 혹은 관계 증진을 위한 어떤 활동을 해보자 따위의 말을 하려고 마음속으로 준비했지만 아직은 아닌 것 같다. 나는 정말 K가 좋고 더 나은 관계가 아니더라도 아니, 그냥 지금은 K를 오래 보고 싶은 마음뿐이다. 진정하자. 진정. 아직은 아닌 거야.

"그냥 우리 사귈까?"

"좋다. 그럼 내가 남자 할까?"

덥석 물고 싶지만, 당연히 농담일 거 아니까. 이런 농담 이제 익숙하다. 어떻게 받아쳐야 할지 알고 있어.

"아니, 정말로."

K가 그네에서 일어나 나를 안았다. 바람에 언 K의 코트가 내 팔을 파고들었다. 이제야 이해가 갔다. K의 따뜻한 체온이, 숨결이 진심을 전했고, 나도 이제야 그곳에 녹을 수 있음을. 오늘이 진정으로 그녀의 가슴 떨림을 처음 느낀 날임을. 나 혼자 상상했던 우리의 관계가 헛되지 않음을.

21년 뒤에 K가 결혼을 해도 한 게 아님을. 너도, 나도 이제 사회에 조용히 묻혀 살아야 함을. 너도, 나도 꼿꼿한 사람이 되어야 함을. 세상이 우리에게 손가락을 펼쳐도 서로만을 볼 수 있기를.

그래 K. 사귀자. 연말인데 크리스마스도 함께 보내고 올해 마지막 날도 함께 보내자. 그동안 외로웠어. 너 혼자 좋아하는 줄 안다고. 이제 새해도 밸런타인데이도 화이트데이도 외롭지 않을 거야. 오래 보자. 그러고 싶어. 너도 그렇지?

지루한 학교 같은 거 너 보러 다닌다고 생각할게. 2년 함께 지내고 대학 합격하면 같이 여행 다니는 거야. 대학교도 같은 학교 다니면 좋겠다. 카페에서 공부도 같이하고 취업 준비도 하면서 널 오래 보진 않았지만 정말 오래 보고 싶은 마음뿐이야.

비록 모두가 알 수 없는 사랑이라도 이해해 주지 않는 사랑이라도 모두에게 축하받지 못할 사랑이라도 우리의 사랑이기를. 서로가 서로의 사랑이기를. 환대받지 못할수록 더 빛나는 서로에게 서로가 위로되는 사랑이기를. 바랄 뿐이다.

겨울애

(愛)

차은서

무더운 여름이 지나고 제법 차가워진 밤공기가 가을을 말해 주었다.

무슨 계절을 좋아하나요?

은조 씨는 무슨 계절을 좋아합니까?

내가 먼저 물었는데.

저는 은조 씨가 좋아하는 계절이 좋네요.

나는 겨울을 좋아합니다.

왜 겨울을 좋아하나요.

겨울엔 눈이 오니까.

눈을 좋아해서 겨울을 좋아하는 건가.

눈이 안 와도 겨울이 좋아요. 겨울 냄새도 눈만큼이나 좋아합니다.

겨울엔 냄새도 있나요.

모든 계절에는 냄새가 있어요.

그렇나요.

그래요.

그럼 나도 눈이, 겨울냄새가 좋습니다. 곧 있으면 겨울이네요, 은조 씨와 내가 좋아하는 겨울.

* * *

어릴 때부터 겨울을 좋아했다. 하얀색을 좋아해서 겨울을 좋아하는지 겨울을 좋아해서 하얀색을 좋아하는지 모르겠지만, 은조는 겨울을 좋아한다. 어렸을 때 아픈 동생의 치료를 목적으로 시골에서 살았었는데, 겨울이 되어 눈이 오면 모든 색이 하얀색으로 변하는 게 좋았다. 형형색색의 건물들이 하얗게 단색이 되는 것이, 어린 날이지만 나름대로 복잡했던 내 마음도 하이얀 무지의 상태로 돌아가는 것 같아서 (물론 어릴 땐 잘 몰랐지만 지금 생각해 보니 그랬던 것 같다.) 나는 겨울이 좋았다. 겨울이 지나고 봄이 오면 들떠 있는 남들과 달리 조금은 울적했고, 힘겨운 여름을 지나고 남들이 울적해 하는 가을이 오면 나는 다가오는 겨울에 벌써 설레기도 했다.

시골에 살았고 그러므로 딱히 눈을 치우고자 하는 사람이 잘 없었기에 (물론 집 앞이나 길목은 치우지만) 가능한 일이었다. 대학을 입학하고 나서야 알았다. 대다수의 사람들은 무지를 두려워한다. 모든 무지함을 채우기에 급급하다. 그러니 별로 쌓이지도 않은 (쌓였다고 할 수도 없는) 하얀 그것들을 치우지 못해 안달이지. 하얗고 순수한 그것들이 사라진다. 하얀 그것들이 사람들의 발에 밟혀 갈변하며 녹아든다. 제설을 위해 사람들이 들고 나선 것들에 밀려 사라진다. 울고 싶어진다.

이래서 나는 대학에 입학한 이후로 겨울이 오면 웃지도, 울지도 못하는 것이다. 그렇게나 좋아하던 겨울임에도.

* * *

은조 씨가 겨울을 좋아한다. 은조 씨는 겨울을 좋아해. 눈이 오고 겨울냄새가 나는, 겨울을 좋아해.

은조 씨와 겨울은 퍽이나 닮았다고 나는 생각한다. 은조 씨의 첫인상은 꽤나 차가웠다. 은조 씨가 회사에 처음 출근한 그날이 은조 씨와 나의 첫만남이었다.

안녕하세요, 오늘부터 경리부에 합류하게 된 서효진입니다.
그녀는 애써 숨기려 했으나 들뜬 표정을 숨기지 못했다. 얼굴이 발그레한 그녀 옆에, 소름끼칠 정도로 차분한 은조 씨가 있었다.

송은조입니다. 잘 부탁드립니다.

은조 씨는 항상 차분했다. 가끔은 무슨 생각에 골똘히 잠겨 있기도 하고, 하여튼 말을 쉽게 걸기 어려운 분위기를 풍겼다. 나는 은조 씨를 좋아하니까, 괜히 한번씩 은조 씨를 불러 실없는 소리를 하곤 했다.

은조 씨,

네.

은조 씨는… 혈액형이 뭔가요.

O형이요.

그렇구나.

그렇구나는 무슨, 후에 은조 씨가 말하길, 이 사람 왜이러지 싶었다고.

* * *

열대야로 잠 못 이루던 그날 밤, 나는 은조 씨에게 전화를 걸었다.

여보세요.

은조 씨.

네.

뭐하나요.

…

뭐하고 있나요.

… 그냥 누워 있어요.

왜 그냥 누워 있나요.

잠이 오지 않아서요. 많이 덥네요.

그러게요.

…

은조 씨.

네.

나는 은조 씨를,

…

좋아합니다.

…

좋아해요, 은조 씨.

은조 씨는 한참이나 대답이 없었다. 나는 잘자라는 인사와 함께 전화를 끊어 버렸다. 후회스러웠다. 은조 씨의 얼굴을 어떻게 봐야 할지 난감하기만 했다.

* * *

그 일이 있고 나서 처음으로 회사에서 마주했을 때, 나는 퍽이나 긴장했지만 은조 씨는 아무렇지 않았다. 평소처럼 대리님 오셨어요, 하며 인사했다. 그러기에 나도 얼떨떨한 얼굴로 은조 씨 왔네요, 했다. 인사가 오고가는 사이에 하나둘씩 도착하는 바람에 나는 은조 씨에게 하려던 말을 거두고 자리에 앉았다.

어느덧 퇴근 시간이 되었고, 업무가 남아 있던 나와 은조 씨만 회사에 남았다. 8시쯤 은조 씨는 업무를 끝냈고, 짐을 챙기는 은조 씨에게 나는 다급하게 말했다.

은조 씨, 10분만 기다려 줄래요?

…

어두우니까, 데려다 주고 싶어요.

…

탁, 은조 씨가 가방을 내려놓았다. 나는 마음이 조급해져 남은 업무를 금방 마쳤고 내가 일어서자 은조 씨도 따라 일어섰다. 한참을 말없이 걸었다.

은조 씨

네.

어젠 잘 잤나요.

…

어제 일은 없었던 일로 할까요.

없었던 일로 하면 없어지나요.

…

한번 내뱉은 말은 도로 주워담을 수 없는데,

…

나는, 대리님이 좋다고 말하려던 참입니다.

…

이것도 없던 일로 할까요?

* * *

어제는 첫눈이 내렸다. 늦가을부터 기분이 설레서인지 다들 좋은 일 있냐고 물어보곤 했는데, 어제는 내가 입사 후 처음으로 활짝 웃었다며 다들 신기해 하기도 했다. 기분이 좋아서인지 업무도 평소보다 일찍 끝내서 정시에 퇴근했다. 퇴근 후 가벼운 데이트를 즐기고 서준 씨와 집 앞에서 작은 눈사람을 만들었다.

이건 은조 씨, 이건 나.

예뻐요.

은조 씨도 예쁩니다.

이제 집에 가야죠.

가기 싫은데.

추워요.

은조 씨는 따뜻하니까 괜찮지 않을까요.

괜찮지 않은데요.

치.

집에 갑시다.

그렇게 말해놓고 손은 왜 안 놓아주나요.

추워서요.

우린 이제 핑계대지 않아도 손잡을 수 있는 사인데.
핑계 아니에요.

아닌 게 아닌 것 같아서.

나는 굳이 답하지 않았다. 도시의 끝자락에서, 하얀 눈밭에 두 남녀가 서로의 손을 꼭 잡고 서 있었다. 두 사람의 입가에는 미소가 번진 채로.

강정우

사이더

S# 1. 학교 근처 술집 (실내/밤)

술에 젖은 휴지가 찰진 소리를 내며 식당 벽에 붙는다.

황금비율로 말린 소맥이 가온의 목넘김 몇 번에 사라진다. 가온을 향한 환호성이 식당을 가득 채운다.

S# 2. 채영의 자취방 (실내/밤)

채영은 냉장고에서 맥주 한 캔을 꺼내서 딴다. 자연스럽게 티비 앞에 앉아 맥주를 마신다.

채영 : (맥주의 시원함을 느낀다.) 이거지!

혼자 마시는 술을 완벽하게 즐기는 채영.

S# 3. 학교 식당 (실내/낮)

동기들과 함께 학식을 즐기는 가온.

가온 : 우리 학과 3학년 개차반알지? 저번에 학과 회식하는데 나한테 엄
　　　청 먹이더라고. 그래서 내가 반대로 엄청 먹였지. 처음에는 좋다
　　　고 받아 마시다가 나중에 부담스러우니까 도망가는 거야. 내가 끝
　　　까지 쫓아가서 기절시켰잖아.
동기1 : (엄치 척) 역시 윤가온. 리스펙.
동기2 : 개차반 기절하는 걸 내가 봤어야하는데.
가온 : (휴대폰을 보여 주며) 나 윤가온이야.

가온은 동기들과 즐겁게 점심을 즐긴다.

S# 4. 학교 식당 (실내/낮)

보지 못한 드라마를 보며 천천히 밥을 먹는 채영. 남들 시선에 신경쓰지
않고, 천천히 자신의 속도대로 밥을 먹는다.

채영 : (가방에서 파인애플을 꺼낸다.) 후식엔 파인애플.

파인애플까지 야무지게 먹고 자리에서 일어나는 채영.

S# 5. 노래방 (실내/밤)

가온이 친구들과 함께 음주가무를 즐기고 있다.

가온 : 여러분, 다들 일어나세요. 이 곡은 절대 앉아서 즐길 수 없습니다.

친구2 : 너의 십팔번 곡 열정을 다해 들어주지.

친구3 : 일어나! 일어나!

춤까지 춰가며 비어 있던 무대를 열기로 채워 나가는 가온과 친구들.

S# 6. 동전 노래방 (실내/밤)

혼자 방 안에 앉아 노래를 부르는 채영. 남의 눈치 볼 것 없이 원하는 노래를 마음껏 부른다.

채영 : 역시, 마지막 곡은 좋은날이지.

올라가지도 않는 높은 음이지만 눈치 보지 않고 노래를 부르는 채영.

S# 7. 가온의 자취방 (실내/낮)

컨디션이 나쁜 편이라 조용하게 하루를 보내고 싶은 가온. 휴대전화가 쉴 새 없이 울린다. 오는 연락을 전부 무시한다.

가온 : 인간들아 하루만 조용히 지내자.

가온은 휴대전화를 꺼버리고 잠을 청한다.

S# 8. 채영의 자취방 (실내/낮)

오늘은 사람들과 하루를 보내고 싶은 채영. 휴대전화를 들어 주소록을
뒤져본다.

채영 : 연락할 사람이 없네…

채영은 휴대전화를 내려놓고 잠을 청한다.

S# 9. 과방 (실내/낮)

경영학과 새내기들이 과방에 모여 있다.

가온 : 너희는 어느 동아리에 가입할 거야?

동기2 : 나는 취업에 메리트 있는 곳으로 가입하려고.

가온 : 우리 이제 막 입학했잖아. 벌써 취업 생각하기엔 이르지 않아?

동기2 : 우리 오빠 대기업 다니거든, 그 말할 수 없는 압박감!

동기1 : 나는 좀더 생각해 보려고.

가온 : 아는 사람 많은 동아리에 들어가고 싶다…

동기3 : 네 친화력 정도면 어디든 끄떡없어.

가온 : 하긴, 내가 한 친화력 하지.

동기들이 무리를 모여 동아리를 정하고 있을 때, 홀로 동아리 홍보지를

살펴보는 채영. 그런 채영의 눈에 '사이더' 동아리 홍보지가 들어온다. 아무도 관심 없는 동아리에 관심을 가진다.

S# 10. 사이더 동아리실 (실내/낮)
채영이 동아리실 문을 열고 들어온다. 하나와 의서가 앉아 있다.

하나 : (조심스럽게) 동아리 신청?

채영이 고개를 끄덕이자 하나와 의서가 의문스러운 미소를 짓는다.

하나 : 어서 와. 잘 선택했어. 여기 앉아.

채영이 엉덩이 붙이기 무섭게 신청서와 펜을 건네는 의서. 채영은 정신없이 신청서를 작성한다. 신청서에 싸인이 끝나자마자 가져가는 의서.

의서 : 완벽해.

의서와 하나가 하이파이브를 한다.

하나 : 어떤 동아리인지 자세하게 알아보고 왔는지 아닌지는 잘 모르겠
      지만, 이젠 벗어날 수 없어.
의서 : 우리가 안 놓아줄 거 거든.

둘만 좋다고 웃는다. 생각했던 것보다 다른 분위기에 당황스러워하는

채영.

S# 11. 과방 (실내/낮)

혼자 남겨진 가온은 홍보지 더미를 뒤져보며 어느 동아리에 들어갈지 고민한다. '사이더' 동아리 홍보지를 발견한다.

가온 : 자신의 인간관계가 변했으면 한다면…

가온은 잠시 생각에 잠기는 듯하더니 홍보지를 손에 들고 과 방을 나간다.

S# 12. 사이더 동아리실 (실내/낮)

사이더 동아리 부원들이 큰 책상에 둘러 앉아 있다.

하나 : 나는 장하나야. 3학년이고 심리학과에 있어.

태오 : 3학년 경영학과 손태오다. 만나서 반갑다.

의서 : 나는 교육학과 2학년 이의서야.

준영 : 영어영문학과 2학년 박준영이야. 잘 부탁해.

우 : 2학년이고, 국어국문학과고, 김 우다.

가온 : 경영학과 1학년 윤가온입니다. 잘 부탁드려요.

채영 : 경영학과 1학년 정 채영입니다. 안녕하세요.

갑작스런 채영의 인사에 동아리실에 웃음이 채워진다.

하나 : 우리 동아리는 신뢰형성과 비밀유지가 제일 중요해. 이것만 잘 해

준다면 딱히 힘들 것도 없어.

(박수를 한 번 친다.) 그럼, 우리 친해지러 가 볼까요?

S# 13. 학교 근처에 있는 치킨가게 (실내/밤)
열심히 치맥을 즐기고 있는 사이더.

가온 : (일어나서 잔을 든다) 저 예쁘게 봐달라는 의미로 저희 건배해요.
다같이 : 건배!

다들 잔에 있던 맥주를 비워낸다. 눈치 보던 채영도 잔을 비운다.

하나 : 가온아, 갑자기 건배 제의를 왜 한 거야?
가온 : (잠깐 당황해 한다.) 음… 아직 살짝 어색하기도 하고, 원래 평소
　　　에도 제가 나서서 건배 제의 많이 해서요.
하나 : 평소에 사람들에게 둘러싸여서 살았지? 인싸처럼.
가온 : 원래 성격이 활발해서 주위에 사람들이 많아요.
하나 : 원래 성격이 활발하다고 확신할 수 있어?
가온 : 네?
하나 : 오늘 가온이는 여기까지.

가온은 이게 무슨 영문인지 모르겠다는 표정으로 하나를 바라본다.

태오 : 채영이는 말을 거의 안 하던데, 원래 말이 그렇게 없는 편이야?
채영 : 아, 저요? 네. 말이 많은 편은 아닌 것 같아요.

태오 : 주변에 말할 사람이 없어서 그렇게 된 건 아니고?

채영 : 저는 제가 주위에 사람을 잘 두지 않는 편이라…

의서 : 오, 자발적 아웃사이더?

준영 : 오늘 채영이도 여기까지만해요.

하나 : 아쉽네.

채영과 가온만 이게 무슨 상황인지 모르겠다는 표정으로 주위를 둘러본다. 나머지 사람들은 웃으며 환영회를 즐긴다.

S# 14. 사이더 동아리실 (실내/낮)

모두 큰 책상에 둘러 앉아 있다. 모두 하나가 나누어 주는 종이를 받아든다.

하나 : 30분 정도 시간 줄 테니까 솔직하고 과감 없이, 알지?

선배들은 익숙한 듯 종이를 채워나간다. 종이에는 '당신은 어떤 사람입니까?'라는 한 문장만 적혀 있다. 채원과 가온은 이 한 문장에 당황한다.

30분이 지나고, 하나가 돌아다니며 종이를 거둔다. 채영과 가온의 종이가 눈에 띄게 여백이 많다.

하나 : 처음엔 다들 여백이 많아. 남은 여백은 내일까지 다 채워와. 선배
　　　　로서 명령이야.

가온, 채영 : 네.

하나 : 그럼, 오늘은 여기까지. 해산합시다.

다들 서로에게 인사를 하고, 동아리실을 나간다.

S# 15. 채영의 자취방 (실내/밤)

체육복을 입고 있는 채영이 작은 상을 펴고 앉는다. 상 위에 동아리에서 받은 종이를 올려놓고 펜을 돌린다.

채영 : 나… 정채영… 20살…

칸을 채우기 위해 아무 말이나 쓰고 있던 채영이 '자발적 아웃사이더'라는 단어를 종이에 쓴다.

S# 16. 가온의 자취방 (실내/밤)

파자마 차림으로 책상 앞에 앉은 가온. 동아리에서 받은 종이를 올려 쏘아보며 여백을 무슨 말로 채울지 고민한다.

가온 : 어떻게 20년을 살았는데 나라는 주제로 A4용지 한 쪽을 못 채울 수가 있지?

아무 말이나 쓰며 여백을 채워나가던 가온이 '인싸'라는 단어를 종이에 적는다.

S# 17. 사이더 동아리실 (실내/낮)

모두 큰 책상에 둘러 앉아 있다.

하나 : 가온아, 이 종이에 인싸라는 단어가 적혀 있더라고. 무슨 생각으로 이 단어를 쓴 거야?

가온 : 사람들이 그렇게 불러주기도 하고, 저 역시도 그렇게 생각하니까 쓴 것 같아요.

하나 : 채영이는 자발적 아웃사이더라는 단어를 무슨 생각으로 쓴 거야?

채영 : 음… 저는 혼자가 편해요. 일부러 곁을 잘 주지 않고요. 그래서 썼어요.

하나 : 그럼, 두 사람한테 왜 인싸가 되었는지, 왜 아싸가 되었는지 물어 봐도 될까?

가온과 채영 모두 말이 없다.

하나 : 이의서씨 후배들이 망설이는데, 이야기 좀 풀지?

의서 : 이번 년도는 저부터 시작인가요?

하나 : 우리 동아리는 신뢰형성과 비밀유지가 제일 중요하다고 한 거 기 억나?

가온, 채영 : 네.

하나 : 비밀유지에 대한 것은 너희들 스스로에게 맡길게.

S# 18. 의서의 본가 (실내/밤)

  18살의 의서가 심야자습까지 마치고 12시가 넘어 집에 들어온다.

의서 : 다녀왔습니다.

의서 아버지 : 가방 내려놓고, 이리 와 앉아라.

의서는 가방을 내려놓고 소파에 앉는다.

의서 아버지 : 성적이 떨어졌구나.

의서 어머니 : 엄마 아빠 직업이 교수인데, 딸 성적이 이러면 사람들이 얼마나 비웃겠니?

의서 아버지 : 당분간 집에서 나갈 생각하지 말고 공부에 전념해라. 성적이 더 떨어진다면 집에 들어올 생각도 하지 마라.

평균 92점이 넘는 의서의 성적표가 테이블에 던져진다. 의서가 성적표를 들고 방으로 들어간다.

방에 들어온 의서의 귀에 의서교육에 관한 문제로 싸우는 부모님의 목소리가 들린다. 의서는 성적표를 찢어버린다.

S#19. 사이더 동아리실 (실내/낮)

의서의 얼굴에 짜증이 보인다.

의서 : 난 이런 세월을 15년 동안 살아왔고, 덕분에 공부만 했지. 입을 닫고, 귀를 닫으면서 친구라는 존재는 생각할 겨를도 없었어. 난 아싸였고, 그래서 처음 대학교에 왔을 때 적응이 힘들었어. 1년 만에 이렇게 될 수 있었던 건 사이더 때문이야.

가온과 채영이 숙연해진다.

가온 : 마냥 밝은 사람처럼 보여서 몰랐어요.

의서 : 지금은 주변에 사람들도 많고 괜찮아.

채영 : 축하해요.

다시 밝은 분위기를 만드는 사이더였다.

하나 : 너희들 이야기는 너희들이 준비가 되면 이야기해 주면 돼. 무섭
　　　게 생각할 필요 없어. 이렇게 다 모일 때마다 우리들의 이야기를
　　　먼저 해줄게.

하나의 말에 마음에 울림이 생기는 가온과 채영.

S# 20. 가온의 자취방 (실내/밤)
가온의 휴대전화가 요란하게 울린다. 액정에 '친친'이라는 글자가 보인다.

가온 : 오늘은 진짜 나가기 싫은데…

가온이 전화를 받는다. 몇 번 말을 주고받더니 약속을 잡는다. 한숨을 쉬
며 나갈 준비를 하는 가온.

S# 21. 사이더 동아리실 (실내/낮)
모두 큰 책상에 둘러 앉아 있다.

하나 : 오늘을 내 이야기를 해줄게.

S# 22. 하나의 집 (실내/밤)

학교에 다녀온 14살의 하나가 안방 문을 연다. 손목을 그어 자살을 시도한 엄마가 방에 있다. 하나는 바로 전화기로 뛰어가 119에 전화한다. 안방 문턱을 넘지 못하고 안절부절하는 하나.

S# 23. 사이더 동아리실 (실내/낮)

무거운 하나의 과거에 다들 침묵한다.

하나 : 우울증에 걸린 엄마를 언제 잃을지 몰랐고, 엄마만 바라보고 살면, 엄마가 죽은 후엔 내가 무너질 것 같아서 필사적으로 주변에 많은 사람들을 뒀어. 더 밝게, 더 많은 사람들을, 그렇게 살아왔어.

가온 : 어머니는 괜찮으세요?

하나 : 괜찮으셔. 좋은 선생님 만나서 지속적으로 정신 치료 받고 계셔.

가온 : 다행이에요.

잠시 정적이 흐른다. 이 정적을 채영이 깬다.

채영 : 어떻게 이런 이야기들을 아무렇지도 않게 꺼낼 수가 있어요?

하나 : 이게 어떤 이야기인데?

채영 : 남에게 약점이 될 수 있는 이야기잖아요.

하나 : 인싸로, 아싸로 살아온 이유가 다 있으니까. 다들 이런 사연쯤은 있으니까. 다들 이런 사람들이니까 숨길 필요가 없는 거지.

채영 : 여기, 좀 좋은 곳 같아요.

채영의 말에 다들 미소를 얼굴에 띠운다.

S# 24. 호프집 (실내/밤)

어느 정도 사이더 회식이 진행된 상태이다.

채영 : 저, 말할래요.

하지만 작은 소리라 듣지 못한 사람들이 많았다.

우 : (테이블에 노크를 해 소리를 낸다.) 얘가 말하겠대.

하나 : 응?

가온 : (소근거리며) 뭘 말한다는 거야? 흑역사 만들지 말고 취했으면 그
　　　냥 뻗는 쪽이 좋을 것 같아.

채영 : 취한 김에 이야기 하겠습니다. 용감하게.

S# 25. 채영의 고등학교 복도 (실내/낮)

채영이 복도를 걷고 있다. 채영을 본 학생들은 수군거리기 바쁘다.

학생1 : 쟤 원조교재한대.

학생4 : 대박. 나 저번에 쟤가 어떤 아저씨 차 타는 거 봤는데.

학생2 : 진짜?

학생2 : 평소에 성격도 좋아 보이고 유쾌해서 좋게 봤는데, 반전 쩐다.

학생3 : 승현선배도 몸으로 꼬신 거 아냐?

학생4 : 설마!

채영은 도망가듯 자리를 피한다.

S# 26. 채영의 고등학교 뒷골목 (야외/낮)
채영과 승현이 마주보며 서 있다.

승현 : 채영아, 우리 헤어지자.

채영 : 오빠도 그 말도 안 되는 소문을 믿는 거예요?

승현 : (냉정하게) 이젠, 믿고 안 믿고의 문제가 아니야. 그러게 평소 행
　　　동을 조심했어야지.

채영 : 오빠가 어떻게 나한테 이래요? 오빠가 먼저 꼬셨잖아!

승현 : 그건 네가 더럽게 노는 줄 몰랐을 때의 이야기지.

승현이 자신을 잡고 있는 채영의 손을 뿌리치고 사라진다. 채영은 멍하
니 서 있다.

S# 27. 호프집 (실내/밤)
과거의 생각에 화가 나는지 잔에 남은 술을 다 마시는 채영.

채영 : 나중에 알고 보니 친했다고 생각했던 친구가 그 개자식을 짝사랑
　　　해서 만든 말들이었어요. 나는 덕분에 사람을 못 믿게 됐고, 혼자
　　　가 편해졌고, 다가오는 사람들을 밀어냈어요. 그렇게 자발적 아

싸가 된 거죠.

하나 : 네 이야기 잘 들었어. 말해 줘서 고마워.

채영 : 말하고 나니까 과거의 일들이 아무것도 아닌 것 같아서 좀 그러네요. 좋은 쪽으로요.

태오 : 그런 의미에서 건배사 해볼래?

채영 : 그럼 빼지 않고 하겠습니다. 음⋯ 마음을 여는 날을 위하여.

다같이 : 위하여!

 다시 화기애애한 분위기의 사이더. 한편 가온은 편하게 웃지 못한다.

S# 28. 학교 공원의 벤치 (야외/낮)

가온이 손에 사이다를 들고 있다. 가온은 저번 술자리에서의 채영을 떠올리고 있다.

가온 : 어떻게 자신의 아픔을 백프로 다 믿지 못하는 사람들에게 말할 수가 있는 거지?

사이다를 마시는 가온.

가온 : 김이 다 빠졌네⋯

사이다를 쓰레기통에 버리고 가는 가온.

S# 29. 강의실 (실내/낮)

채영보다 뒤에 앉은 가온이 채영을 바라본다. 가온의 주변에 앉아 있던 동기들이 가온에게 말을 걸지만, 가온의 시선은 여전히 채영에게 있느라 대답하지 않는다.

동기2 : 뭔 생각을 그렇게 해? 쟤랑 뭔 일 있었어?

동기1 : 가온이 요즘 좀 변했어. 예전만큼 안 재밌어.

가온 : 나도 모르겠다. 용기가 없나…

동기1 : 용기? 무슨 용기?

가온 : 나도 몰라.

동기2 : 싱겁네. 윤가온이가 싱거워. 머리를 다쳤나?

가온은 용기에 대해 생각에 잠긴다.

S# 30. 과방 (실내/낮)

가온이 과 방에 앉아 있다. 채영이 문을 열고 들어온다. 어딘지 어색한 둘이다.

가온 : 채영아.

채영 : 어?

가온 : 그때, 술자리에서 네 과거 말한 거 후회하지 않아?

채영 : 후회했어. 왜 진작 말하지 않았을까. 좀 많이 좋았거든.
　　　 속이 엄청 시원했어.

가온 : 사람들이 이상하게 생각하지 않을까?

채영 : 그럼 너는 내 과거가 이상해?

가온 : 아니.

채영 : 그럼 너도 아니겠네.

과 방에 다른 사람들이 들어오고 둘의 대화가 종료된다.

S# 31. 가온의 자취방 (실내/밤)

침대에 앉아 있는 가온. 낮에 채영과 나누었던 대화를 떠올린다.

가온 : 확실히 점점 변하는 것 같기도 하고. 좋아 보이기도 하고. 나도
　　　확 말해 버릴까? 괜히 말했다가 다시 예전으로 돌아가는 거 아냐?

가온의 한숨이 방을 가득 채운다.

S# 32. 사이더 동아리실 (실내/낮)

큰 책상에 둘러 앉아 있다.

태오 : 오늘은 내가 이야기할게.

S# 33. 태오가 다니던 초등학교 교실 (실내/낮)

어린 태오보다 덩치가 큰 친구가 태오를 밀친다.

덩치 : 부모님도 없는 게 까불고 있어!

태오 : 그럼, 너는 다 있어?

덩치 : 너 빼고 다 있어. 멍청아! 너희 부모님은 널 버린 거야.

덩치 친구의 말에 충격을 받은 태오. 교실을 뛰쳐나간다.

S# 34. 태오가 자라던 보육원 (실내/낮)

보육원 선생님께 울며 달려가는 태오

태오 : 선생님도 부모님 있어요?

보육원 선생님이 당황해서 대답하지 못한다.

태오 : 왜 내 부모님은 없어요? 진짜 나 버려진 거예요?

선생님 : 아니야. 그런 거 아니야.

태오 : 그럼 왜 나는 부모님이 없는데!

선생님 품에서 울음을 멈추지 않는 어린 태오.

S# 35. 사이더 동아리실 (실내/낮)

씁쓸한 표정을 짓고 있는 태오

태오 : 나는 다시는 버려지지 않겠다는 신념으로 그 누구와도 친해지지

않았어. 조금만 느낌이 이상해지면 내가 먼저 손을 놓았어. 나중에
는 아무도 내 곁에 없었고, 나는 그렇게 아웃사이더가 되어서 대학
을 왔지. 하나가 아니었으면 난 아직까지 그렇게 살고 있었을 거야.

채영 : 전부터 궁금했는데, 두 분 사귀는 사이에요?

하나 : 그건 아니고. 완전 베프?

태오 : 인생의 은인.

하나와 태오의 주먹이 부딪힌다. 동아리실의 분위기가 다시 살아난다.

채영 : 신기해요. 늘 끝이 밝잖아요. 여긴.

의서 : 이 동아리를 벗어나지 못하는 이유지.

모두가 웃고 있지만, 가온은 웃지 못하고 있다. 가온이 가방에서 소주 팩
을 꺼내서 마신다. 부원들이 놀라 가온을 바라본다.

가온 : 꼭 말하고 싶은데, 맨 정신에는 안 되겠어서요.

의서 : 너도 진짜 코미디다.

S# 36. 가온의 고등학교 교실 (실내/낮)

고등학교 입학식 날. 모두들 어색해 할 때, 가온이 고민에 빠진다. 갑자
기 벌떡 일어나서는 교탁 앞으로 간다.

가온 : 만반잘부! 나는 윤가온이야. 나는 꼭 너희들과 친하게 지내고 싶
어. 진심이야.

다들 가온의 화끈함이 마음에 드는지 분위기가 좋아졌다. 가온의 주위로 친구들이 몰려들었다. 가온은 많은 사람들에게 둘러싸여 시간을 보낸다.

S# 37. 사이더 동아리실 (실내/낮)

가온 : 중학교 3년동안 왕따를 당해서 사람들의 관심이, 친구라는 존재가 그렇게 좋은 건지 몰랐어요. 그랬던 제가 큰 관심을 받으니까 놓치기 싫었어요. 필사적으로 밝게, 웃기게, 쿨하게 살았어요. 시간이 갈수록 지쳐가는 줄도 모르고 계속 그렇게 살았어요.
하나 : 다들 박수.

동아리실이 박수소리로 채워진다.

하나 : 여러분, 우리는 모두 과거의 자신들을 뛰어넘었네요. 오늘 같은 날 그냥 넘어갈 순 없죠? 갑시다! 오늘은 제가 쏩니다!

다들 환호하며 동아리실을 나간다. 동아리실에 혼자 남아 있는 가온이 멍하니 앉아 있다.

가온 : 진짜 좋네… 더 빨리 말할 걸…

가던 채영이 돌아와 가온을 부른다.

채영 : 빨리 안 오면, 네 술 없어. 빨리 와.

가온이 웃으며 동아리실을 빠져나간다.

가온 : 같이 가!

S# 38. 근처 막걸리 집 (실내/낮)
막걸리 잔이 부딪힌다.

하나 : 원래 낮술은 막걸리! 아시죠? 첫 잔은 원샷!

다들 술잔을 비운다. 우가 가온의 잔을 채워 준다.

우 : 다음엔 내 이야기도 해줄게. 오늘 고생했어.
가온 : 감사합니다.

채영이 우에게 잔을 내민다.

채영 : 선배, 저는 왜 안 줘요?
우 : 줄게.

우가 웃으며 잔을 채워 준다.

채영 : 참, 저 이제 와서 깨달은 게 있는데. 제가 원래 말하는 걸 정말 좋
        아하나 봐요. 요즘 계속 말하고 싶은 거 있죠? 옛날에 대체 어떻게
        입 다물고 살았나 신기하다니까요.

가온 : 나는 요즘 전화벨이 너무 싫어. 혼자 있고 싶어.

하나 : 원래 그게 니들 성격이었던 거야. 숨기고 사느라 몰랐던 거지.

태오 : 너는 나한테 연락 좀 하지?

하나 : 내가 뭐.

태오 : 의서만 예뻐하지 마. 나도 좀 챙겨 줘. 나 요즘 힘들다.

의서 : 갑자기 불똥이 왜 나한테 튀어요?

준영 : (큰 목소리로) 싸우지들 맙시다. 평화롭게 좀 살아요.

우 : 네가 제일 시끄러.

준영 : 김 우. 너 이렇게 나올래?

우 : 네가 그런다고 내가 겁먹겠냐?

준영 : 상처 받을까 때릴 수도 없고.

누가 봐도 티 없이 맑은 웃음을 얼굴에 지니고 있는 사이더다. 사이더는 그렇게 낮술파티를 즐긴다.

S# 39. 엔딩

6개월 뒤. 각자 자신의 삶을 찾아 살고 있는 사이더.

가온이 조용하게 밥을 먹는 것과 시끄럽게 친구들과 노는 장면이 나온다.

가온 : (Na)나는 대부분을 조용하게, 가끔씩 시끄럽게 살고 있다. 그게 나랑 맞는 것 같다.

채영이 친구들과 함께 시간을 보내고 있다.

채영 : (Na)나는 대부분을 활기차게, 원하는 날 혼자 있으며 시간을 보
     낸다. 이젠 혼자 있어도 외롭다는 느낌이 아니라 쉬고 있다는 느
     낌이 든다.

태오와 하나가 손을 잡고 데이트하는 모습이 나온다.

가온 : (Na)태오 선배의 고백으로 친구에서 연인으로 발전한 이 커플은
     닭살이다. 동아리실에서 자주 걸린다. 눈에 안 띄었으면 좋겠다.

의서가 자신의 자취방에서 여유를 만끽하는 모습이 나온다.

채영 : (Na)의서 선배는 부모님께 대차게 반항하고 모아둔 돈으로 자취
     를 시작했다. 천국이 따로 없다는 말을 입에 달고 산다.

아버지를 찾아 납골당에 간 우. 아버지의 유골함 옆에 꽃을 올려놓는다.

가온 : (Na)수많은 구타로 인해 절대 아버지를 용서하지 않겠다던 우 선
     배는 아버지를 용서한 것 같았다. 내 남자친구이기도 하다.

준영이 웃으며 비행기를 타는 모습이 나타난다.

채영 : (Na)조기 유학의 트라우마로 외국은 싫다던 외로움의 결정체 준
     영선배는 스스로 유학 길에 올랐다. 인맥 부자가 돼서 돌아온다고
     소리쳤는데, 잘 되고 있는지 모르겠다.

웃고 있는 사이더 동아리 부원들의 얼굴이 보인다.

가온, 채영 : (Na)인간관계의 사이더에 있는 사람들에게 다른 사람들을
사이더에 두는 법을 알려준 사이더에 사랑을 표하고 싶다.

조혜선

그날, 케이크는-
달았다

#1. 실내-장례식장, 밤 (가을)

유배훈(41, 남)이 장례식장 구석에서 종이 하나를 뚫어져라 바라본다. 갑자기 일어서서 곧장 울고 있는 이정숙(60, 여)에게 걸어가 어깨를 거칠게 잡아 돌린다. 유현정(38, 여)과 유정훈(36, 남)이 배훈을 말린다. 정숙, 바닥에 엎드려 사과한다.

정숙: 미안해요. 미안해요.

계속해서 사과만 하며 우는 정숙. 배훈이 소리를 지르다 지쳐 자리에 주저앉고, 장례식장은 정숙의 울음소리만 고요히 들린다.

현정: 아주머니, 오빠가 원래 좀 저래요. 죄송해요. 아주머니가 쓴 것도
     아닌데, 왜 저러나 몰라.

고개를 숙이고 있는 정숙. 잠시 후 일어나 나가 버린다.

정숙이 가 버리자 울음소리 하나 없고 찾아오는 문상객도 없어 적막이 흐르는 장례식장. 현정이 말을 꺼낸다.

현정: 아버지, 정말 정숙 아주머니랑 사귀었어?

정훈: (떨떠름한 듯) 처음 신고한 게 아주머니니깐. 사귄다기보다는…

배훈: 뭘 했겠냐. 솔직히 말해 부끄럽다. 아버지는 하필이면 거기서…

현정: (화가 난 듯 높게) 오빠!

정훈: 형, 아버지 영정 앞에 두고 그게 무슨 망발이야. 그만하고 밥이나 드셔 다들.

정훈의 설득에 순순히 자리에 앉는 배훈과 현정.

현정: 아버지 유언, 정확히 뭐야. 천천히 다시 보자.

배훈, 바지 주머니에서 구겨진 종이 하나를 꺼내 내민다.
현정과 정훈이 종이를 받아 천천히 읽는다.

현정, 정훈: 매주 한 번씩 케이크를 사서 모일 것?

배훈: (묵묵히 술잔에 술을 따르며) 휴우.

현정: 정숙 아주머니랑 같이?

배훈: 그러란다. 우리 아버지께서.

현정: 제일 충실한 사람에게 가장 큰 것을?

배훈: 나도 무슨 말인지 몰라. 그렇게 쳐다보지 마.

현정과 정훈이 멍하게 앉아만 있자 배훈이 시계를 본 뒤 윗옷을 입으며 말을 꺼낸다.

배훈: 다 읽었지? 누가 심사하고 있는지, 그걸 몰라. 아버지 진짜. 치밀하기
　　도 하시지. 누군지 찾을 때까지만 해보자. 다들 하루는 낼 수 있지?
정훈: 잘 모르겠는데. 시간 조율해 봐야 해.
배훈: 뺄 수 있어. 나도 못 뺄 줄 알았는데, 계산해 보니깐 시간이 나더라.
　　나 차에 좀 갔다 온다.

현정이 울상을 지으며 식탁에 엎드린다. 정훈이 현정의 어깨를 두드려
어색하게 위로하며 한숨을 쉰다.

현정: 그래서 아주머니한테 간 건 어떡해.
정훈: 아주머니가 우리한테 주시겠지. 그게 어떤 돈인데.

정훈이 머쓱한 듯 머리를 긁는다. 휴대폰을 꺼내 아버지와 주고받은 문
자를 읽는다. '판단을 잘해서 결정하거라'라고 쓰여 있다.

#2. 실외-장례식장 앞 주차장 자동차 안, 밤
　　배훈이 차 안에 들어가 휴대폰을 꺼내 든다. '아버지'가 보낸 '판단을 잘
해서 결정하거라'를 다시 읽는다. 답답한 듯 휴대폰을 옆 자리에 던지고 핸
들에 엎드리는 배훈. 한숨을 쉰다.

#3. 실내-장례식장 안 복도, 아침
　　현정이 친구와 문자를 하다가 잘못 눌러 '아버지'가 보냈던 문자가 켜진

다. '판단을 잘해서 결정하거라'라는 내용이다. 복도에 서서 문자를 바라보는 현정. 정훈이 다가오자 급하게 화면을 끈다.

#4. 한 달 후, 실내-배훈의 집 거실, 낮 (겨울)
배훈이 사진 정리를 하고 있다. 부모님의 결혼사진이다.

슬픈 눈빛이던 배훈이 점점 손을 떨기 시작한다. 분노가 가득 차 종이를 찢을 듯 아버지가 나온 부분을 접는다. 고개를 숙이고 감정을 진정시킨 뒤 사진을 액자에 넣어 놓는 배훈. 잠시 후 현정과 정훈이 거실에 들어서고, 배훈은 급하게 서랍에 액자를 넣는다.

현정: (의문스럽게 쳐다보며) 오빠, 우리 왔어.
배훈: 그래, 케이크는?

현정이 케이크를 살짝 흔들어 보이고, 배훈이 고개를 끄덕인다. 할 말이 없어 어색하게 앉는 셋. 한참 고민하다가 정훈이 말을 꺼낸다.

정훈: 그, 정숙 아주머니.
배훈: 아.
현정: 정말 불러야 해?
배훈: 아버지 유언이기도 하고, 대가 없는 일이 아니니깐.
현정: (한숨을 쉬고) 전화번호는 있어?

이미 전화를 걸고 있는 배훈. 현정이 한숨을 계속 내뱉는다. 전화를 건지 10분도 지나지 않아 도착한 정숙. 문을 열고 들어온다. 문을 열어주려 일

293

어서려던 현정이 자리에 주춤 거리며 다시 앉는다.

현정: (놀라며) 아, 도어록 비밀번호 아시는구나.
배훈: (작은 목소리로) 어련하시겠어.

넷이 탁자에 앉는다. 의미 없이 초를 꽂는 정훈. 현정이 핀잔을 주고, 정훈이 시무룩하게 초를 뺀다. 모습을 본 정숙이 살짝 미소 짓는다.

정숙: 초 꽂는 것도 괜찮은 것 같은데. 아버지께서 초 꽂는 거 좋아하시지 않았어요?

배훈이 불쾌한 표정으로 그렇지 않다고 대답하려다 주춤한다. 자신이 모른다는 것에 충격을 받은 배훈. 현정과 정훈도 한참 고민하다가 고개를 젓는다.

정숙: (초를 꽂으며) 좋아하셨어요. 종종 케이크 들고 찾아오셨거든요. 당신 생일에, 퇴직한 날에, 내 생일에.
배훈: (따지듯) 그런 분이 왜 우리랑 있으시질 않고 아주머니한테 가셨대요? 한번 들어나 봅시다.
정숙: … 저녁에 오셨어요. 혹시 자식들 올까 봐. 내 생일이니깐 오라고 하기 부끄럽다고. 케이크 사놓고 기다리면 이번에는 올 줄 알았다고. 이리저리 전국으로 흩어져 사는 자식들이라, 이런 날에는 모일 줄 알았다고.

잠시 동안 정적이 이어진다. 목소리가 떨리기 시작하는 현정.

현정: 우리한테 말하시지도 않고. 아버지 정말…

정훈: 그럼, 아버지가 아주머니랑 뭘 한 적은 없는 겁니까?

또다시 정적. 배훈이 정숙의 눈치를 본다. 말없이 고개만 끄덕거리는 정숙.

정숙: 흩어진 가족 대신이라 생각하신다고 했어요. 나는 항상 한 자리에 있으니깐. 좋아한다거나 사랑한다는 말은 하신 적 없어요. 생각하시는 것도, 한 번도 없었어요. 오해하지 말았으면 해요. 내 일은 그런 일이지만, 아버님 만날 때는 그런 적 정말 없어요.

자리에서 일어나 입을 달싹거리며 망설이는 정숙.

정숙: 먼저 들어가 볼게요.

현관문이 닫히자 정훈이 둘의 눈치를 본다.
말없이 케이크를 잘라 접시에 놓는 현정. 고개 숙이고 케이크를 먹는다. 그러나 바닥으로 눈물이 떨어진다. 당황한 정훈이 현정에게 휴지를 내민다.

배훈: 아버지는 우리들 보고 싶으시면 부르면 될 걸. 왜 기다리기만 하셨을까.

현정의 훌쩍거리는 소리만 가득한 집안.

#5. 다섯 달 뒤, 실외-배훈의 집 앞 골목, 밤

케이크를 사 오는 현정을 마중 나온 배훈. 현정이 반갑게 손을 흔든다.

현정: 골목 꽤 무섭네.

배훈: 춥다, 빨리 들어가자.

골목 끝에서 둘을 부르는 정훈.

#6. 실내-배훈의 집 안 주방, 밤

정숙이 과일을 손질하고 있다. 정훈이 들어와 반갑게 인사한다. 소매를 걷어붙이고 바로 돕기 시작하는 정훈.

곧 모두들 자리에 앉는다. 한 명씩 하루에 있었던 일을 말한다. 두 달 전과는 달리 자연스럽게 웃고 떠든다. 흡사 가족 같은 모습이다.

#7. 1년 뒤, 실내-배훈의 집 안방, 낮

주방에서 전을 굽는 소리가 들려온다. 백발 남자의 영정이 놓여 있는 큰 상이 방 한쪽 벽에 차려져 있다. 음식을 가져와 정리하는 사람들. 상의 정 중앙은 비어 있다. 곧 배훈(43, 남)이 커다란 케이크를 들고 온다. 현정(40, 여)이 배훈을 도와 상에 케이크를 놓는다.

그때 정훈(38, 남)이 급하게 들어와 윗옷을 벗고 상 앞에 선다.

배훈: 빨리도 온다.

정훈: 차가 막혀서… 오늘 뭐 하나 봐.

현정이 알 만하다는 듯 정훈을 장난스럽게 흘겨보고 웃는다. 잠시 웃는
세 사람.

현정: (한숨을 쉬고) 아버지 살아 계실 때 우리 이런 모습 보셨으면 참
　　　좋아하셨을 텐데.

배훈이 현정을 위로하듯 등을 두드려 준다.

배훈: 지금이라도 아버지 뜻 알았잖아.

정숙(62)이 초를 꽂으며 웃는다. 영정사진을 한참 바라본다. 제사를 시
작하는 가족들.

#8. 실내-배훈의 집 거실, 밤
평상에 가족들이 둘러앉아 있다. 특이하게도 모두가 케이크 한 조각씩
을 먹고 있다.

현정: 아버지는 무슨 생각 하시면서 가셨을까.
배훈: 가족들 이렇게 모여서, 케이크 먹는 생각 하셨겠지.
현정: (따뜻한 눈빛으로 정숙을 흘깃 바라보고) 가족이라…

현정, 시선을 돌려 물끄러미 배훈을 바라보다가 남은 케이크를 상자에

넣는다.

현정: 난 영 입맛이 없네. 일찍 잘란다.
배훈: 계집애 나이 먹고 새침해서는…
현정: (못 들은 척하며) 다들 너무 많이 먹지 말고. 오빠처럼 배 나올라.

정훈이 크게 웃으며 현정에게 엄지를 들어올려 보인다. 배훈, 정훈의 이마에 장난스럽게 딱밤을 때린다. 정숙, 조용히 웃는다.

정숙: (주위를 둘러보며) 이제 해도 될 것 같네요.

정숙이 말을 시작하자 현정, 들어가려다 엉거주춤하게 멈춘다.

배훈: 뭘 해요?
정숙: 심사요. 지금은 신경쓰는 것도 잊은 것 같지만, 제일 충실한 사람
      한테 큰 것 준다는 것, 잊으셨나 봐 다들.
모두 문자를 떠올리고 당황스러워한다. 배훈이 말을 꺼낸다.

배훈: 음, 저는 제가 판단하라는 아버지 문자를 받았거든요.
정현: 뭐? 나도 받았는데?

잠시 눈치를 보던 정훈이 휴대폰을 꺼내 보여 준다.

정훈: 나도. 이렇게 왔어.

정숙이 잠시 고민하다가 웃어 버린다.

정숙: 사실은 나한테도 왔어요.

어이없다는 표정을 짓다가 다들 웃음보가 터진다.
왁자지껄하게 웃는 가족들.

배훈: 아버지가 뭘 원하셨는지 알겠어. 그냥 다 같이 모여서 웃고 떠드는
　　　게 보고 싶으셨던 거야. 솔직히 말해서 우리들, 정말 어색했잖아.
　　　아버지 뵈러 간 적도 성인 되고 나서 몇 번 되지도 않고.
정숙: 맞아요. 그 얘기 자주 하셨어. 저랑 재밌게 얘기하시다가도 항상 말
　　　씀하셨거든요. 여기에 애들도 있으면 얼마나 좋을까. 하고…

잠깐 조용해진다. 분위기가 가라앉자 현정이 말을 꺼낸다.

현정: 그런데 내가 심사한다, 그렇게 생각하니깐 오히려 마음이 편하더
　　　라. 그래서 그런지. 가식 안 떨게 되고, 자주 오게 되고. 아버지가
　　　잘 생각하신 것 같아.
정훈: 좀더 일찍 이렇게 모일 걸, 아버지 살아계실 때.
정숙: 아버님도 아실 거예요. 이렇게 모일 거라는 걸 믿지 않으셨으면 문
　　　자 보내지도 않으셨을 거예요.

배훈이 정숙의 말에 눈시울이 붉어진다. 정숙이 배훈을 안아준다.

배훈: (목소리를 떨며) 감사합니다. 우리 아버지 외로움 알아 주셔서. 챙

겨 주셔서. 여태껏 아버지고 아주머니고 원망 많이 했어요. 알지
도 못하면서.

정숙: 지금이라도 안 게 어디예요. 아버님도 이제 행복하실 거예요.

현정은 눈가를 닦고 있고, 정훈은 고개를 숙이고 앉아 있다.
배훈이 정숙의 팔을 떼고 단호하게 말한다.

배훈: 아주머니께 드리고 싶습니다. 제일 큰 것, 그거요.

정숙이 당황해 손사래를 치자, 현정이 정숙의 손을 잡는다.

현정: 아버지 곁에서 계속 있으신 건 아주머니예요. 어머니 우리 어릴 때
돌아가신 후로 남한테 정 하나 안 주던 분이었는데. 새삼 생각해
보면 어머니나 다름없어요. 아주머니.

정숙의 눈에 눈물이 고인다. 정훈이 손수건을 내민다.
정훈: 눈물 닦으세요. 저도 누나랑 똑같이 생각해요. 아주머니는 아버지
께 가족인 걸요.

#9. 3년 후, 실외-주택 앞 골목(겨울)
배훈, 현정, 정훈이 장난을 치며 골목에 들어선다. 배훈의 손에 들린 케이
크가 마구 흔들리자 모두들 소리를 지르며 왁자지껄하게 거리를 지난다. 문
앞에 다다르자 배훈은 대학생으로, 현정과 정훈은 학생으로 바뀐다.

#10. 과거, 실내-주택 안 거실

거실에는 아버지가 앉아 있다. 정숙 역시 젊은 모습으로 아버지 옆에 앉아 있고, 배훈은 성냥에 불을 붙이려 하고, 현정과 정훈은 케이크 초를 서로 꽂으려 한다. 아버지는 환하게 웃는다. 정숙이 쓰게 웃는다.

#11. 현재, 실내-주택 안 거실

과거와 똑같은 위치에 앉아 있는 가족들. 아버지 자리만 비어 있다.

배훈: 이렇게 앉았는데 원래도. 아버지 자리만 비었네.

모두 애틋한 눈빛으로 자리를 쳐다본다. 그것도 잠시, 정훈이 폭죽을 터트린다. 배훈이 못 말린다는 듯 웃고, 정훈에게 핀잔을 준다.

배훈: 인마, 하필 그걸 지금 터트리냐?
정훈이 변명을 하며 웃는다. 모두들 잡담을 하고 웃는다.

#12. 실외-주택 앞 문패

눈이 오기 시작한다. 소복이 쌓이는 눈이 '유한수'라고 적힌 문패를 가리기 시작하다가 한 움큼 떨어진다. 문패가 '이정숙'으로 바뀌어 있다. 크게 웃는 소리가 집 안에서 들려온다.

정유민

물들이

S# 1. 건의 차 안 / 낮

건, 넥타이를 느슨하게 풀며 전화를 건다.

건: 계장님 지금 올라가려고 하고 있습니다. (사이) 예, 축의금 제가 챙겼
　　습니다. (사이) 네, 네 지금 바로 가겠습니다.

전화를 끊는 건. 급하게 차에 시동을 걸고 출발한다.

S# 2. 장례식장 밖 / 낮

무건, 출발하는 건의 차를 어리둥절해 하며 쳐다본다.

작은외삼촌: 응? 무건아 저거 너희 아버지 차 아니냐?
무건: 그러게요, (한숨) 무슨 결혼식인가 있다던데 거기 가시네.

한규, 장례식장에서 나오다 밖에 서 있는 무건을 발견한다.

한규: 야, 너 고모부랑 같이 안 가냐?
무건: 어딜 가? 또 그냥 혼자 훅 가시는 건데. (빈정거리면서) 죽은 사람
　　　두고 결혼식이 그렇게 가고 싶으신가 보네.

한규, 무건의 말을 듣고 표정이 싸늘해진다.

S# 3. 바닷가 / 낮
한규, 무건이 방파제 위에 앉아 있다.

한규: 고모부한터 전화 안 해도 돼야?
무건: 상 치르고도 결혼식장 뛰어가는데 뭐가 좋다고 따라가냐?

한규, 아무 말 없이 바다를 바라본다.

무건: 그나저나 한규야 (사이) 큰외삼촌 … 그렇게 된 거 괜찮…(말을
　　　흐린다.)
한규: (화를 내며) 지금 누구 아버지 챙기는 거여?

무건, 한규의 소리에 화들짝 놀란다.

무건: (한규의 눈치를 살피며) 뭐, 뭐라는 거야.
한규: 니 지금 느그 아버지는 혼자 그래 보내고 돌아가신 아버지 챙기냐?

무건: (맞서 화낸다.) 아니, 위로해 주는 사람한테 너는 무슨 말을 그렇게 하니? (어이없다는 듯) 아니, 너는 여기서 뭐하냐? 장례식장 가야 되는 거 아니냐? 너나 아버지 챙겨! 나는 꼴도 보기 싫으니까!

한규, 충격 받은 얼굴로 무건을 쳐다본다.

무건: (한규의 시선을 느끼고 혼잣말) 아니, 시발 사람 걱정돼서 말했는데 누가 성내는 거야. (한규를 쳐다보며) 사람이 어? 장례식 얼굴 그거 한번 비추고 5분은 있었냐? 이혼 했으면 가족도 아니야? (잠시 숨을 돌리고) 외할머니 얼굴도 안 보고 돈 봉투 그냥 툭 던지고 어딜 가? 결혼식장? 가족도 안 챙기면서 경찰서장 딸 결혼식은 잘도 챙기는데 내가 챙기긴 뭘 챙겨!

무건, 말을 마치고 분에 겨워 씩씩거린다.

잠시 정적

한규: (깊은 한숨을 쉬고) 말 다 했냐?
무건: (한규를 노려보며) 너, 너는! (주먹을 쥐었다. 힘없이 내린다.)
한규: 그래도 느그 아버지는 살아는 계시잖어…
무건: (분이 덜 풀린 듯) 없는 게 나아.
한규: (허탈한 듯 웃음) 사회생활 몰러? 뛰라 하면 뛰고 기라 하면 기는 거여.

무건, 바다만 뚫어져라 쳐다본다.

무건: 그래서 뭐 어쩌라고, 지금 와서 막 애교부릴까? 사랑해요, 아빠. 이
　　　런 거? 너, 너는 몰라. (한규와 눈이 마주치자 말을 삼킨다.)

한규: (싸늘하게 무건을 바라보며) 내가 뭘 몰러, 이제 와서…(눈물을 참
　　　으며 버럭 소리친다.) 그놈에 어부! 맨날 배 타고 싸돌아다니고 새
　　　벽에 나가서 몇 날 며칠 안 들어오고! (무건을 바라보며) 니는 그
　　　게 누구 땜신지 알아야 혀! 나는 몰랐어도 … 니는 알아야 혀. (참
　　　았던 눈물을 흘린다.)

무건, 당황해 하며 어쩔 줄 모른다. 동시에 무건의 핸드폰이 울린다.

무건: 여보세요?

S# 4. 장례식장 밖 / 낮

건, 안절부절 못하며 차 앞에 서 있다. 걸어오는 무건을 발견하고 소리
치는 건.

건: 야! 너는 정신을 어디다가 두고 다니는 거야! 차에 안 타고 어디 있었
　　어! 너 아빠 빨리 가야 되는 거 알면서… (전화벨 소리)

건, 황급히 전화를 받는다.

건: 네, 계장님 (사이) 아… 뭘 두고 나와서요. (사이) 네, 네 금방 가겠습
　　니다. (전화를 끊고) 이무건 너 빨리 안 타!

무건, 힘없이 비척거리며 차에 올라탄다.

S# 5. 건의 차 안 / 낮
건, 화가 많이 난 듯 거칠게 운전대를 잡고 있다.

무건: (조심스럽게) 아빠, 많이 늦었어…?
건: (화를 누르며) 그래, 누구 때문에.

정적이 흐르고 안절부절 못하는 무건, 다시 입을 연다.

무건: (작게) 아빠도 많이 힘드신 거 알아요…
건: 뭐라고?
무건: (망설이다.) 죄송해요.
건: (백미러로 무건의 표정을 살피며) 그러니까 뭐가, F.O

김연재

수필

이맘때 하는 생각

2015년 가을 친구와 카페에서 얘기하고 헤어질 때의 뒷모습을 찍은 필름 사진을 매해 끝자락에 일 년 주기로 꼬박꼬박 보고 있다. 그런데 사진을 볼 때마다, 2015년의 나와 지금의 나는 과연 같은 사람일까? 생각도, 가치관도, 꿈도 다른 과거의 나는, 내가 아닐 수도 있지 않을까? 라는 물음을 하곤 한다. 물론 지금의 생각이 과거와 차이가 나는 것은 당연하지만 이 과정을 겪으며 다져지고 단단해진 생각과 경험이 현재의 '실존'하는 나를 만든 것이 아닐까-라는 결론을 내린다. 더 많은 것들을 보고 느끼며 사유하는 과정을 통해 좋은 방향으로 성숙한 존재가 된 것이다. 고대 그리스 철학자 헤라클레이토스가 "우리는 같은 강물에 두 번 발을 담글 수는 없다"라고 말한 것처럼 변화가 바로 세계의 원리라고 생각한다. 우린 절대 흐르는 강물을 멈출 수도 없고 한번 흘러간 그 물을 다시는 마실 수 없을 것이다.

인생도 마찬가지다. 변화는 언제나 존재한다. 삶의 순간순간은 결코 영원하지도, 마음대로 멈추거나 미룰 수도 없다. 이러한 시간이라는 영원을 살아 있는 내내 마주하는 우린 가끔은 점을 찍고 지나온 몇 뼘을 돌아보는 시간이 필요하다. 그래서 나는 연말이면 올해의 일기를 다시 보는데 참 재미있다. 그 해의 첫 장엔 언제나 새해의 다짐이 쓰여 있고 작년의 후회를 구구절절 적어놓는다. 그리고 길다면 길고 짧다면 짧은 순간들과 한 해에 있었던 수많은 일을 되짚어 보며 저땐 정말 힘들었지, 기뻤지 하며 다시 회상할수 있다. 흘러간 시간을 다시 짚어 본다는 것은 새로운 다짐을 할 수 있다는 이유뿐 아니라 그저 언제나 중요하다. 한 줄씩이라도 매일 뭔가를 써야 한다. 행복한 순간의 파편들을 영원히 간직하고 싶다. 그러기 위해선 프레임에 담긴 디지털 사진보단, 그날의 기억을 생생히 담은 일기를 쓰는 것이 더 좋다. 얼마나 아름다운가. 우린 글자라는 기호에 메여 사는 것 같아도 생각을 저장할 수 있는 도구가 있다는 사실은 영원할 것이다. 올해가 일주일도 남지 않았지만, 내년에도 이 사진을 다시 보며 한 해를 되짚어 보고 싶다.

영화에 관한 짧은 단상

사르트르가 말한 것처럼, 감독의 의도대로 만들어진 모든 요소가 내적 필연성에 의해 지배되는 영화가 끝나는 순간부터 내가 존재하는 현실은 우연성으로 가득 찬다. 한 관밖에 없는 동성 아트홀이나 오오극장을 자주 간다. 마지막 제작진 소개 자막까지 영화의 한 부분이라고 생각한다며 온전히 끝이 날 때까지 불을 켜지 않는 작은 영화관은 많은 제작진에 대한 감사와 마지막 여운을 조금 더 연장할 기회를 준다. 불이 켜지고 관에서 나오며 포스터를 가방 안의 파일에 챙겨 넣은 후 작은 의자에 앉아 영화에 대한 붕 뜬 감상을 써본다. 보자마자 드는 느낌과 생각은 이때만 포착할 수 있기에 절대 빼먹지 않는다. 반대로 영화가 끝나자마자 불이 환하게 켜지며 관람권 판매소에선 팝콘 냄새가 진동하고 사람들의 말소리밖에 들리지 않는 멀티플렉스에선 영화를 본 뒤 다시 짚어 보며 생각할 수 있는 마치 '영화 같은 시간'의 연장선을 빠르게 증발시켜 버린다. 그저 영화를 보기 위해 2시간을 내어 자리에 앉은 만큼 영화와 감독을 사랑하는 나에겐 영화의 목적이 시간을 줄이거나 재미를 주는 것 이상의 의미를 가진다. 장률 감독의 영화에서 흐르는 시간을 볼 때나 짐 자무쉬 감독의 영화를 보면서 가지는 인생의 무상함은 오직 영상으로만 가질 수 있는 감상이다. 여름날 초록빛의 경주나 롱코트를 입고 흑백으로 촬영한 아름다운 장면을 보고 있으면 나도 단단하고 오래된 나만의 취향과 생각들을 지킬 수 있는 뭔가를 시도해 보고 싶었다. 더불어서 나는 언제나 진심을 담을 수 있는 무언가가 필요했고 사람들과 공감하며 어떠한 경로로든지 대화를 하고 싶었다.

그래서 2018년 최악의 여름 더위를 뚫고 친구 2명과 함께 짧은 영화를 만들었다. 영화는 나-우리에게 많은 것을 느끼게 했다. 우선 영화 시나리오부터 촬영, 로케이션, 녹음, 편집, 음향과 같은 필수적인 요소를 정말 열악한 환경에서 처음으로 도전하면서 귀찮고 반복되는 작업을 견디며 좋은 영화를 만들어 주시는 모든 제작진들에게 진심으로 감사했다. 노트북 사양이 좋지 않아 10번 정도의 오류 끝에 찾아간 피시방에서 모든 편집을 끝내고 최종본이 저장될 때 느낀 희열감은 아직도 잊지 못한다. 시간에 쫓겨 여유롭게 촬영할 수도, 세밀하게 편집할 수 있는 시간도 부족했던 상황에서 포기하고 싶었던 적도 많았지만, 영화가 완성되고 기차가 지나가는 첫 장면에 제목과 우리들의 이름을 볼 땐 그저 행복했다. 여름의 더위를 이겨내고 야외 촬영을 하느라 피곤했던 배우 역할을 맡은 지혜에게도, 학원 시간 때문에 바쁘지만 편집하는 시간을 내준 효서에게도 고맙다. 완성본을 누군가에게 보여준다는 것은 열심히 쓴 일기장을 보이는 것처럼 부끄러웠지만 내가 운영하는 작은 블로그를 통해 세상에 공개했다. 그리고 가끔은 그 포스팅에 들어가 휴대폰으로 재생해 본다. 10분 정도의 UCC라면 길다고 생각하는 시간이지만 볼 때마다 재미있다. 내가 생각한 대구의 덥지만 깨끗하고 선명한 여름 대부분이 구현되어 있고 좋아하는 커피집의 순간과 그 공간을 잘 살리기 위해 노력했기에 항상 뿌듯하면서도 다음 영화의 방향을 고민해 볼 수 있기 때문이다. 또한 이어폰을 뚫고 들어올 만큼의 소음을 듣는 현실에서 벗어나 내가 볼 때 마음이 편안한 조용한 영화를 만들고 싶었다. 그래서 내가 가장 아끼는 낮 시간대에 그 시간만 담을 수 있는 빛을 포착하여 배우를 데려다 놓고 간단한 대사를 하거나 걷는, 일상적인 행동들을 찍으면서 단순하게 행복했다. 그저 하고 있으면 그 자체로 행복해서 편집의 고통을 겪으면서도 붙잡고 있었다. 고작 생활기록부에 기록되는 몇 줄 때문에 억지로 찍은 것이 아닌, 지금밖에 할 수 없는 기록을 '영화'라는 방식으로 남겨 오래오래 곱씹을 수 있는 일기를 쓴 것이다. 한 장면 장면을 촬영하면서 놀랄 정도로 바쁘고 빠르게 흘러가는 일상의 시간을 아주 얇게 도려내어 만드는 십 분 정도의 짧은 영화를 찍는 것이 정말 재밌었다. 시간이 허락해 준다면 눈 오는 겨울날 다시 한번 영화를 찍고 싶다.

커피와 공간

지난가을 중간고사가 끝나자마자 떠난 홋카이도에서 방문한 커피집들은 모두 사람 냄새가 나는 곳이었다. 나의 취향을 반영하여 구글로 검색한 곳들이었지만 그곳에선 커피만 팔지 않았다. 커피를 내리는 손, 말을 건넴, 커피잔의 온기까지 모든 요소에 주인장의 정성이 녹아들어 있었다. 타지인이라는 불가피한 소통의 한계로 깊은 대화를 하면서 그들의 서비스 정신을 정확하게 간파할 순 없었지만, 그저 하나의 공간에 모든 것이 녹아있었다. 서로 짧은 영어로 대화했지만, 이방인이라는 거북한 눈길 없이 언제나 미소와 함께 받은 주문과 원두에 대한 설명조차 좋았다. 커피를 위해 다닌 여행이라고 해도 무방할 정도로 여러 곳의 커피집을 다녔지만 모든 곳이 만족스러웠다. 한국에서 갑자기 열풍한 '홈 카페'라는 유행은 카페의 기준을 바꿔놓았다. 내가 일본의 커피를 파는 곳을 카페가 아닌 '커피집'이라고 지칭한 이유와 같다. SNS에 집에서 마시는 아기자기하고 비전문적인 카페 음료를 올리는 것은 좋다. 하나의 취미가 될 수도 있는 긍정적인 행위이다. 그러나 많은 카페에선 이 점을 활용하여 흔히 말하는 인스타용 사진을 건질 수 있는 인테리어와 음료의 모습에만 비중을 두는 가벼운 커피를 팔고 있다. 우유 스팀은 게거품의 질감과 같으며 에스프레소는 그저 쓰기만 하다. 여러 색의 색소와 시럽을 사용해 제조하는 음료는 인공적인 맛만 날 뿐이다. 그럴수록 내가 자주 가는 제대로 된 '커피집'의 손님은 늘지 않으며, 어설픈 카페는 서로의 제조품을 모방하며 재생산해 왔다. 그런데 이 유행이 1년 정도 지난 지금 서서히 도태되고 있다. 꾸준히 그 자리를 지킨, 유행에 쏠려가지 않고 꿋꿋하게 버틴 곳들은 언제나 그렇듯 손님이 있었으며 이젠 점점 늘고 있다. 항상 에스프레소 맛을 확인하고 세밀한 요소에 신경쓰는 곳들은 1년이 지나도 10년이 지나도 자리를 지켰다. 내가 일차적으로 이루고 싶은 꿈은 작가이지만, 이 꿈을 넘어서 이루고 싶은 목표는 나의 취향을 온전히 담은 커피집을 하는 것이다. 철학을 전공하여 과거에서 현재까지 이어진 물음에 대해 나만의 답을 하며 쌓은 내적인 소양과 작가로서 글을 쓰는 직업을 가지고 얻은 감성을 토대로 실재적인 공간을 만들 것이다. 커피만 판매하는 단순한 곳이 아닌, 다양한 경험을 통해 얻은 커피와 공간을 대하는 태도를 담은, 감각적인 공간을 구축하여 이곳을 찾는 모든 이들에게 인생의 한 부분에서 기억할 만한 장소를 이루어내고 싶다. 처음 보는 낯선 사람에게 선한 영향력을 미칠 수 있는 직업을 가지는 것이 얼마나 행복한 일인가. 따뜻한 음료 한 잔이 누군가에겐 인생의 잔이 될질 누가 알 수 있을까. 그렇기에 난 글을 쓸 때는 나의 문장을 읽는 독자들에게, 공간을 운영할 때는 낯선 이들에게 서로를 제대로 모르는 상태에서 내가 가진 선한 영향력을 전파하고 싶다. 겸손할 줄 알며 담백하고 바삭한 사람이 되고 싶다. 누군가의 위에 있으면서 누르기에 급급한 사람보단 나의 지식을 타인을 위해 쓸 줄 아는 사람이 되고 싶다. 나는 그저 사람다운 사람이 되고 싶을 뿐이다.

공부를 한번 해보았다

사실 1학년 때는 대학을 가고 싶은 생각이 전혀 없었다. 그저 나의 의지만 갖추고도 충분히 배우고 싶은 것을 공부할 수 있다고 생각했다. 또한 우리나라의 입시제도의 한중간에서 피 터지게 공부하고 싶은 마음도 없었으며 고3 수험생활이 끝나고 교과서와 문제집을 버리는 그저 대학을 가기 위한 수단으로써 하는 공부는 아무 의미가 없다고 느꼈다. 대학을 포기하는 것이 아닌 '거부' 하는 것으로 생각했으며, 사람들의 시선은 내가 이루어낸 것으로 이겨낼 수 있다고 생각했다.

하지만 부모님은 나와 다른 관점을 가지고 계셨다. 한국인의 대부분이 대학을 진학하는 데에는 그만한 이유가 있을 거라 하시며 계속해서 나를 대학에 보내려고 하셨다. 평소 강압적이지 않은 부모님과 1년을 그렇게 보내다 어느 순간 짜증이 나기 시작했다. 도대체 대학이 뭐길래 자꾸 그러시는 거지? 그냥 마음 편하게 타협할까? 이런 생각을 하며 결국은 내 뜻을 굽혔다. 그럼에도 불구하고 제대로 입시를 준비하지 않으며 인생에 대한 큰 그림을 그렸던 1년 반 동안의 시간은 지금 생각해도 아주 소중하다고 생각한다.

이런 과도기에 2학기 중간고사를 치른 후 부모님이 대학 관련 상담을 받으러 학교에 오셨다. 나도 상담을 받았지만, 대학 진학이 아닌 더 넓은 뭔가를 배웠다. 선생님께선 내가 원하는 철학을 하는 사람도 현실에서 떨어져 있으면 안 된다고 하셨다. 현실을 무시한다면 내가 가장 싫어하는 뜬구름만 잡는 인간이 되어 버리는 것이다. 이 말을 듣고 고등학생을 제대로 겪어보고, 미래의 내가 공부로 후회하진 않기 위해 다들 하는 공부 나도 한번 해보자는 다짐을 했다. 그리고 나의 성적과 생활기록부에 대한 부족함을 느끼고 철학을 전공하고 싶다는 꿈을 이루기 위해 성적을 올리기로 마음먹었다. 바로 다음 날부터 독서실을 다니기 시작했다. 야자를 원래 하지 않았기 때문에 6시에 학교를 마치고 저녁을 먹은 뒤 바로 독서실에 가서 처음엔 11시까지 공부를 했다. 시험 기간이 아닌 시기에 공부를 해보는 것은 사실상 처음이라서 무엇을 어떻게 할지도 몰랐다. 첫 일 주일은 한 시간을 앉아 있기도 답답했다. 그래도 처음으로 공부 계획을 짜보고 플래너를 사서 하루하루를 기록하며 성취감을 느낄 수 있었다. 단순하게 지식을 암기하는 것이 아닌 '참고 견딘다'를 실천했다. 책을 읽고는 알 수 없는 교훈을 얻었다. 하고 싶은 일이 있다면 하기 싫은 일을 해야 하는 것은 언제나 따라온다. 난 그것을 버티지 못하고 고개를 돌렸다. 이 진리를 깨닫고 어떻게든 2시간은 엉덩이를 떼지 않는 연습을 하였다. 주말도 당연히 독서실을 갔다. 오히려 주중보다 공부 시간이 몇 배는 많다고 생각하니 더욱더 즐거웠고 이때부터 공부가 점점 재밌어지기 시작했다. 틀렸던 문제를 다시 풀고 X 표시가 O로 바뀌는 변화를 보며 할 만하다는 생각을 했다. 수업시간에 배운 것을 꾸준히 복습하는 것도 태어나서 처음 있는 일이었다. 앉아 있는 시간도 2시간은 거뜬히 넘길 수 있게 되었다.

　이렇게 공부를 하면서 자연스럽게 생활기록부를 다듬어야겠다는 욕구도 생겼다. 먼저 전공에 관련된 교과목인 윤리에 대해 고민해 보았다. 희망 진로인 작가와 연관 지어 생각해 보니 은근히 할 수 있는 활동이 많았다. 또한 언제나 교감 선생님께서 강조하시던 독서 활동이나 교과연계 활동을 하면서 공부가 더욱더 즐거워졌다. 영화를 보고 책을 읽으며 얻는 지식과는 분명하게 결이 다르고 비록 입시를 위한 공부라지만 그 속에서도 재미를 찾을 수 있었다. 매일 조금씩 늘어나는 공부량과 마음가짐에서 스스로 이룬 것이 많아졌다. 자연스럽게 교내 상도 받게 되었다. 남과 비교하면서 자책하는 것이 아닌, 어제의 나보단 성장하자 는 다짐을 항상 하면서 절대로 포기하지 않았다. 열심히 준비한 기말고사에서 탁월하게 점수가 오르지는 않았지만 헛된 과정이라곤 절대 생각하지 않았다. 성적은 성과일 뿐 나의 노력을 부정하지 않는다고 생각했다.

그리고 방학식 하루 전날 성적표를 받고 오른 등급을 보면서 조용히 기뻐했다. 거북이처럼 공부하고 묵묵히 걸어온 과정이 의미가 있다는 것을 알게 되었다. 토끼를 신경쓰지 않고 자신의 길만 걷는다는 의미를 깨닫게 되었다. 비록 1학년 때는 알지 못했지만, 성적이 단순하게 몇 등급이 아니라 나의 노력이 모여 만들어진 숫자라고 생각한다면 공부 시간을 더 늘리고, 꾸준하게, 그저 정직하고 바보처럼 공부하고 싶어진다. 모르면 계속 다시 봤다. 이렇게 공부하면서 어느 순간 다시 볼 때 이해가 되는 짧은 순간이 가장 행복했다. 영화를 만들며 느낀 감정과 비슷했다. 계속되는 반복으로 지겹지만 알맞은 음향을 조절하고, 자연스러운 화면전환을 위해 같은 장면을 수십번 편집하는 과정은, 결코 결과를 부정하지 않는다. 이것이 내가 2학년 마지막 기말고사를 준비하며 배운 것이다. 묵묵히 자신의 길을 걸어가고 도망치지 않는다면 절대로 배신하지 않는다.

티타임이 답이다.

영국을 배경으로 한 영화나 드라마를 보면 항상 등장하는 것이 바로'차'이다. 큰 찻주전자를 식탁 중앙에 놔두고 가족과 친구들은 자신의 찻잔에 차를 따른다. 그리고 이야기를 한다. 소통의 부재, 혼자 하는 식사가 어색하지 않은 한국의 현 상황에 가장 필요한 문화라고 생각한다. 10분이라도 차와 간단한 다과를 곁들여 친한 사람들과 하는 이야기는 그날 하루들 바꿀 수 있다. 어쩌다 화제가 된 주제가 자신의 가치관을 바꿀 수도, 서로의 일상을 나누며 긍정적인 에너지를 공유할 수도 있다. 커피도 괜찮다. 그저 준비하는 시간이 1분이 넘는 사람의 정성이 들어간 따뜻하고 음료를 마시며 나누는 대화가 중요한 것이다. 내가 커피와 티에 관심이 많아 집에서 마시니 우리 가족도 전염되었다. 주말 아침이면 내가 내리거나 각자 마시고 싶은 것을 준비하고 아침 식사가 끝나면 다 함께 이야기한다. 일주일을 돌아보면서 뉴스에 나오는 흥미로운 사건은 아니지만, 자신들에겐 중요한 일을 공유한다. 30분 정도의 시간이지만 식당에서 밥만 먹거나 놀이공원에서 온종일 노는 것보다 즐겁고 알찬 시간을 가질 수 있다. 결국, 티타임이 답이다.

제주도에서의 3주

2018년의 시작부터 그 3주를 제주도에서 보냈다. 이곳에서의 하루는 느리지만 빠르게 흘러갔다. 늦으막히 일어나 간단한 아침을 차려 먹고 집에서 챙긴 프렌치프레스로 떠나기 전날 구매한 원두를 수동 그라인더로 갈아 커피 한 잔을 마셨다. 집 주위엔 오직 자연이었다. 나무, 풀, 바다, 돌밖에 없었지만, 날씨가 풀릴 때 나가는 아침 산책을 하며 느리게 걷는 시간, 바다를 찾아 별생각 없이 앉아 있던 시간, 부엌 탁자에 앉아 영화를 보던 시간, 마당 의자에 앉아 고양이를 보며 커피를 마시던 시간, 옥상에서 구름을 바라보던 시간, 시계를 보지 않고도 해가 넘어가는 모습을 보며 황홀했던 노을이 지는 순간들. 고요했지만 언제나 흥분되었다. 차를 타고 10분 정도 가면 바다가 보이는 도서관이 있었으며, 공항 근처 가장 큰 한라도서관은 지금까지 봤던 도서관 중 가장 아름다웠다. 많은 책장 사이로 넓은 창을 통해 들어오는 오후의 빛이 쏟아지는 시간의 중심에서 표지나 제목으로 뽑은 우연으로 만난 책을 하루 내내 읽으며 졸다가 깨고 다시 졸다가 깨는 천천히 가지만 설레는 시간이었다. 3주간의 아주 단조롭고 조용한 일상이었지만 손꼽힐 정도로 설렛던 나날이었다.

어느 날

아무리 질퍽한 하루라도 하나의 우연으로 인한 뜬금없는 기회, 인연, 만

남은 언제나 즐겁다. 팟캐스트로 우연히 발견한 영화나 중고서점에서 우연히 발견한 인생의 책. 새로운 사람을 만나고 이야기하는 것. 아무도 나를 알지 못하는 전혀 낯선 곳에서 낯선 사람과 취향을 공유하며, 대화하는 것 자체가 목적이 될 때. 우연으로 택한 여행지에서의 우연에 의한 만남. 삶은 언제나 우연으로 이루어져 있다. 자각하지 못하고 그럴 의도가 없더라도 그것은 항상 우리를 따라다닌다. 그저 우연성으로 인해 내 옆을 스쳐 가는 것들을 받아들이고 모든 것들을 사랑하며 아름다운 삶을 살아가고 싶다.